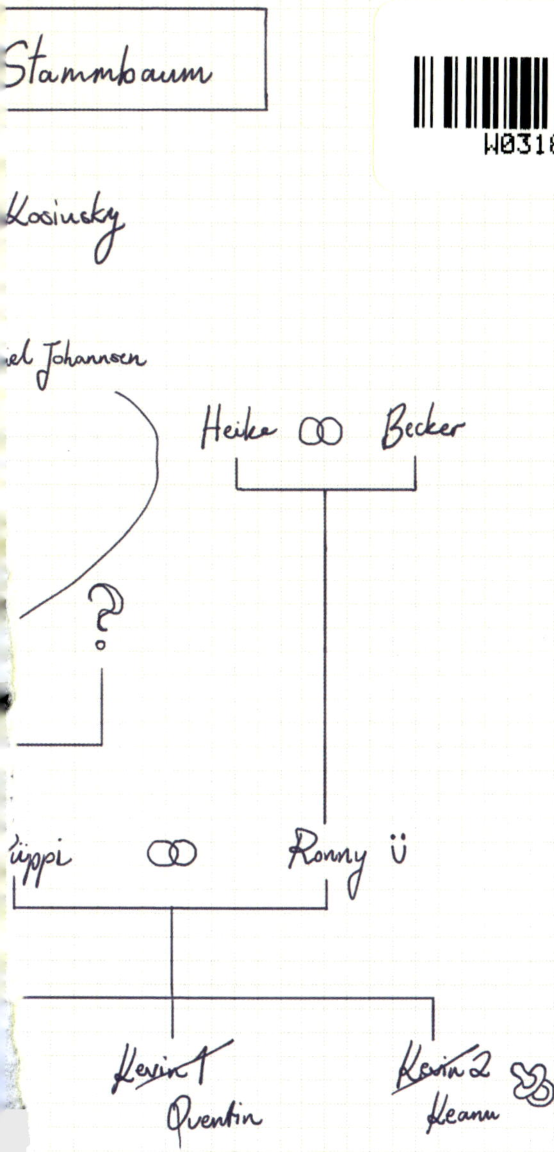
Stammbaum
Kosinsky
el Johannsen
Heike
Becker
?
üppi
Ronny
Kevin 1
Quentin
Kevin 2
Keanu

ALINA BRONSKY

# PI MAL DAUMEN

ALINA BRONSKY

# PI MAL DAUMEN

ROMAN

Kiepenheuer
& Witsch

# DER LAUCH UND DER STIEFEL

Als ich Moni Kosinsky zum ersten Mal sah, hielt ich sie wahlweise für eine Sekretärin oder für eine Kantinenfrau, die sich verlaufen hatte. Ich wunderte mich noch, wie man sich derart verirren konnte: Die Mensa befand sich einen zehnminütigen Fußweg entfernt. Die erste Vorlesung in Analysis hatte vor einer Viertelstunde begonnen, und Moni stand in der Tür, die jämmerlich gequietscht und dadurch alle Aufmerksamkeit auf sich gezogen hatte. Sie trug einen roten Kunstlederrock und eine tief ausgeschnittene Bluse mit Leopardenmuster. Über ihrer Schulter hing eine blaue, knallvolle Ikea-Tasche.

Professor Zschau hielt mitten im Satz inne, die Hand mit der Kreide in der Luft.

»Tschuldigung«, flüsterte Moni durchdringend und raschelte mit ihrer Tüte den Gang entlang. Sie blieb vor mir stehen. »Ist der Sitz hier noch frei, Kleiner? Rückst du ein Stück?«

Ich wurde rot und nickte.

Ich gab ihr nicht die geringste Chance.

Am Anfang des Semesters waren die Vorlesungen noch voll, die Leute mussten auf der Heizung oder auf dem Boden sitzen. Die Hälfte der Professoren hatte osteuropäische Namen. Sie waren besonders gefürchtet, weil sie den Stoff des ersten Uni-Semesters bereits in der neunten Klasse auf ihren spezialisierten Schulen gelernt und wenig Verständnis für das Schneckentempo in Deutschland hatten.

»Warten Sie ein paar Wochen«, hatte der Studiendekan Professor Orlov bei der Begrüßungsveranstaltung gesagt. »Dann sind wir wieder unter uns. Nach der ersten Woche geht jeder Zweite von Ihnen. Nach vierzehn Tagen bleibt ein Fünftel übrig. Nach der ersten Klausur weinen Sie alle bis auf zwei, drei Leute, die wirklich hierhergehören.«

Ich wusste, dass ich zu den wenigen Bleibenden gehören würde. Ich ließ den Blick über die Köpfe schweifen, um aufgrund des Erscheinungsbildes abzuschätzen, wer wie lange durchhalten würde. Es waren ein paar Ältere dabei, mit gestressten Gesichtern und silbrigem Haaransatz, die Mathelehrer werden wollten. Sie waren unangenehm überrascht davon, dass sie in den ersten Semestern dieselben Veranstaltungen wie richtige Mathematiker besuchen mussten. Nichts interessierte sie weniger als ihr künftiges Fach. Sie wollten einen sicheren Arbeitsplatz und ihre Ruhe.

Von Mister Brown wusste ich, dass sie die Ersten waren, die sich über zu viele Übungsblätter und zu schwierige Klausuren beschweren würden. Sie würden die Dozenten sofort über die Anzahl und das Alter ihrer Kinder unterrichten, auf den Brotjob verweisen, der ihre Großfamilie nur notdürftig ernährte, und nach der ersten Woche versuchen, zu Germanistik oder Sonderpädagogik zu wechseln. Sie kamen mir wie Heiratsschwindler vor: Ich war der Meinung, dass nur Menschen, die es mit der Mathematik ernst meinten, dieses Fach studieren durften.

Moni saß neben mir, nachdem sie ihre Ikea-Tasche in den Gang gestellt hatte. Daraus lugten ein kleiner, bunter Gummistiefel und mehrere Stangen Lauch hervor. Ich konnte ihr Alter nicht schätzen. Ihre ausladende Figur erinnerte mich an unsere Haushälterin Frau Berger, ihre gelben Haare an die alten Puppen meiner Schwester Lou, ihre Kleider an die amerikanischen Pin-up-Plakate aus den Sechzigerjahren, die in unserem Billardzimmer hingen.

Während ich Moni verstohlen musterte, holte sie einen Stift heraus und begann, sich Notizen zu machen. Sie schrieb langsam, konzentriert, mit großen runden Buchstaben. Niemand würde es in diesem Tempo durchhalten. Mathematiker schrieben klein, schnell und unleserlich. Ich trainierte es seit der fünften Klasse.

Sie hatte mich schon in den ersten Minuten so abgelenkt, dass ich kurz vergessen hatte, der Vorlesung zu folgen. Als ich wieder nach vorn schaute, war eine der beiden Tafeln bereits vollgeschrieben und wurde hinter die andere geschoben.

»Mach dir nichts draus, Kleiner«, sagte Moni, als sie meine Panik bemerkte. »Du kannst bei mir abschreiben.«

Ich war es nicht gewohnt, dass fremde Menschen nach dem Erstkontakt weiter mit mir sprachen. Schon meine erste Reaktion war für mein Gegenüber meist so erschöpfend, dass kein weiterer Bedarf bestand. Nahezu alle Ausnahmen von dieser Regel erwiesen sich als Freaks. Monis wiederholter Redebedarf versetzte mich daher in Alarmbereitschaft.

Ich musste sie ganz schnell abschütteln. Sie hatte von nichts eine Ahnung. Zwar hatte sie einen handgeschriebenen und gefalteten Stundenplan dabei, der auf den ersten Blick auf dem Vorlesungsverzeichnis aus dem Vorjahr aufbaute. Dafür besaß sie nicht den blassesten Schimmer, wo die Mensa und wo die Bib waren und wie man sich für anwesenheitspflichtige Tutorien anmeldete. Ich fragte mich, wie sie es geschafft hatte, sich überhaupt zu immatrikulieren. Ihrem Smartphone-Modell nach zu urteilen musste sie noch älter sein, als ich gedacht hatte.

»Dreiundfünfzig«, sagte sie, obwohl ich sie gezielt *nicht* gefragt hatte. »Ich bin dreiundfünfzig. Guck nicht so schockiert. Und du, du siehst aus wie vierzehn.«

Das hörte ich nicht zum ersten Mal. »Ich werde bald siebzehn.«

»Ach du Schreck. Was machst du dann schon hier?«

»Früh eingeschult und eine Klasse übersprungen.«

»Wow«, sagte sie. »Wie konnten dich deine Eltern in die schlimme Großstadt ziehen lassen?«

»Es blieb ihnen nichts anders übrig.«

»Du bist ein ganz Schlauer, ja?«

»Ja«, sagte ich.

In Monis grünen Augen lag etwas, das wie eine Mischung aus Trauer und Mitgefühl aussah. »Dann bleib mal schön in meiner Nähe. Ich bin allerdings nicht so schlau. Mein Vater hat immer gesagt, wenn man den

Durchschnitt aus den IQs seiner beiden Kinder bildet, kommt ein normaler Mensch heraus.«

Ich hatte noch nie gehört, dass jemand sich bereitwillig als dumm bezeichnete. Vor lauter Verblüffung (und vermutlich unbewusst geprägt durch die karitative Tätigkeit meiner Familie) bot ich Moni an, ihr die Mensa, die Bib und das elektronische Campus-System zu zeigen.

»Was wäre ich nur ohne dich«, sagte sie.

Was für eine Verschwendung von Steuergeldern, dachte ich, als ich sie zu einem Automaten führte, aus dem sie die kleine Plastikkarte holen und wo sie diese auch aufladen konnte. »Damit können Sie Bahn fahren, sich als Studierende ausweisen und in der Mensa bezahlen.«

Sie trug die Karte ehrfürchtig auf der Handfläche wie einen Schmetterling, bis wir am Kaffeeautomaten standen. »Ich lad dich ein, Kleiner. Was willst du trinken? Ein Glas Milch?«

Ich winkte ab. »Sie müssen mir nichts ausgeben.«

»Lass mich doch. Zum Dank. Ohne dich wäre ich verloren.«

Weil sie recht hatte, erlaubte ich ihr, meinen Kamillentee zu bezahlen. Sie selbst drückte einen Knopf auf der Kaffeemaschine und balancierte einen Cappuccino auf einem Tablett zu einem Tisch am Fenster. Ich setzte mich neben sie, ernüchtert von der Bilanz: Ich hatte hier bislang keinen einzigen normalen Menschen kennengelernt.

»Ich fass es nicht.« Moni leckte den Milchschaum vom Löffel. »Ich trinke einfach so Cappuccino in der Uni-Mensa. Wie klingt das?«

»Absurd«, sagte ich höflich. Und dann dachte ich: Was soll's? Ich war schließlich nicht hierhergekommen, um

Freundschaften zu schließen. Ich wollte meinen Bachelor unter der Regelstudienzeit machen – fünf Semester[1] sollten reichen. Für den Master wollte ich ins europäische Ausland, für die Promotion in die USA.

Mister Brown hatte mir gesagt, dass Mathematik ein Mannschaftssport sei. Ich solle eine Lerngruppe finden, gemeinsam die wöchentlichen Übungszettel lösen, alles ausdiskutieren. Allein könne hier niemand bestehen. Aber ich war sicher, dass er sich zumindest darin irrte. Bislang hatte ich immer alles allein geschafft und war damit am weitesten gekommen. Hätte der geniale Andrew Wiles den Großen Satz von Fermat jemals lösen können, wenn er seine Teilergebnisse anderen geschenkt hätte? Hätte der geniale Autodidakt Srinivasa Ramanujan das Wort *Teamarbeit* buchstabieren können?

»In Analysis und linearer Algebra müssen wir unsere Lösungen in Zweiergruppen abgeben«, sagte ich. Eine Forderung, die mich bekümmerte, seit ich in der Orientierungswoche davon gehört hatte. Ich hatte extra die Hand gehoben, um zu fragen, ob ich auch allein abgeben dürfe.

»Trauen Sie sich ruhig, andere Menschen kennenzulernen«, hatte der Studiendekan Orlov geantwortet.

»Sie können mich nicht zwingen.«

Er hatte wie ein Bösewicht aus einem James-Bond-Film gelächelt. »Wenn Sie bestehen wollen, schon.«

»Wir können eine Zweiergruppe bilden«, sagte ich daher zu Moni.

Ich sparte mir die Frage, ob sie vielleicht bereits einen

1 Dabei galt schon die Regelstudienzeit als kaum machbar: Bei den Klausuren fielen zwischen fünfzig und siebzig Prozent der Teilnehmer durch.

anderen Partner hatte. Es war klar, dass niemand etwas mit ihr zu tun haben wollte.

Sie strich sich eine gelbblonde Locke aus dem Gesicht. »Ich will dich doch nicht runterziehen. Such dir lieber jemanden, der gut ist.«

»Gut bin ich selber«, sagte ich.

»Ich weiß nicht, wie viel Zeit ich überhaupt für das Studium haben werde. Meine Tochter hat drei Kinder, und Keanu zahnt gerade.«

»Ihr Meerschweinchen?«, fragte ich höflich.

»Mein Enkel.« Sie lächelte. »Das ist der jüngste. Püppi schläft kaum, und ich helfe ihr immer. Püppi ist meine Tochter. Keanu ist der Enkel.«

»Ich kann die Aufgaben notfalls auch allein lösen«, sagte ich schnell, bevor sie noch auf die Idee kam, Fotos zu zeigen. »Machen Sie sich keinen Kopf. Ich schreibe einfach nur Ihren Namen auf das Blatt, weil wir eine Zweiergruppe bilden müssen. Sie kriegen die benötigten Punkte quasi umsonst von mir geschenkt.«

»Ich will dich nicht ausnutzen.«

»Ich arbeite sowieso am liebsten allein.«

»Sobald ich Zeit habe, mache ich zum Ausgleich mehr«, versprach sie, als ob sie mich nicht verstanden hätte. Und als ob sie mehr als zwei Wochen an der Universität sein würde. »Abgemacht? Ich geb dir meine Nummer.«

So war Moni Kosinsky der erste Telefonkontakt, den ich während meines Studiums einspeicherte. Nach minutenlangem Herumfuchteln hatte auch sie mich ihrem Adressbuch hinzugefügt.

»Oscar«, sagte ich, als sie die Nummer eingetippt hatte und mich fragend ansah.

»Und weiter?«

»Oscar Maria Wilhelm Graf von Ebersdorff.« Ich buchstabierte.

»Hilfe«, sagte Moni. »Ist es okay, wenn ich keinen Knicks mache?«

## MITTWOCH MAL MITTWOCH

Ich hatte bereits in der Grundschule angefangen, mich auf das Studium der Mathematik vorzubereiten. Mister Brown hatte mich zwar vorgewarnt, dass ich nichts, was es in der Schule zu lernen gab, an der Uni brauchen würde. Nicht das Einmaleins, nicht die binomischen Formeln, nicht die p-q-Formel, von stumpfsinnigen Freunden des Auswendiglernens auch Mitternachtsformel[2] genannt. Alles, was man brauche, müsse man neu lernen, hatte Mister Brown gesagt. Man müsse bereit sein, seinen Kopf neu zu formatieren. Im Mathestudium mit Schulwissen anzukommen war, als wollte man mit einer Sandkastenschaufel versuchen, einen See auszugraben. Man begriff, dass man in all den Schuljahren um das richtige Werkzeug betrogen worden war, und wollte am liebsten die Schule abfackeln.

Ich war also vorgewarnt. Trotzdem hatte ich meine Sandkastenschaufel ebenso dabei wie meinen programmierbaren Taschenrechner, das Geodreieck, den Zirkel

2 weil man sie angeblich im Schlaf können musste

und die Formelsammlung. Es konnte nicht schaden. Außerdem war mir alles präsent, was ich jemals im Mathematik-Unterricht, im Mathematik-Plus-Unterricht, in der Schüler-Sommeruni sowie in meinen eigenen Studien gelernt hatte. Ich ahnte, dass ich damit zu den Ausnahmen gehören würde. Es sollte sich herausstellen, dass ich das staatliche Bildungssystem dabei immer noch um Längen überschätzt hatte.

Nach einer Woche hatte ich immer noch mit niemandem aus meinem Studiengang gesprochen. Moni zählte nicht, ich betrachtete sie als Element null. Ich hatte in Analysis zweimal die Hand gehoben, als Professor Zschau eine extrem einfache Verständnisfrage zu den Inhalten der Vorlesung gestellt hatte. Außer meiner Hand waren noch zwei weitere in die Höhe gegangen.

Einige Tage war Moni nirgends zu sehen. Bald fragte ich mich, ob ich sie mir nur eingebildet hatte. Wie gut, dass ich meinen Eltern noch nichts von ihr erzählt hatte.

In der zweiten Woche war Moni wieder da. »Bist bisschen blass um die Nase. Was habe ich verpasst, Kleiner?«

»Nichts«, sagte ich, aufs Neue überrascht von ihrer chaotischen Erscheinung. Zwar hatte ich ihren Namen wie vereinbart auf die Abgabezettel der wöchentlichen Übungszettel geschrieben, aber nicht mehr mit ihr gerechnet.

»Ich hab mich zuerst zum Falschen gesetzt«, flüsterte sie. »Außer dir haben noch zwei andere blaue Haare.«

»Der eine hat einen Grünstich und der zweite eine Art rosa Rand«, sagte ich gekränkt. »Vielleicht sollten Sie Ihr Sehvermögen kontrollieren lassen?«

Monis Tasche vibrierte. Sie angelte ihr Handy heraus und drückte es ans Ohr. »Püppi? Was ist los, Kleines?«

Mehrere Leute kicherten.

Professor Newman betrat den Raum. Obwohl der Oktober ziemlich kühl war, trug er kurze Hosen und Sandalen ohne Socken. Am linken Ohrläppchen baumelte eine lange Kette, die aussah, als hätte sie ein Kleinkind aus Büroklammern gebastelt.

»Püppi, Süße, ich bin bei der Arbeit«, flüsterte Moni neben mir. »Ich kann jetzt nicht sprechen. Der Prof…, äh, der Chef ist gerade reingekommen. Ich melde mich.« Sie schickte Kusslaute durch den Lautsprecher, versenkte das Handy in der Tasche und drehte sich wieder zur Tafel. »Dass der nicht friert?«, murmelte sie.

Wahrscheinlich war das hier eine besonders raffinierte Art des Sozialbetrugs. Sie schlich sich in den Hörsaal und tat gegenüber anderen so, als würde sie in Wirklichkeit arbeiten. Vielleicht musste sie sich einfach irgendwo aufwärmen. Ich musste nicht alles verstehen, es war schließlich keine Matheaufgabe. Mathe musste ich dagegen verstehen, sonst war ich nicht ich selbst. Gerade zum Beispiel verstand ich nur Bahnhof, wenn ich zur Tafel blickte. Das machte mich wütend.

An mir konnte es nicht liegen. Die Vorlesung *Mathematik im Zusammenhang* war eine wirre Mischung aus Geometrie, Gruppentheorie und historischen Anekdoten. Sie hatte keinen richtigen Anfang und keine erkennbare Struktur. Ich hasste so etwas.

Ich schielte zu Moni. Sie hörte dem Professor mit offenem Mund zu. Ich sah zurück zur Tafel. Newman fragte gerade, was Mittwoch multipliziert mit Mittwoch ergeben würde. Moni hob die Hand. »Dienstag«, sagte sie. Das Gelächter erstarb, als der Professor nickte.

Ich schaute auf Monis Blatt. Sie hatte eine Art Multiplikationstabelle aus Wochentagen aufgemalt. Was passierte da? In welchen Schwachsinn war ich hineingeraten? Moni schubste mich an. »Guck, wie lustig. Man kann aus allem einen Zahlenkörper machen und damit herumrechnen. Das ist wie Zauberei.«

Mir wurde übel.

»Ich muss mal aufs Klo«, sagte ich. Als Moni mit ihrem ganzen Hab und Gut unter Geraschel und entschuldigendem Murmeln aufstand, um mich rauszulassen, griff die Aufmerksamkeit des Hörsaals mit ihren Tentakeln nach mir. Es war nicht die Aufmerksamkeit, die ich mir gewünscht und auf die ich mich mein bisheriges Leben lang vorbereitet hatte. Ich stolperte hinaus.

Im Vorraum befanden sich einige Tische und Stühle, daneben ein Kaffeeautomat und eine Art Apothekenschrank mit Schließfächern der Tutoren. Hier sollten wöchentlich unsere Hausaufgaben eingeworfen werden, als wäre das Internet noch nicht erfunden worden. Zum Glück war der Raum gerade leer. Zur späteren Stunde saßen hier oft blasse Gestalten, mal die Kapuze tief ins Gesicht gezogen, mal mit verkehrt herum angezogenem Pullover. Sie hatten die Finger im Haar vergraben und starrten ein Blatt Papier an, manchmal hackten sie auch auf eine Laptoptastatur ein.

Ich lehnte mich gegen die Wand und rutschte langsam an ihr hinunter. Mein Herz klopfte im Hals, und die Luft sperrte sich dagegen, in meine Lungen eingezogen zu werden.

Die Tür quietschte erneut. Ich starrte auf den Fußboden, auf den jemand einen Zigarettenfilter geworfen hatte. Daneben zuckte eine Staubfluse im Durchzug. Wurde hier nicht regelmäßig geputzt? Wie sollte ich hier jemals lernen?

Jemand klackerte auf mich zu, und ein Stöckelschuh schob sich in mein Blickfeld.

»Was ist los? Bauchweh?«

Statt des Sauerstoffs hatte ich jetzt Monis Parfumwolke in der Nase, die einen biochemischen Anschlag auf meinen olfaktorischen Kortex verübte. Ich schüttelte den Kopf, um mich aus der imaginären Fliederhecke zu befreien, und duckte mich unter Monis Hand weg. Ich war schließlich kein Pudel, dem jedermann über den Kopf streicheln durfte.

»Steh mal auf, Kleiner. Setz dich mal schön auf den Stuhl.«

Irgendwie schaffte sie es, mir aufzuhelfen, praktisch ohne mich zu berühren. Sie beugte sich über mich und fühlte mit einer flüchtigen Bewegung meine Stirn.

»Ich bin okay.« Ich schob sie mit dem Ellbogen von mir.

»Hast du heute überhaupt gefrühstückt?«

Ich zuckte mit den Schultern. So aufdringlich war nicht einmal unsere Kinderfrau gewesen.

Moni klackerte einige Schritte auf ihren Schuhen davon, raschelte und klimperte. Der Automat brummte, und nun roch ich minderwertigen Kaffee, spürte den Plastikrand des Einwegbechers an meinen Lippen. Ich nahm große Schlucke, die gleichzeitig fade und bitter waren. Moni packte in der Zwischenzeit eine riesige Brotdose aus, Salami zwischen zwei Toastscheiben, Tierkekse in einem Extrafach, eine Handvoll Trauben und Apfelschnitze.

»Ich ernähre mich vegan«, würgte ich an der Salami vorbei, die sich in meinen Mund schob.

»Deswegen bist du bleich wie ein Gespenst«, sagte Moni. »Genau wie mein Justin.«

»Wer ist schon wieder Justin?«

»Mein Ältester. Also Enkel. Warte, ich zeig ihn dir.«

Ich schloss die Augen.

»Okay«, sagte Moni. »Ein andermal.«

Mein Unterkiefer machte sich selbstständig und mahlte auf allem herum, was sie mir in den Mund schob. Immer noch in der blühenden Fliederhecke stehend, schluckte ich die Salami hinunter, den Toast, die Kekse und zwei der Apfelschnitze. Plötzlich war die Luft wieder da. Mein Brustkorb dehnte sich, ich kostete die Atemzüge aus. Dann kippte ich, todesmutig eine Tachykardie riskierend, den Rest des Kaffees hinunter und guckte in die Brotdose, auf deren Deckel der Spiderman abblätterte.

»Sorry, ich hab Ihren Lunch aufgegessen.« Dann kapierte ich. »Das ist gar nicht Ihrer. Das ist für Ihren Kevin.«

»Quentin«, korrigierte Moni. »Der Mittlere. Für nach der Schule. Er isst nichts in der Schulkantine. Mach dir keinen Kopf, ich kauf ihm ein Schokocroissant. Die liebt er.«

Für einen Moment dachte ich daran, ihr zum Dank Geld anzubieten. Man hatte mir schließlich beigebracht, armen Leuten bis auf einen Anstandsbissen nichts wegzuessen, egal, wie unterzuckert man war. Vielleicht konnte sie sich jetzt wegen der Extraausgaben keine Zigaretten mehr leisten. Deswegen hielt ich mich wenigstens bei den Trauben zurück, auch wenn sie durchaus ansprechend aussahen.

»Es ist einfach alles zu viel, Kleiner«, sagte Moni. »Die Stadt ist brutal. In den Vorlesungen kapiert man nix. Man kennt niemanden. Jedes Übungsblatt dauert mindestens sieben Stunden, und es sind drei Stück pro Woche abzugeben. Das Wetter ist scheiße. Die erste Vorlesung beginnt um acht Uhr morgens. Wie soll man es schaffen, sich vorher etwas Vernünftiges zu essen zu machen?«

»Es tut mir leid, dass es so schwer für Sie ist«, würgte ich.

»Mir geht's super«, sagte Moni. »Ich meine dich.«

Wir kehrten nicht in den Hörsaal zurück. Ich zeigte Moni die Übungsblätter in linearer Algebra, die ich am Vortag im Tutorium korrigiert zurückbekommen hatte. Ich hatte die volle Punktzahl erreicht, es waren einfache Einstiegsaufgaben gewesen.

Moni guckte zwischen mir und dem Blatt hin und her. »Was sind das für Pfeile?«

»Vektoren.«

»Nie gehört«, sagte Moni.

»Das lernt man in der Oberstufe.«

»Ich nicht«, sagte Moni.

»Im Mittelalter hat man nicht mal Brüche in der Schule gelernt«, sagte ich verständnisvoll.

»Kann man das irgendwo nachlesen?«, fragte Moni bekümmert.

»Die Brüche?«, fragte ich.

»Witzbold. Diese Pfeile.«

»Im Vorlesungsskript«, sagte ich. »Und in Lehrbüchern. Die können Sie mit Ihrem Studierendenausweis ausleihen oder auch kostenlos runterladen.«

»Kostenlos runterladen?« Sie sah mich an, als wäre ich der Weihnachtsmann mit einem Sack voller Zometool[3]. »Alle Bücher einfach so runterladen?«

»Vielleicht nicht alle. Aber zumindest die wichtigen.«

Ihr verschlug es die Sprache. Um sie aus der Glücksstarre herauszuholen, erklärte ich ihr schnell meine Lösungen. Was eigentlich nicht meine Art war. Schon in der Schule hatte ich es gehasst, wenn ich dazu verdonnert wurde, anderen Menschen etwas beizubringen. *Oscar, wenn du dich langweilst, hilf doch bitte den anderen. Versuche, deinen Lösungsweg so zu erklären, dass auch die anderen ihn verstehen.* Ich war kein Lehrer. Meine Erklärungen halfen auch niemandem weiter. Wenn die Leute doof waren, konnte ich nichts tun. Wie sollte man auch offensichtliche Dinge erklären?

»Verstehe«, sagte Moni, als ich fertig war.

»Was?«, fragte ich misstrauisch.

»Alles«, sagte sie.

»Sicher?«

»Du erklärst gut«, sagte sie.

Es waren natürlich Grundlagen, die auch ein Grundschüler verstanden hätte. Vektoren addieren, subtrahieren, das Skalar- und das Kreuzprodukt. Eigentlich war das ganze Übungsblatt unverschämt einfach.

»So easy wird es nicht bleiben«, warnte ich.

Moni hob entschuldigend die Hand und griff in ihre schon wieder vibrierende Tasche.

»Püppi?«, sagte sie. »Oh nein. Nicht weinen, Kleines. Ich mach mich auf den Weg.«

3 unbezahlte Werbung

Sie drückte das Telefon an die Brust.

»Was jetzt?«, fragte ich.

»Quentin hat in der Schule gekotzt.«

»Igitt«, sagte ich.

Moni warf hastig ihre Notizen in die Tasche.

»Sie können jetzt nicht einfach gehen«, sagte ich. »Gleich ist die nächste Vorlesung. Ich kann Ihnen nicht jedes Mal alles persönlich erklären.«

»Diese Woche versuche ich mich selbst an den Aufgaben«, sagte sie. »Du musst nicht immer meinen Arsch retten.« Und schon klackerte sie auf ihren Absätzen davon.

## DER BERÜHMTESTE MATHEMATIKER DEUTSCHLANDS

Wenn ich am Tag zu wenig Eiweiß zu mir nahm, träumte ich nachts von Gauß. Einem Gauß, der sich beschwerte, dass wir die Normalkurve nicht mehr auf den Geldscheinen hatten, seit die D-Mark abgeschafft worden war und niemand mehr mit den schönen alten Zehnern bezahlte. In meinen Träumen hatte er eine hohe, fast mädchenhafte Stimme, kicherte und war sehr von sich überzeugt. Er erzählte immer wieder diese abgedroschene Anekdote, wie ein Lehrer ihn in der Grundschule dazu verdonnert hatte, die Zahlen von Eins bis Hundert zu addieren, um ihn eine Weile beschäftigt zu halten. »Ich habe einfach Zahlenpaare gebildet und hunderteins mal fünfzig genommen«, kicherte Gauß mit enervierender Selbstzufriedenheit. »Ich war praktisch in einer Minute fertig. Da hat der Büttner ganz schön dumm geguckt. Seitdem heißt die Reihe kleiner Gauß.«

»Was ist jetzt daran genial?«, fragte ich zurück. »Wie soll man das auch sonst rechnen?«

»Aber ich war erst neun!«, prahlte Gauß.

»Ich war schon mit sieben so weit!«, konterte ich, und Gauß, ausgerechnet, bescheinigte mir schlechte Erziehung und mangelnde Bescheidenheit. Dabei war ich selbst im Traum zu gut erzogen, um ihn darauf hinzuweisen, dass seine damals so genialen Erkenntnisse inzwischen jeder mittelbegabte Abiturient routinemäßig anwandte. Die Menschheit hatte sich weiterentwickelt. Ein Genie musste heute etwas mehr leisten als noch vor hundert Jahren.

Draußen schüttete es. Ich trank zwei Tassen Tee und zog meine Regenklamotten an. Dachte an den bevorstehenden Tag, das Mensa-Essen, zog mich wieder aus und machte mir einen Toast mit Margarine und Johannisbeergelee, das mir die Hausmeisterin Frau Horn zum Einzug hingestellt hatte. Zur mathematischen Fakultät brauchte ich zu Fuß sieben Minuten. Von meinem Balkon hatte ich einen guten Blick auf die Menschenströme, die morgens aus der U-Bahn in Richtung der Universität quollen und nachmittags wieder zurück. In den regennassen Hecken im Garten sprangen kleine Vögel herum und pickten an den roten Beeren.

Die Analysis-Vorlesung begann in aller Frühe mit einem kleinen Test. Wir mussten innerhalb von zehn Minuten eine Aufgabe lösen. Wer weniger als die Hälfte schaffte, durfte am Ende des Semesters nicht an der Klausur teilnehmen, egal, wie gut er bei den wöchentlichen Hausaufgaben abschnitt.

Ich hasste Zeitdruck. In der Schule hatte ich Zusatzzeit als Nachteilsausgleich bekommen, was mir die nötige Ruhe gab, um fast immer als Erster abzugeben. Wettbewerbe, bei denen eine Uhr lief, hatte ich nur mit Tabletten überstanden, die präzise dosiert werden mussten, damit ich nicht mittendrin einschlief. Erst als Mister Brown anfing, mich zu begleiten, vertraute ich irgendwann seiner Einschätzung, dass von einer falsch gelösten Aufgabe nicht die Welt unterging. Ich hätte viel dafür gegeben, seine leicht gebeugte Gestalt jetzt neben dem Kaffeeautomaten zu entdecken.

Ich hatte gerade eine halbe Tablette genommen und war nicht sicher, ob es reichte. Ein Blick in den Hörsaal verriet mir, dass es nicht nur mir so ging. Schon in der zweiten Woche sahen die meisten Leute abgekämpft aus. Sie saßen mit aufgeregten Gesichtern und bereitgelegten Kugelschreibern vor einem Blatt Papier, trommelten mit den Fingern und starrten zur Tafel in Erwartung der Aufgabe.

Tja, Moni, dachte ich. An dieser Stelle kam meine Wohltätigkeit für Witwen und Waisen an ihre Grenzen. Wir konnten vielleicht so tun, als würde sie die Übungsblätter tatsächlich bearbeiten. Einen Test musste jeder allein durchstehen. Manche scheiterten schon daran, pünktlich am Prüfungsort zu erscheinen.

Moni kam in letzter Minute, mit tropfendem Regenschirm und verschmierter Wimperntusche. Sie trug etwas Unförmiges, Schweres und ebenfalls Triefendes. Als sie sich auf den Sitz fallen ließ, stellte ich entsetzt fest, dass das Bündel in ihren Armen mich mit zwei dunklen Augen anstarrte.

Sie hatte ein Kind dabei. Ein echtes Kind, mit Rotznase und Daumen im Mund. Ein Kind, an dem sie sofort mit irgendwelchen Tüchern zu wischen begann.

Ich rückte einen Sitz weiter, mit meinem aufgeschlagenen Block und meinem Stift.

»Bleib hier, wir haben genug Platz«, flüsterte Moni.

Teils neugierige, teils schadenfrohe Blicke richteten sich auf das Kind. In manchen erkannte ich meine eigene Panik wieder. Ein paar Leute lächelten allerdings wohlwollend. Es waren vor allem die Älteren, die bereits angefangen hatten, in Tutorien über *Chancengleichheit* und *Familienfreundlichkeit* zu diskutieren und um Abgabefristen zu feilschen.

Wenn man sie lässt, werden die alle nächstes Mal ihre Kinder, Enkel und Neffen mitbringen, dachte ich. Außerdem Hunde, Hamster und Schildkröten.

Ich warf einen flehenden Blick nach vorn, wo Professor Zschau und irgendein jüngerer Mensch, wahrscheinlich sein Assistent, gemeinsam mit der Technik kämpften. Das Kind neben mir nieste. Moni suchte raschelnd nach einem sauberen Taschentuch. Eine winzige Menschenpfote tastete sich wie eine dickbeinige Spinne in Richtung meines Stifts.

»Und los«, sagte Zschau. »Die Zeit läuft.«

Ein riesiger Timer wurde an die Tafel projiziert. Der Puls pochte in meinen Ohren. Ich las die Aufgabe durch. Sie hatte nichts mit der Vorlesung zu tun, sondern präsentierte drei Geradengleichungen in unterschiedlichen Schreibweisen. Zwei von ihnen beschrieben die gleiche Gerade, was sofort ins Auge sprang und genau die benötigte Antwort ergab.

»Hä?«, sagte jemand hinter mir. »Ich raff es nicht.«

Ich fühlte mich in die Schulzeit zurückversetzt. Die Einfachheit der Frage war beleidigend. Ich begann zu schreiben, während Moni unter dem Pult nach einem runtergefallenen Stift suchte. Ich hatte meine Lösung komplett fertig und noch acht Minuten übrig. Zur Sicherheit schrieb ich noch eine zweite, anders formulierte Variante meiner Begründung auf. Noch fünf Minuten.

»Hä«, rief eine andere Stimme, »wie ist die Aufgabe gemeint?«

»Steht alles da«, sagte der Assistent.

Wenn das Kind neben mir nicht wäre, hätte ich mich jetzt gelangweilt. Ich sah seine winzige laufende Nase und musste würgen. Ich kritzelte meinen Namen und meine Matrikelnummer auf das Lösungsblatt und stand auf. Um mich herauszulassen, musste Moni samt Bagage ebenfalls aufstehen. Sie kroch unter dem Tisch hervor, wo sie immer noch nach dem Stift suchte.

»Hier.« Ich steckte ihr meinen zu, gab mein ausgefülltes Blatt dem Assistenten und verließ den Hörsaal.

Ich setzte mich neben den Kaffeeautomaten und begann zu googeln, wo ich mich beschweren konnte. Ich sah mich nicht in der Lage zu studieren, wenn jemand neben mir sabberte, am Daumen lutschte oder meine Stifte zu befingern drohte. Aber die Universität schien keine Anlaufstelle für Diskriminierung wegen zu viel Familienfreundlichkeit zu haben.

Die Hörsaaltür quietschte, und Moni schob sich samt brüllendem Kind, Tasche und tropfendem Regenschirm heraus. Meine Hände wanderten automatisch zu meinen Ohren. Monis Stimme drang trotzdem durch.

»Bin rausgeschmissen worden. Der Kleine ist zu laut. Da haben sich welche beschwert.«

»Ernsthaft?« Ich hätte mich das auch trauen sollen.

»Ja, die konnten sich wohl nicht so gut konzentrieren. Haben gesagt, sie würden sonst meinetwegen den Test nicht bestehen.«

Obwohl ich die Empörung grundsätzlich teilte, fühlte ich mich noch mehr der Wahrheit verpflichtet. »Wer diese Aufgabe nicht lösen kann, sollte sich sofort exmatrikulieren und es nicht auf Ihren Kevin schieben.«

Moni drückte das Kind an sich.

»Er ist krank«, sagte sie. »Ich wollte wegen des Tests trotzdem kommen. Die werden ja im Laufe des Semesters immer schwieriger.« Sie tastete nach der Stirn des Kindes und holte eine Trinkflasche hervor.

Ich rückte mit meinem Stuhl zur Seite. Ich wollte mich nicht anstecken. Mir gefiel auch nicht, mit welcher Begeisterung das Kind auf meinen Kopf deutete.

»Schöne Haare hat Oscar, oder?«, sagte Moni zärtlich. »Wir fahren gleich nach Hause.«

»Gute Besserung und angenehme Heimreise.« Ich vergrößerte die Entfernung um einen weiteren Meter.

»Gleich. Noch nicht. Lass uns erst mal verschnaufen.«

Sie ließ das Kind auf den Boden. Es rappelte sich auf und machte sich auf den Weg zum nächsten Papierkorb. Anstatt einzugreifen, lehnte sich Moni zurück und schloss die Augen. Ihr Gesicht war mit einer dicken Puderschicht überdeckt, der rot angemalte Mund erinnerte an eine Geisha. Ich hatte noch nie eine so müde Person gesehen.

Das Kind fischte einen zusammengeknüllten Zettel aus dem Papierkorb und machte sich brabbelnd auf den Weg in den angrenzenden Flur. Es rannte gegen ein paar Beine und plumpste auf den Windelhintern.

Ich schaute kurz hin und richtete mich sofort auf. Ich hatte gewusst, dass dieser Moment eines Tages kommen würde. Ich war darauf eingestellt gewesen, viel länger zu warten – Monate oder, wenn es sein musste, Jahre. Dass es bereits jetzt passieren würde, hätte ich nicht zu träumen gewagt.

Der Mann, der gerade um die Ecke gebogen war, machte einen großen Schritt über das Kind hinweg und stand damit direkt vor mir. Er blickte sich suchend um, als müsste er sich erinnern, wohin er wollte.

Er hatte, wie mir längst von den Fotos bekannt war, lange, zum Pferdeschwanz zusammengebundene Haare. Er trug die Cowboystiefel, die in allen Artikeln über ihn beschrieben worden waren. Es hatte, als er die Fields-Medaille gewonnen hatte, ziemlich viele Reportagen über ihn gegeben. Vor ihm hatte nur ein Deutscher diese Auszeichnung bekommen. Kein Journalist war in der Lage gewesen, sein Interessensgebiet halbwegs korrekt zu beschreiben. Weil es um Dimensionen ging, wurden sofort Vergleiche mit Science-Fiction bemüht, die mit der tatsächlichen Forschung nichts gemein hatten. Dabei war die *n*-te Dimension genauso real wie die Tatsache, dass die meisten von uns zwei Daumen hatten.

Sein Gesicht hatte ich mir jünger vorgestellt. Als Preisträger war er fünfunddreißig Jahre und zehn Monate alt gewesen. All die Fotos, die es online von ihm gab, schienen aus dieser Zeit zu stammen. Danach war es still um ihn geworden. Ich hatte gelesen, dass er über zehn Jahre in den USA und Australien geforscht hatte. Erst im vergangenen Jahr war er nach Deutschland zurückgekehrt, und zwar an die Universität, an der er schon als Schüler seine ersten Vorlesungen gehört hatte. Sekunden nach dieser Nachricht hatte ich gewusst, wo ich mich immatrikulieren würde.

Das Geräusch der Cowboystiefel-Absätze hatte Moni aus ihrem Sekundenschlaf gerissen. Sie öffnete die Augen und schaute sich nach dem Kind um. Dann entdeckte sie den Mann.

»Oh«, sagte sie. »Hallo, Daniel.«

Der Mann sah sie an. Sie stand auf und richtete ihre Kleidung. Was auch immer sie gerade im Gesicht hatte: Es war nicht ihr Lächeln, sie hatte es irgendwo geklaut. Das Schweigen dehnte sich.

Dann hörte ich zum ersten Mal live die Stimme von Daniel Johannsen, dem berühmtesten lebenden Mathematiker Deutschlands.

»Hi there«, sagte er. »Geht's hier irgendwo zum Raum 102?«

»Im ersten Stock«, sagte ich.

»Logisch! Danke.« Seine Augen waren immer noch auf Monis Gesicht geheftet. Dann hob er die Hand zum Abschiedsgruß und verschwand wieder im Flur, aus dem er gekommen war.

»Wem gehört das Kind?«, schallte es von dort. »Kann es jemand nehmen?«

Moni stürzte hinterher und kam mit dem Baby zurück. Selbst die Puderschicht konnte die roten Flecken in ihrem Gesicht nicht verbergen.

»Sie kennen Daniel Johannsen?«, fragte ich.

»Wer kennt ihn nicht«, sagte Moni. »Tschüss, Kleiner,

ich hab Püppi versprochen, noch beim Kinderarzt vorbeizuschauen.«

Ich hätte selbstverständlich an jeder Universität in Deutschland studieren können. Das sagte allerdings mehr über die akademische Landschaft als über meine Fähigkeiten aus. Mathematik hatte keinen Numerus clausus, weswegen in der Einführungswoche in den Hörsälen und Seminarräumen Menschen saßen, die zum Zählen ihre Finger nahmen. Die mathematischen Fachbereiche akzeptierten jeden Bewerber und zogen es vor, in den ersten Wochen ein Blutbad zu veranstalten, anstatt die Ahnungslosen vorab auf Eignung zu prüfen.

Ich hätte natürlich auch an die renommiertesten Universitäten der Welt gehen können. Aber ich hatte einen Grund, genau hier zu sein.

Seit mein Google-Alert mich über Daniel Johannsens Rückkehr nach Deutschland informiert hatte, hatte ich mir vorgenommen, meine Abschlussarbeit bei ihm zu schreiben.

Auf diese Chance hatte ich lange warten müssen. Seit der Verleihung der Fields-Medaille an Johannsen waren achtzehn Jahre vergangen. Die erste Berichterstattung darüber datierte vor meiner Geburt. Als ich von meinen Eltern die Privilegien der Online-Recherche bekam, waren die meisten Artikel bereits wieder aus den frei zugänglichen Internet-Archiven verschwunden. Die vereinzelten Treffer führten zu Fehlermeldungen. Meine Mutter fuhr mit mir zu Verlagshäusern und trank Kaffee mit dem Chefredakteur, während ich im Archiv Kopien der Reportagen und Porträts erstellte, die sich in Nebensächlichkeiten verloren: Daniel Johannsens Lieblingsbücher und -Whiskeysorten, sein Fitnessprogramm. Seine internationale Forschung schien dagegen streng geheim, so gründlich ich auch nach Hinweisen auf deren Inhalte suchte.

Johannsens neue Professur in Deutschland war der überregionalen Presse, wenn überhaupt, nur eine kleine Meldung wert gewesen. Mir war es recht: Ich war schon immer ein Anhänger des exklusiven Wissens.

Ich hatte mein Studium genau geplant. Mir ging es nicht darum, genügend Punkte bei den Hausaufgaben zu sammeln und die Klausuren zu bestehen. Das verstand sich von selbst.

Ich hatte ein anderes Ziel.

Ich wollte mir die Grundlagen so schnell wie möglich draufschaffen. Ich brauchte die solide Basis aus Analysis, linearer Algebra, Zahlentheorie, Kombinatorik und Topologie. Und ich wollte sie rasch, bevor Daniel Johannsen noch auf die Idee kam, nach Neuseeland auszuwandern, und ich ihm über viele Zeitzonen hinweg würde folgen müssen. Sobald ich mir die Grundlagen der Hochschulmathematik angeeignet hatte, wollte ich anfangen, mich endlich ausführlich mit Daniel Johannsens Forschung zu beschäftigen. Ich wollte schnellstmöglich mit ihm ins Gespräch kommen und ihn um ein Thema für meine Bachelorarbeit bitten, idealerweise einen Baustein seiner Forschung, den er mir überlassen würde, um unsere Namen für immer miteinander zu verknüpfen. Vielleicht würde ich sogar in der Lage sein, ihm etwas von meinen eigenen Ideen vorzuschlagen.

Ich hatte Johannsens Namen als Erstprüfer auf dem Deckblatt meiner ersten akademischen Abschlussarbeit fest eingeplant.

Natürlich war mir beim Studium seiner Homepage nicht entgangen, dass er sich zwar gern beim »Nachdenken über Mathematik« fotografieren ließ, in den letzten Jahren aber keinen einzigen Bachelorstudenten betreut hatte.

Ich war es gewohnt, eine Ausnahme zu sein.

## DREIUNDZWANZIG GEBURTSTAGE

Moni hatte eine sympathische, eher seltene Eigenschaft: Sie akzeptierte meine intellektuelle Überlegenheit ohne einen Hauch von Zweifel. Ich hatte bereits begonnen, ihr Anregungen zur Lebensführung zu geben, die ihrem Alltag Struktur und Effizienz geben sollten – zum Beispiel sich eine feste Routine zuzulegen. Zwar war sie meist nicht in der Lage, die Hinweise umzusetzen. Aber sie begegnete ihnen mit der angemessenen Bewunderung.

»Wenn mir jemand gesagt hätte, dass ich irgendwann von jemandem Noten bekomme, der mein Enkel sein könnte«, murmelte sie, während unser Tutor Raphael sich an der Tafel abmühte. »Schon wieder jemand, der so jung und so genial ist. Ich weiß nicht, ob ich mich wie ein Kleinkind fühlen soll oder, im Gegenteil, total senil.«

»Der Unterschied liegt doch nur in der Prognose.« Dass Moni mich und Raphael in einen Topf warf, versetzte mir einen Stich.

Sie zu betreuen kostete Kraft, die mir niemand ersetzte. Moni hatte zum Beispiel immer Hunger und redete darüber. So passierte es schon mal, dass ich über die häufigen

Fehlerquellen bei Induktionsbeweisen sprach und sie darüber, dass es in der Mensa an diesem Tag Pfannkuchen und Milchreis gab. Dies brachte mich aus dem Konzept und hatte zur Folge, dass auch ich mehr Hunger als gewohnt hatte. Moni packte ihre Tupperdosen aus und hielt sie mir hin. Gute Snacks gehörten zu ihren überraschenden Stärken.

Irgendwann hörte ich auf, den Fliederduft wahrzunehmen. Was nur bedeuten konnte, dass ich dabei war, mich an sie zu gewöhnen.

Die dampfenden, wuseligen Mensa-Räume mit den Schlangen vor den Essensausgaben betrat ich nur aus Höflichkeit und Respekt vor Monis Alter, ihrem Hunger und ihren offensichtlich begrenzten Mitteln. Dort nahm ich einen Kamillentee und versuchte, den Ärmel vor der Nase, den Aufenthalt zu überstehen, während Moni neben mir schnell aß, noch schneller redete und die Reste von Moussaka oder Lasagne in eine mitgebrachte, von mir bereits geleerte Tupperdose einpackte. Ihre Wortbeiträge umfassten ein breites Themenspektrum, das bei ihrem Erstaunen über universitäre Gepflogenheiten begann (»Warum fängt die Vorlesung um Viertel nach acht an, wenn im Verzeichnis acht Uhr steht?«) und immer wieder bei den Inhalten endete. Einmal hatte Moni sich die ganze Mittagspause lang nicht darüber einkriegen können, wie sie endlich das Wesen der Null erfasst hatte, nachdem Professor Newman eine Vorlesung lang bewiesen hatte, dass null gleich null war. »Es ist ein neutrales Element der Addition, ist das nicht verrückt, Kleiner?«

Manchmal wartete ich auch draußen.

Wenn Moni nicht da war, verließ ich in den Pausen

den Campus, um in einem Café in einer nahe gelegenen Einkaufsstraße einen Roibuschtee zu trinken. Manchmal kaufte ich mir ein veganes Croissant oder eine Rosinenschnecke.

Hierher verirrten sich kaum Erstsemester, da sie noch damit beschäftigt waren, die Angebote des Campus zu erkunden. Hier trafen sich Professoren mit anderen Professoren auf einen Kaffee, sie kamen mit ihren internationalen Gästen oder mit ihren semi-heimlichen Geliebten. Vielleicht würde ich eines Tages genau hier mit Daniel Johannsen die Fortschritte meiner Bachelorarbeit besprechen. Ihn selbst hatte ich allerdings in diesem Café noch nicht gesehen, dafür viele andere, deren Vorlesungen ich besuchte oder deren Gesichter ich von der Homepage der Universität kannte.

Professor Herbst, bei dem ich lineare Algebra hörte, trank hier zum Beispiel mittags einen Cappuccino. Ich hatte ihn schon mehrmals dabei beobachtet. Sein Name war längst in meinen Unterlagen, weil Daniel Johannsen ihn in einem Interview als seinen Mentor erwähnt hatte. Bei Herbst hatte er bereits zu Schulzeiten Privatstunden der Hochschulmathematik genommen.

Ich hatte viele Fragen an Professor Herbst.

Er hatte ein freundliches, deprimiertes Gesicht mit leuchtenden blauen Augen und einen kaum hörbaren osteuropäischen Akzent. Seine erste Vorlesung hatte er mit der Behauptung eröffnet, dass lineare Algebra eine Ansammlung von Trivialitäten sei. Seine Übungsblätter waren so einfach, dass nahezu jeder die erforderlichen fünfzig Prozent schaffte und noch niemand geweint hatte, obwohl das Semester bereits seit Wochen lief. Laut seiner

Homepage betreute Herbst regelmäßig Abschlussarbeiten. Zwar hatte ich keinen Plan B für den unwahrscheinlichen Fall, dass Daniel Johannsen die Betreuung meiner Bachelorarbeit ablehnen würde. Professor Herbst war aber mein Plan C, D und E.

Ich saß neben Herbst auf einer Bank am Fenster, den Straßentrubel im Rücken, und wartete auf mein Getränk sowie auf die Gelegenheit, ein Gespräch zu beginnen. Ich wollte zu gern wissen, was er mit seiner Tendenz zur Unterkomplexität einem Genie beigebracht haben konnte.

Bei drei identischen Gelegenheiten hatte ich die Zeit als noch nicht reif erachtet. Während der vierten drehte sich Herbst zu mir.

»Ist das nicht Ihre Kommilitonin?« Er deutete in Richtung Theke.

»Ich kenne niemanden in meinem Semester«, sagte ich, geschmeichelt, dass er mich nach den zwei Wortmeldungen in seiner Vorlesung wiedererkannt hatte.

»Aber Sie sitzen doch immer zusammen. Und sie winkt Ihnen gerade.«

»Ausgeschlossen.« Ich schaute dennoch hin. An der Kaffeemaschine stand eine Frau in einem so grellen Kleid, dass ich die Blickrichtung bis dahin zur Schonung meiner Netzhäute vermieden hatte. Auf dem Stoff war ein Dschungel explodiert: irgendwas mit Lianen, Affen, Tigern, alles durcheinander. Mir wurde schwindlig.

»Sehen Sie sie auch?«, stammelte ich.

Herbst kniff die Augen zusammen und legte den Kopf schief. »Durchaus.«

»Was macht sie da?«

»Wonach sieht es denn aus?«, fragte Herbst. »Ich vermute eine Korrelation zu dem Aushang *Aushilfe gesucht*, der nicht mehr da ist. Durchaus sinnvoll, eine Arbeit in der Nähe der Universität anzunehmen. Ich weiß nur nicht, wie ich sie ohne Angst prüfen soll, dass sie anschließend meinen Kaffee vergiften könnte.«

»Kein Wunder, dass sie keine Zeit hat zu lernen.« Ich wurde mit einem Mal wütend. »Sie verplempert ihre Ressourcen, während ich für uns beide die Lösungen abgebe. Ich bin für sie zu einem Betrüger geworden. Meinetwegen hat sie schon mehrmals die volle Punktzahl für die Hausaufgaben in ihrem Notenspiegel stehen, übrigens auch in Ihrem Fach! Regt Sie das gar nicht auf?«

»Geht so«, sagte Professor Herbst. »Solange Sie es mir nicht ins Gesicht sagen.«

»Sie wird zur Klausur zugelassen und dann abstürzen. Es ist grausam.«

»Das werden wir sehen«, sagte Herbst.

»Kämen Sie denn in Ihrem Alter und Ihrer Verfassung auf die Idee, professionelle Ballerina zu werden?«, fragte ich.

»Sie trauen mir ja gar nichts zu«, sagte Herbst. »Ich fühle mich diskriminiert.«

Ich erschrak kurz, merkte dann aber an den Lachfältchen um Herbsts Augen, dass er es eventuell doch nicht ernst meinte. Er schien nichts ernst zu nehmen, nicht seine Lehre, vermutlich auch nicht seine Forschung. Ich mochte es nicht, wenn anspruchsvolle Konzepte der Allgemeinheit leicht zugänglich gemacht wurden. Mathematik war nicht Literatur, man konnte sie nicht in einem Satz zusammenfassen und behaupten, das Wichtigste sei immer noch drin.

»Ist lineare Algebra wirklich eine Ansammlung von Trivialitäten?«, fragte ich.

»Korrekt«, sagte Herbst. »Wenn Sie lineare Unabhängigkeit verstanden haben, verstehen Sie alles andere auch.«

Darüber musste ich nachdenken.

»Guck dich an«, sagte Monis Stimme über meinem Ohr. »Knüpfst gleich die richtigen Kontakte. Ihr Cappuccino, Professor. Dein Tee, Kleiner. Geht aufs Haus.« Sie reichte mir einen Kamillentee, den ich noch gar nicht bestellt hatte.

Ich nahm die Tasse schweigend entgegen.

Herbst lächelte Moni an. »Ich habe Sie heute in meiner Vorlesung vermisst. Aber Sie haben nichts Wesentliches verpasst. Lesen Sie einfach die Seiten elf bis vierzehn im Skript nach.«

»Das Gute ist, dass alle einen Bogen um uns machen«, sagte ich zu Moni bei unserem nächsten gemeinsamen Mensa-Gang.

»Wir sind ja auch die Einzigen, die nicht bei der Kneipentour in der Erstiwoche dabei waren«, seufzte Moni.

»Es gab eine Kneipentour?« Ich verzog das Gesicht. »Kein Wunder, dass kaum jemand hier ernsthafte Fortschritte zeigt. Und Sie haben wirklich Hunger.«

Moni belud ihr Tablett mit Gulasch, Nudeln, einem wilden Mix von der Salatbar und einem riesigen Stück Schokoladenkuchen. Ich trug meine Tasse mit dem Teebeutel, der im lauwarmen Wasser dümpelte. Sie stellte ihr Tablett auf einem besetzten Tisch ab. Ein Mann, der bereits dort saß und mit einer erstaunlichen Geschwindigkeit eine

Reispfanne in sich hineinschaufelte, rückte seinen Teller zur Seite. Er sah aus wie einer dieser Obdachlosen, die sich an kalten Tagen im Unigebäude aufwärmten.

»Was machst du?« Ich hielt die Tasse fester umklammert. »Dort drüben ist noch frei.«

»Setz dich, Kleiner.« Monika rückte einen Stuhl in meine Richtung. »Wir beide sollten mehr unter Menschen kommen. Und wenn ich *wir* sage, meine ich *du*. Das ist Tom. Tom, das ist das junge Genie, von dem ich dir erzählt habe.«

»Man kennt sich«, sagte Tom mit vollem Mund.

Erschüttert nahm ich Platz. Tom hatte lange Haare, die in seiner Reispfanne hingen. Es dämmerte mir, dass ich ihn tatsächlich schon in unseren Vorlesungen gesehen hatte. Meist trug er, wie ich mich jetzt erinnerte, einen Dutt.

»Guten Tag«, sagte ich höflich. »Ich glaube, ich habe gleich einen wichtigen Termin.«

»Red keinen Unsinn.« Moni hielt mich am Ärmel fest, nahm aber die Hand nach meinem irritierten Zucken wieder weg. »Du hast noch keine Gruppe für das Projekt. Und Tom und ich brauchen jemanden.«

Mein Mund klappte auf. »Welches Projekt? Welche Gruppe? Wir sind doch nicht in der Grundschule.«

»Wir haben dich bereits bei uns eingetragen. Hier ist unsere Gruppenaufgabe.« Tom hielt mir sein Tablet unter die Nase.

*Eine Party mit* n *Gästen ist in vollem Gange,* las ich widerwillig. *Wie hoch ist* n, *damit es wahrscheinlicher ist, dass zwei der Gäste am selben Tag Geburtstag haben, als dass niemand am selben Tag Geburtstag hat?*

»Das ist Stochastik«, sagte ich. »Was hat es mit den Inhalten der Vorlesung zu tun?«

»Newman liebt Knobelaufgaben«, sagte Tom. »Ich würde schätzen: ab hundertachtzig Leuten.«

Moni schüttelte den Kopf. »Weniger.«

»Viel weniger«, sagte ich gereizt.

»Warum?« Tom schob den leeren Teller von sich, warf die Haare zurück. »Das Jahr hat dreihundertfünfundsechzig Tage. Einfach durch zwei geteilt. Was gibt's zu lachen?«

»Sorry.« Ich konnte gar nicht mehr damit aufhören.

»Ich muss jetzt zur Arbeit.« Moni klappte die Tupperdose zu, die ich vorher leer gegessen und in die sie die Reste ihres Mittagessens umgefüllt hatte.

»Ins Café?« Ich wurde panisch, dass sie mich mit diesem Typen allein ließ.

»Schön wäre es. Ihr könnt die Aufgabe zu zweit weiter besprechen.« Schon stöckelte sie davon. Tom schaute ihr hinterher.

»Krasse Frau«, sagte er.

»Sie hat Enkel.« Plötzlich machte ich mir Sorgen, er könnte Moni gegenüber unehrenhafte Absichten haben. Zwar war sie alt, aber er war es auch.

»Ich weiß«, sagte Tom. »Kinder, Enkel, Männer, das ganze Paket. Also, wie groß ist *n*? Wollen wir es googeln?«

Ich verstand nicht, was er von mir wollte. Ich hatte schon mit Kommilitonen in meinem Alter wenig zu besprechen. Ich hatte keine Lust, über die Benotung der Übungsblätter zu jammern oder zu diskutieren, welcher Prof besonders unfaire Klausuren machte. Bafög war auch nicht mein Thema. Ich wollte niemanden bitten, für mich die Tafel abzufotografieren, wenn ich es nicht zur Vorlesung schaffte. Ich war einfach da. Ich konnte nicht einmal auf die Verkehrsbetriebe mitschimpfen, weil ich zu Fuß zur Uni kam.

Das Gespräch mit Tom kam mir so absurd vor, als würde ich versuchen, mit einem Baum über eine Staffel *Supermind* zu diskutieren. Aber selbst eine Platane hätte bei dieser Aufgabe hoffentlich nicht einfach irgendwas durch zwei geteilt.[4]

»Grüßen Sie Ihre Familie von mir«, sagte ich zu Tom, räumte schnell meine Teetasse in den Abstellwagen und ging nach Hause.

Meine Eltern hatten mir die Wohnung in einer dreistöckigen Altbauvilla möbliert zur Verfügung gestellt, um den Umzug möglichst unkompliziert zu halten. Einrichtungsgegenstände interessierten mich sowieso nicht, ich wollte nur keinen Dreck und keine Farben. Ich hatte eine Küche, in der ich wunschgemäß eine kleine Pfanne (für den Tofu) und einen Topf (für Erbsen und Reis) vorgefunden hatte. Im Schrank lagen zwei Sätze cremeweiße Bettwäsche aus Seidensatin.

Ich lag auf dem Rücken und sah zu, wie das Display meines Handys aufleuchtete und Lichtflecken an die hohe Decke warf. Das Erste, was Tom mit meiner Telefonnummer gemacht hatte, war, mich ungefragt dem Gruppenchat des Studiengangs hinzuzufügen. Nach zehn Minuten ertrug ich die Kakofonie nicht mehr und trat wieder aus.

4 Wir wissen zu wenig über die Intelligenz der Pflanzen.

Aus dem Dreierchat mit Tom und Moni fand ich keinen anderen Ausweg, als ihn lautlos zu stellen. Dennoch musste ich ab und zu mitlesen, unfreiwillig tief hineingezogen in die Abgründe studentischen Nachtlebens. Es war bereits ein Uhr nachts, und es fand eine rege Diskussion statt. Tom begriff nicht, warum seine Faustregel (alles, was er sah, durch zwei zu teilen) diesmal nicht zu einer Lösung führte. Moni hatte, belegt durch komplizierte Skizzen, unterschiedliche Kombinationen für diverse *n* durchprobiert. Ich musste ihr zugutehalten, dass es für eine ungebildete Frau eine schlaue und vor allem fleißige Idee war. Auf die Art und Weise konnte sie endlos weitermachen. In Sachen Lösung trat sie damit zwar auf der Stelle, konnte aber zumindest Toms denkfaule Vermutung widerlegen.

Irgendwann hielt ich es nicht mehr aus.

*Hinweis: Was ist hier das Gegenereignis?*, tippte ich in den Chat.

*Huch, da ist ja jemand wach.* (Tom)

*Haben wir dich geweckt, Kleiner?* (Moni)

*Was ist überhaupt ein Gegenereignis?* (Tom)

*Soll ich euch die Lösung sagen?*, tippte ich.

*Ja.* (Tom)

*Nein.* (Moni)

*Warum nicht?* (Ich)

*Ich will selber drauf kommen.* (Moni)

*Wie heißt er noch mal? Oscar? Sag's mir im Zweierchat. Ich muss morgen um sieben raus. Das heißt schon heute.* (Tom)

Ich hatte keine Lust auf den Zweierchat mit Tom. Ich drehte das Handy um, damit mich das Leuchten nicht weiter störte. Es war, wie bei einem schlechten Tischtennisspiel zuzuschauen, bei dem einer der Spieler ständig den Ball verlor. Man hatte Lust, ihn mit seinem eigenen Schläger zu verdreschen.

Ich hatte die Antwort auf das berühmte Geburtstagsparadoxon in der siebten Klasse bewiesen.

Am Morgen brauchte ich eine Weile, um den Wecker zu hören, obwohl ich sonst von allein wach wurde. Ich griff nach dem Handy. Der Chat quoll mit zweihundert Nachrichten über. Ich scrollte über eine Flut an Skizzen und abfotografierten handschriftlichen Rechnungen, bis schließlich die Zahl dreiundzwanzig auftauchte. Moni hatte sich gegen drei Uhr nachts zur richtigen Lösung durchgekämpft, brauchte aber noch fast eine Stunde, um sie Tom zu erklären.

Ich zog mir die Hausschuhe an und wankte ins Bad. Ich hatte das miese Gefühl, einen wichtigen Aspekt der Mathematik bislang übersehen zu haben.

## ERST YOGA, DANN FECHTEN

Ich stand auf dem Balkon und schaute zu, wie Frau Horn, die Hausmeisterin des Anwesens, das Herbstlaub zusammenrechte. Sobald sie mich erblickte, wurden ihre Bewegungen schneller und fahriger. Es war ein warmer Tag, und ich zog mir einen Fleecepulli, meine Mütze und Handschuhe an und stützte mich mit meiner Teetasse auf die Brüstung, um den Strom der ersten Vorlesung vorbeiziehen zu lassen. Professor Zschau kam sowieso zu spät.

Ausreichend Sitzplätze gab es ab der zweiten Woche in allen Mathe-Vorlesungen.

Ich entdeckte Moni in dem Pulk, der innerhalb von Sekunden den Bürgersteig vor meinem Haus verstopfte. Sie war das grellste Blond, das bissigste Rosa, das unnatürlichste Grün. Die Absätze klackerten auf dem Kopfsteinpflaster, das raue Lachen erklang unter meinem Balkon. Was hatte sie überhaupt zu lachen? Mit wem unterhielt sie sich? Hatte der Landstreicher Tom etwa dieselbe Bahn genommen? Welcher blaue Kopf lief da neben ihr – wo ich doch auf dem Balkon stand und hinunterschaute? Rief jemand Monis Namen? War sie gerade dabei, jemandem lautstark die Lösung des Geburtstagsparadoxons zu erklären?

Meine Handflächen wurden feucht. Es war, als hätte Moni mir einen Zehner aus der Tasche geklaut und jemand anderem zugesteckt. Dabei hatte ich, wenn ich ganz ehrlich war, gar nichts zu ihrer Lösungsidee beigetragen.

Moni war bereits außer Sichtweite. Ein paar Minuten später trat eine zierliche schwarz gekleidete Gestalt aus dem Pulk heraus und blieb allein auf dem Bürgersteig unter einer Laterne stehen. Die angeleuchteten Regentropfen umgaben ihren Körper wie eine strahlende Wolke.

Ich schaute auf die Uhr, kippte meinen Tee hinunter und war wenig später mit meinem Rucksack auf der Straße. Die Gestalt in Schwarz stand immer noch da. Der Strom war abgeebbt. Ihr Blick streifte mich, das Haus, wieder mich. Ich hatte noch nie so ein Gesicht jenseits eines Bildschirms oder einer Buchseite gesehen, mit riesigen schmalen Augen wie in einem Anime. Die Person setzte sich langsam in Bewegung, immer wieder etwas auf ihrem Handy abgleichend. War sie auch im ersten Semester, hatte sie die ersten Wochen gefehlt?

Ich überholte sie und bog um die Ecke. Ich war sicher, dass ich sie an unserem Fachbereich nicht wiedersehen würde: Sie war definitiv zu schön.

Moni sah furchtbar aus. Ihr Gesicht wirkte aufgedunsen, die Puderschicht schien dicker als sonst und konnte die Ringe unter den Augen doch nicht ganz abdecken. Das Rot auf den Wangenknochen und das Blau auf den Augenlidern hatte sie dafür intensiviert.

»Das Studium bekommt Ihnen nicht gut«, sagte ich. Ursprünglich hatte ich vorgehabt, ihre Lösung des Geburtstagsparadoxons zu kommentieren. Die Aufgabe war nicht schwer. Aber Moni, die entweder gar keine Schulbildung genossen hatte oder sich nicht mehr an sie erinnern konnte, hatte sich ohne die Grundlagen der Wahrscheinlichkeitsrechnung und der Kombinatorik durchgebissen. Eine überdurchschnittliche Portion Beharrlichkeit ersetzte bis zu einem gewissen Grad den mathematischen Sachverstand. Aber irgendwann trennte sich auch hier die Spreu vom Weizen. Diejenigen, die nur fleißig oder nur talentiert waren, fielen auf die Nase. Zurück blieben nur diejenigen, die talentiert und fleißig zugleich waren.

»Sie sehen furchtbar aus«, sagte ich. Das Blau der Lider zeigte sich und verschwand wieder. Die Wimperntusche war schon mal präziser aufgetragen gewesen.

»Guck dich doch selbst an«, sagte sie. »Schauen deine Eltern gar nicht nach dir?«

»Ich bin kein kleines Kind mehr.« Ich setzte mir eine FFP2-Maske auf. Die Räume waren schlecht gelüftet, und die Feuchtigkeit stieg von den regennassen Sachen in die Luft, was wiederum Tröpfchen- und Schmierinfektionen begünstigte. Ich setzte mich weg von Moni, die sich immer wieder die Nase putzte und die benutzten Papiertücher in ihre Tasche stopfte. Das war mir dennoch lieber als die vergeblichen Versuche anderer Kommilitonen, mit ihrem biologischen Material den Papierkorb zu treffen.

»Lässt du mich allein?«, rief Moni mir hinterher.

»Sie sind alt genug«, antwortete ich.

Kaum saß ich zwei Reihen weiter, in einem wohltuenden Abstand zu ihr und den anderen, wanzte sich ein Mädchen mit Brille und Schal an Moni heran. Die beiden begrüßten einander wie alte Freundinnen und beugten sich über ein Blatt Papier. Moni schrieb etwas auf, deutete immer wieder darauf, und das Mädchen nickte eifrig. Es konnte sich nur um ein Kuchenrezept handeln. Ich setzte mich noch einmal um, um mir das alles nicht ansehen zu müssen.

Die nächste Vorlesung war Numerik. Sie war in einen Neubau verlegt worden, den sich die mathematische Fakultät mit der Physik und der Informatik teilte. Ich folgte dem Tross der Erstsemester, als ich wieder die Anime-Person auf dem Bürgersteig sah. Sie stand abseits neben einem Bürofenster, dessen Neonlicht die schmale Gestalt aus dem allgemeinen Grau herausgriff. Als hätte sie meinen Blick gespürt, machte sie einen Schritt zur Seite, in einem aussichtslosen Versuch, mit der Umgebung zu verschmelzen.

Ich tat ihr den Gefallen und blickte weg.

Der neue Hörsaal war überdimensioniert und roch

beruhigend nach einem alkoholhaltigen Desinfektionsmittel. Professor Orlov hatte eine Glatze, in der sich die Leuchtkörper spiegelten. Sein Bart war zu einem langen Zopf mit eingearbeiteten bunten Bändern geflochten, und bei jeder Bewegung bimmelten kleine Glöckchen, die irgendwo in der Konstruktion verborgen sein mussten.

Die Akustik des neuen Hörsaals war eine Katastrophe. Orlov nuschelte, was allerdings kein Verlust war, da er nur seine Folien vorlas: eine einfallslose Kompilation aus den Einführungen anderer Fachgebiete. All das konnte ich viel besser in Lehrbüchern, den Folien anderer Dozenten und selbst in meinen eigenen Mitschriften nachlesen. Ich blendete das Gemurmel und das Geklimper aus und begann, im Kopf den Beweis für die Irrationalität der Wurzel aus zwei durchzugehen. Es war einer der ältesten mathematischen Beweise überhaupt, bestehend aus wenigen Zeilen, schlicht und elegant und in seiner Einfachheit bereits halbwegs intelligenten Grundschülern zugänglich. Ihn zu wiederholen war wie Etüden spielen.

Mister Brown sagte über solche Beweise, dass sie direkt aus dem Buch stammten, von Gott persönlich herausgegeben. Auf die Idee habe ihn sein alter Freund Paul gebracht, mit dem er so schön über Mathematik reden könne. Wenn ich Mister Brown fragte, ob er das alles wirklich glaubte, antwortete er: »An Gott glauben? Ich weiß nicht. An das Buch? Meistens. An Paul? Auf jeden Fall.«

Wenn ich wiederum fragte, ob man als Mathematiker der Gegenwart durch neue Entdeckungen an dem Buch mitschreiben könne, sagte Mister Brown: »Seien Sie bescheidener, mein Junge. Man ist schon glückselig, wenn man eine Seite daraus zu lesen kriegt.« Doch sein eigenes, kaum sichtbares Grinsen, das sich in den Mundwinkeln als Lachfalten tarnte, weckte meinen Verdacht, dass er seinerzeit nicht so bescheiden gewesen war. Inzwischen war er ein alter Mann, der Tauben zählen und Zuckertütchen sammeln als seine wichtigsten Hobbys angab. Bei unseren ersten Begegnungen hatte ich ihn für einen Obdachlosen gehalten, der menschliche Futterplätze nach liegen gebliebenen Pfandflaschen absuchte.

Ich war fertig und zeichnete im Geiste das Kästchen, das das Ende des Beweises markierte, als es mich durchzuckte. Ich musste es nicht einmal überprüfen, ich kannte die offizielle Vita von Daniel Johannsen auswendig. Sein Geburtsjahr leuchtete grünrot[5] vor meinem inneren Auge auf.

Daniel Johannsen war, wie Moni Kosinsky, dreiundfünfzig Jahre alt.

Im Gegensatz zu Menschen konnten Zahlen nicht lügen.

Allmählich dämmerte mir, dass Moni Kosinsky ein Leben außerhalb der Uni haben musste. Dieses Verständnis aufzubauen fiel mir schwerer, als seinerzeit die partielle Integration zu erlernen. Als ich noch klein war, war ich überzeugt davon gewesen, dass Menschen, sobald sie aus meinem Blickfeld verschwanden, erstarrten wie ausgeschaltete Roboter. Ich war davon ausgegangen, dass sie

5 Triggerwarnung für Menschen, die andere Farben mit diesen Ziffern assoziieren: Dies hier ist meine persönliche Synästhesie, aber es ist ja auch mein inneres Auge.

hinter einer Art Bühne darauf warteten, meine Welt wieder zu betreten und erst dann wieder aktiv zu werden. Inzwischen hatte ich eine Ahnung davon, dass es mehr als meiner Aufmerksamkeit bedurfte, um Personen lebendig zu machen. Trotzdem sprengte es meine Vorstellungskraft, dass jede einzelne von ihnen ein eigenes Leben, eine Familie, vielleicht Bücher und Haustiere hatte und eventuell sogar über ein Wissen verfügte, das ich nicht besaß.

Es machte mich unruhig, dass es Zeiten gab, in welchen Moni weder an der Uni noch im Café war. Ich wollte nicht zu direkt sein. Daher fragte ich sie bei nächster Gelegenheit diplomatisch, ob sie in ihrer Abwesenheit irgendwelchen Hobbys nachgehe. Sie reagierte mit einem Lachanfall.

»Sicher, Kleiner, erst Yoga, dann Fechten«, sagte sie. »Und wenn ich nicht gleich auf eine Nachricht antworte, dann meditiere ich gerade.«

»Kein Wunder, dass Sie kaum Zeit für die Uni haben.«

»Das war ein Spaß.« Sie wurde wieder ernst – jedenfalls so ernst, wie es ihr überhaupt möglich war. »Lass es mich mal so formulieren. Habt ihr eine Putzfrau zu Hause?«

»Natürlich. Frau Berdyaeva.«

»Und hattet ihr eine Kinderfrau, als du klein warst?«

»Josephine«, sagte ich.

»Und wer kocht bei euch?«

»Mein Vater kocht gern«, sagte ich. »Aber er hat selten Zeit. Frau Berger, das ist die Haushälterin, kocht häufig.«

»Und warst du jemals im Kindergarten?«

»Selten«, sagte ich.

»Wer hat dort gekocht?«

»Die Köchin, wer sonst.« Langsam wunderte ich mich über das Verhör.

»Dann stell dir das jetzt mal so vor: Ich bin manchmal Frau Berdyaeva und manchmal Frau Berger, und in meiner Freizeit bin ich diese Köchin im Kindergarten, deren Namen du dir nicht einmal gemerkt hast.«

»Sie hieß Marjana«, sagte ich. »Aber ich verstehe nicht, was sie mit Ihrer Abwesenheit zu tun hat.«

»Denk halt nach. Es ist nicht so schwer.« Sie wartete auf irgendwas, und ich wartete, dass sie weiterredete.

Sie seufzte. »Ich hab mehrere Jobs, Kleiner.«

»Ich würde mich auf einen beschränken«, sagte ich. »Warum arbeiten Sie nicht in Vollzeit, zum Beispiel bei einem Discounter? Dort gibt es gute Sozialleistungen und übertarifliche Bezahlung. Oder Sie gehen in die Pflege. Dort werden händeringend Mitarbeiter gesucht.«

»Ich kann keinen Schichtdienst.« Moni deutete mit dem Kinn auf den schlafenden Kevin in ihrem Arm. »An der Kasse kann ich mit etwas Glück sitzen, wenn ich siebzig bin, wenn Püppi nicht noch einmal nachlegt. Vielleicht habe ich dann sogar einen Abschluss in Mathematik.«

»Mit einem Abschluss in Mathematik können Sie überall sitzen«, sagte ich. »Aber Sie werden keinen erreichen.«

»Glaubst du nicht an mich?«

»Natürlich glaube ich nicht an Sie. Ich glaube an fast niemanden, aber am wenigsten an Sie.«

»Hältst du mich für so doof?«

Ich lauschte in mich hinein. »Sie werden lachen, aber ich halte Sie nicht für besonders doof. Ich halte Sie für ineffizient.«

Moni blinzelte. »Wie soll ich es deiner Meinung nach besser machen?«

»Hab ich doch schon oft erklärt. Sie müssen Ihr privates Umfeld optimieren, wenn Sie weiterkommen wollen. Ihre Familie behindert sie offensichtlich. Warum verlassen Sie sie nicht einfach?«

Moni schien kurz darüber nachzudenken. »Hast du noch eine andere Idee?«

»Ich mach mir Gedanken«, versprach ich.

Es gab so vieles, was ich an Monis Stelle verändert hätte. Jeder ihrer Schritte schien eine logistische Katastrophe zu sein. Mich zum Beispiel hätte es massiv gestört, wenn ich außer meinem Rucksack noch mehrere Tüten mit Windeln und Snacks dabeihaben müsste, wenn ich daran denken müsste, einen im Flur abgestellten Buggy samt schlafendem Inhalt auf dem Heimweg wieder mitzunehmen, und dabei ständig ans Telefon gehen und lügen müsste, ich sei gerade bei der Arbeit oder beim Einkaufen. Der ganze Hörsaal beobachtete interessiert, wie Moni immer wieder ihre Taschen umpackte, wie zwischen bunt gemusterten Wechselklamotten in winzigen Größen alte, zerfledderte Lehrbücher zum Vorschein kamen, die sie aus der Bib ausgeliehen oder auf irgendeinem Flohmarkt gefunden hatte. Ich erkannte die Lektüren teilweise nicht wieder, obwohl ich das gleiche Lehrwerk im Regal und zusätzlich in elektronischer Version auf dem Tablet hatte. Wenn ich die sechsundzwanzigste aktualisierte und verbesserte Auflage besaß, hatte Moni bestenfalls die dritte mit einem Umschlag aus den Siebzigerjahren. Manchmal nahm ich mir einen ihrer alten

Schinken, um ihn mit meiner nagelneuen Ausgabe zu vergleichen.

»Und«, fragte Moni dann. »Ist meine Mathematik veraltet? Hieß die Wurzel aus minus eins vor dreißig Jahren anders?«

Irgendjemand lachte. Irgendjemand lachte ständig über einen Spruch von ihr. Wenn ihr ein Kugelschreiber oder ein Schnuller herunterfiel, gab es immer einen Kommilitonen, der sich danach bückte. Ein paarmal passierte es, dass Moni mich zu Beginn einer Vorlesung fragte, ob es okay wäre, wenn sie sich ausnahmsweise woanders hinsetzte, weil neben mir nicht genug Platz für Jonathan, Annalena oder Sun Ji sei, die ihr gerade zuwinkten. Was sollte ich auch dagegen haben. Ich war zufrieden, wenn sie da war – nicht etwa, weil mir etwas an ihrer Anwesenheit lag oder weil ich gern im Winter in einer Fliederwolke stand, sondern weil meine Investition in ihre Ausbildung dann etwas weniger vergeblich war. Und als ich einmal mitten in der Vorlesung zur Toilette ging und später in den Hörsaal zurückkehrte, sah ich Monis kleinen Kevin auf dem Arm von Professor Herbst, der gerade mit der freien Hand den Algorithmus zum Berechnen der Jordanschen Normalform einer Matrix aufschrieb. Moni saß am Rand der zweiten Reihe und sah verlegen aus.

»Der Kleine ist aufgewacht und hat angefangen zu weinen, da hat er ihn mir einfach abgenommen«, flüsterte sie, als ich mich neben sie setzte. »Ich fühle mich furchtbar. Schau, Keanu wischt gerade seine Pfötchen an dem Professor ab. Das geht doch nicht, Kleiner. Was soll ich tun?«

Ich hatte ihr bereits mehrere gut umsetzbare Vorschläge unterbreitet: das Kind zu Hause lassen, selber dort bleiben, Aufgaben an bezahlte Kräfte delegieren. Ergänzend sagte ich jetzt: »Manche bekommen vom Jobcenter eine Umschulung bezahlt.« Damit hatte jedenfalls unsere ehemalige Haushälterin Frau Perrugio ihre plötzliche Kündigung begründet, was meine Eltern ziemlich überrumpelt hatte. Sie hätten gern etwas mehr Vorlauf gehabt, hatten aber natürlich dennoch alles Gute gewünscht.

Ich kam in die Mensa mit, obwohl ich ahnte, dass Moni dort das Kind füttern würde. Das war so ziemlich der schlimmste Anblick im öffentlichen Raum, von nackten Oberarmen im Sommer abgesehen. Ich saß leicht abgewandt, während Moni Kartoffelpüree in Kevins aufgesperrten Mund schaufelte. Deswegen sah ich ihn zuerst.

»Daniel Johannsen«, sagte ich laut und rutschte fast vom Stuhl.

»Oh«, sagte Moni mit einer fremd klingenden Stimme. »Wie klein die Welt ist.«

Das war natürlich eine alberne Bemerkung. Es war das erste Mal, dass ich Daniel Johannsen außerhalb des Fachbereichs sah. Wahrscheinlich war er ebenfalls nur aus Höflichkeit in die Mensa mitgekommen, denn gerade folgte er Professor Herbst zur Salatbar. Er selbst hatte nur eine Flasche Mineralwasser in der Hand.

Es war schwer zu glauben: Niemand achtete darauf, wer sich hier gerade in die Warteschlange an der Kasse einreihte. Kein Mensch drehte sich nach Daniel Johannsen um. Die Mensa war von Geisteswissenschaftlern, Pädagogen und anderen Pseudoakademikern bevölkert. Einmal war ich sicher gewesen, in der Menschenmenge Mister Browns grau gesprenkelten Lockenkopf zu erkennen. Im Gegensatz zu mir liebte er Mensen, und als er mich einmal zur Sommer-Uni begleitet hatte, verbrachte er die meiste Zeit damit, die Desserts zu testen, während ich in einer Vorlesung über lineare Gleichungssysteme saß. Das Thema sei für einen alten Mann nicht mehr inspirierend, entschuldigte er sich.

Ich hatte mich getäuscht: Die grauen Locken gehörten einer germanistisch wirkenden Frau, die bestimmt noch nichts von einem Binomialkoeffizienten, geschweige denn von der Fields-Medaille gehört hatte.

Herbst trug sein voll beladenes Tablett an uns vorbei und drehte sich plötzlich um. Irgendetwas passierte mit seinem Gesicht. Erst machte ich mir kurz Sorgen, dann begriff ich: Es war seine Art zu lächeln.

»Ist hier noch frei?«, fragte er.

Moni nickte mehrfach und schob den Kinderwagen aus dem Weg.

»Aber klar, Professor, hier, setzen Sie sich doch.«

»Sie müssen mich nicht Professor nennen«, sagte Herbst, nachdem er das Lächeln dankenswerterweise wieder eingestellt hatte. »Ich nenne Sie ja auch nicht Studentin.«

»Tun Sie das ruhig. So etwas hat noch keiner zu mir gesagt. Alle nur so Moni, Moni.«

»Sehr erfreut.« Herbst stellte das Tablett ab, sah sich suchend um und winkte. »Daniel! Hier!«

Daniel Johannsen näherte sich mit seiner Flasche Mineralwasser. Ich schob den vermaledeiten Kinderwagen mit dem Fuß weiter zur Seite. Er stand immer noch im Weg und musste jeden irritieren, der in Gedanken gerade in der *n*-ten Dimension war.

»Setz dich doch.« Herbst deutete mit der Gabel auf den vierten, freien Stuhl.

Und dann passierte das, wovon ich fast genauso lange geträumt hatte wie davon, dass einmal ein Theorem nach mir benannt würde oder vielleicht sogar eine Zahlenmenge.

Der berühmteste Mathematiker Deutschlands setzte sich fast freiwillig an unseren kleinen viereckigen, mit Kartoffelpüree und Ketchup bekleckerten Plastiktisch.

Ich hatte mir diesen Moment ganz anders vorgestellt. In meiner Fantasie hatte ich mich vorab durch die Bücher gearbeitet, die Daniel Johannsen verfasst oder herausgegeben hatte. Ich hatte zwei davon bereits in meiner Wohnung im Regal stehen, aber sie warteten noch darauf, dass ich in der Gruppentheorie weiterkam, wofür ich noch die Vorlesung *Algebra und Zahlentheorie* brauchte, die allerdings erst im kommenden Sommersemester angeboten werden würde.

Eigentlich hatte ich geplant, Johannsen das erste Mal bewusst in einem Seminar zu begegnen. Ich hatte das Vorlesungsverzeichnis durchsucht und nichts von ihm gefunden, aber früher oder später musste es so weit sein: Er war schließlich Professor und würde irgendwann eine Lehrveranstaltung anbieten müssen. Ich würde sofort und ohne Kompromisse daran teilnehmen, ohne Rücksicht darauf, welche Fachsemester zugelassen wären. Bis dahin wollte ich alles tun, um mitreden zu können.

Spontane Begegnungen beim Mittagessen ohne einen festgelegten Ablaufplan oder zumindest ein vorgegebenes Thema waren nicht meine Stärke.

Und so saß ich da, trommelte ungeduldig mit den Fingern auf den Tisch und suchte hektisch nach einer Möglichkeit, mich zu äußern. Moni tat nichts, um mir zu helfen. Sie fütterte das Kind und hörte Herbst zu. Herbst erzählte von dem dreibeinigen Hund, den er als Kind besessen hatte.

Daniel Johannsen schaute Moni ein wenig zu lange aus zusammengekniffenen Augen an, als würde er bei einem Sehtest schummeln. Dann drehte er sich zu mir. »Und was nehmen Sie hier so zu sich?«

»Kamillentee«, sagte ich.

»Das Mineralwasser ist zu empfehlen.« Er schraubte seine Flasche auf und trank zum Beweis einen Schluck.

»Aus welcher Quelle?«, fragte ich.

»Elisabethen.« Er zeigte mir das Etikett.

Ich zeigte ihm im Gegenzug das Papierchen, das am Faden meines Teebeutels hing. »Das hier würde ich allerdings nicht empfehlen.«

»Danke für den Hinweis. Wie gefällt Ihnen das Studium bislang?«

»Es ist furchtbar«, sagte ich, bevor ich es mir besser überlegen konnte. »Ich hatte es mir ganz anders vorgestellt. Ich habe mich darauf gefreut, seit ich sechs Jahre alt bin. Aber es ist einfach schlimm.«

Jetzt schauten mich drei Augenpaare an. Monis und Herbsts betroffen, Johannsens peinlich berührt.

»Das geht wahrscheinlich jedem so, Kleiner.« Monis Hand wanderte über den Tisch und legte sich auf meine, bevor sie sich rasch zurückzog. »Du schaust das Übungsblatt an und denkst, es ist Chinesisch. Nein, das wäre noch zu einfach. Du denkst, das ist Außerirdisch. Kein Mensch könnte sich diese Zeichen und diese Fragen ausdenken.

Du brauchst erst mal Stunden, um überhaupt zu verstehen, wonach in der Aufgabe gefragt wird. Ich kenne hier niemanden, dem es zu Beginn anders geht.«

»Ich kenne hier überhaupt niemanden«, sagte ich.

»Du kennst mich.«

»Sie zählen nicht.« Ich musste sofort aufhören zu reden. Sonst würde noch etwas passieren. Zum Beispiel könnte ich in Tränen ausbrechen, und wer wüsste dann, wie man mich tröstet? Daniel Johannsen bestimmt nicht.

»Ich verrate Ihnen ein Geheimnis.« Herbst überließ seine Mensa-Card dem kleinen Kevin zum Spielen und wandte sich mir zu. »Es wird besser. Irgendwann merken Sie, dass es tatsächlich Menschensprache ist, mit der Sie da arbeiten. Sie lernen sie lesen und verstehen und irgendwann sogar aktiv schreiben. Sie gucken sich eine Seite im Lehrbuch an und merken, wie sie sich vor Ihren Augen verändert. Erst tauchen vertraute Bruchstücke auf, dann werden sie immer mehr, und irgendwann ist alles klar. Und plötzlich steht da eine Geschichte. Manchmal spannend, manchmal eine ziemliche Dummheit. Und manchmal ist das, was da jemand aufgeschrieben hat, so witzig, dass Sie lachen müssen.«

»Lachen Sie oft, wenn Sie Mathe lesen?« Monis Augen bekamen einen merkwürdigen Glanz.

Herbst lächelte. »Selten. Aber es passiert.«

»Und du?« Sie wandte sich an Daniel Johannsen. »Ich meine Sie?«

Johannsen zuckte zusammen. »Wie?«

Plötzlich war ich froh, dass ich nicht gerade in Johannsens Seminar saß und mich mit einer Frage meldete, die in seinen Augen dumm war.

»Entschuldigung.« Moni senkte den Kopf.

»Ich habe Sie akustisch nicht verstanden«, sagte Daniel Johannsen gleichmäßig.

»Sie hat gefragt, ob Sie oft über Mathematik lachen«, wiederholte ich laut und deutlich. »Moni, warum trittst du mich?«

Johannsen sah Herbst an. Ich begriff, dass es nicht an seiner Schwerhörigkeit gelegen hatte. Monis dumme Fragen, vielleicht aber auch ihre ganze Präsenz, hatten Johannsens Genie gekränkt.

Herbst räusperte sich, stand auf und klopfte Johannsen auf die Schulter: »Wir müssen los.«

Johannsen erhob sich so schnell, dass der Stuhl unter ihm fast umkippte.

»Bis Mittwoch«, sagte Herbst zu Moni und mir.

»Hat mich gefreut«, sagte Johannsen, ohne einen von uns anzusehen.

Sie hatten sich schon entfernt, als Herbst plötzlich wieder zurückkam.

»Wir sind furchtbare Menschen«, sagte er zu Moni. »Das dürfen Sie nicht persönlich nehmen.«

Sie lächelte. »Ich weiß.«

Ich hielt ihr den aufklappbaren Taschenspiegel, während sie sich mit einer Serviette aus braunem Recyclingpapier erst die Augen abtupfte und dann den Lidstrich erneuerte. Kevin trommelte mit dem Löffel auf den Tisch.

# WILDER ABEND

Am Wochenende telefonierte ich normalerweise mit meinen Eltern. Ich sprach grundsätzlich nicht gern am Telefon und bat um schriftliche Meinungen, die ich nach einer angemessenen Bedenkzeit beantwortete. Aber meine Eltern bestanden darauf, einmal die Woche nicht nur meine Stimme zu hören, sondern auch mein Gesicht im Videochat zu sehen. Ich ließ mich darauf ein. Schließlich hatten sie aufgrund meiner Minderjährigkeit und ihrer rechtlichen und moralischen Verpflichtung, mir die meinem Potenzial entsprechende Ausbildung zu finanzieren, durchaus das Recht dazu, von mir Lebenszeichen und Ergebnisprotokolle einzufordern. Ich legte mir Notizen bereit, die aus meinem Stunden- und Speiseplan sowie einigen Wetteraufzeichnungen bestanden, und rief um Punkt acht Uhr an.

Meine Eltern gingen nicht ans Telefon.

Darauf war ich nicht vorbereitet. Die nächsten zwei Stunden wählte ich immer wieder die Nummer und legte wieder auf. Mein Zeigefinger tippte alle paar Minuten auf die Hörertaste. Am Anfang noch gleichmäßig, später verzerrte sich der Rhythmus. In der Zwischenzeit las ich noch mal meine Notizen durch und aß einen Löffel Müsli, das ich mir eigentlich für die Zeit nach dem Telefonat vorbereitet hatte. Der Löffel in meiner Hand begann zu zittern.

Als das Handy einen Anruf ankündigte, fiel das Besteck scheppernd auf den Boden. Ich drückte mir das Device ans Ohr. »Wo seid ihr?«

Im Hörer hüstelte es. »Moin dir auch. Hier ist Tom.«

Ich sackte zusammen. »Hier ist Oscar.«

»Ich weiß. Ich ruf dich ja an. Heute schon was vor?«

Ich saß an meinem aufgeräumten Schreibtisch, blickte hinaus in den Garten, dann auf die Uhr. Natürlich hatte ich etwas vor. Ich wollte lernen und lesen, danach wieder lernen. Ich wollte mir Daniel Johannsens Vorträge auf Youtube anschauen. Ich wollte nicht mehr so rumtrödeln, sondern meine Studien intensivieren. Ich wollte nie wieder sprachlos neben meinem großen Vorbild sitzen. Aber das ausgefallene Gespräch mit meinen Eltern legte sich über meine Pläne wie ein Ölfilm aus einem umgekippten Lkw über eine Fahrbahn. Ich kam ins Schlingern.

»Dachte ich's mir«, sagte Tom in mein Schweigen hinein. »Bock, mit mir zusammen Moni zu treffen? Dann können wir die Gruppenaufgabe noch mal besprechen, und ihr könnt mir erklären, was in Lina drangekommen ist.«

»Lineare Algebra«, korrigierte ich automatisch. Ich mochte diese Abkürzungen nicht. Lina, Ana, Coma[6] – das waren vielleicht schöne Namen für drei Schwestern, aber doch keine ernstzunehmenden Studienfächer.

»Komm um elf. Ich schick dir die Adresse. Moni ist schon da.«

Tom legte auf, und ein Ping kündigte einen im Chat geteilten Standort an.

6 für **Ana**lysis und **co**mputerorientierte **Ma**thematik

Ich klickte drauf, ließ mir die Route berechnen und ging ein zweites Mal Zähne putzen.

In der U-Bahn wusste ich sofort wieder, warum ich öffentliche Verkehrsmittel mied. Es waren nicht nur die seltsamsten Leute darin, sie schauten mich auch noch an, als hätten sie noch nie eine Person mit Gummihandschuhen gesehen.

Der mitgeschickte Standort erwies sich als ein Hotel, ein unauffälliger Teil eines grauen Betonblocks, dessen Erdgeschoss von einem Supermarkt eingenommen wurde. Hier könnte ich im Anschluss einkaufen, weil ich zu Hause nicht mehr genug Sojamilch hatte. Bevor ich meine Irritation über den Treffpunkt im Chat kundtun konnte, gingen die automatischen Türen auf, und von innen winkte Tom.

Ich fühlte mich in der Falle. Widerwillig betrat ich die Eingangshalle mit einer Sitzgruppe und einem Automaten, aus dem man leere Kalorien, Ethanol und Koffein ziehen konnte. Tom saß mit genau so einem Getränk in einem Ledersessel und hatte Notizen vor sich ausgebreitet.

»Wo ist Moni?« Ich tastete nach meinem Handy in der Tasche, um einen Notruf abzusetzen.

»Hier«, sagte sie hinter meinem Rücken.

Ich drehte mich um. Sie stand da in einer komischen Weste, an die ein Anstecker mit ihrem Namen gepinnt war. Sie drückte mir ein Glas Orangensaft in die Hand.

»Was machen Sie hier?« Ich schloss kurz die Augen, um den Fliederduft einzuatmen.

»Arbeiten.« Sie zauberte einen Strohhalm hervor und steckte ihn in mein Glas.

»Sie wollen während Ihrer Arbeit lernen?«

»Hier ist grad nix los.« Sie kehrte zur Empfangstheke zurück und holte ihre historischen Lehrbücher hervor. »Das mag ich an dem Job.«

»Sie lernen *hier*?«

»Wollen wir reden oder arbeiten?«, fragte Tom. Ich konnte ihn immer noch nicht leiden.

Wir verteilten uns auf die Polstermöbel um den Glastisch herum. Tom schlug das Skript auf. Es kam genau so, wie ich gedacht hatte: Er hatte keine Ahnung. Plötzlich stellte ich fest, dass Moni Tom gerade das aktuelle Übungsblatt in Analysis erklärte, das sie und ich eigentlich zusammen abgaben.

Normalerweise schrieb ich meine Lösung auf und setzte unsere beiden Namen darüber, ohne Moni zu konsultieren. Ich rechnete nicht mit konstruktiven Beiträgen und hatte auch kein Interesse, mir ihre Irrwege anzuhören. Ich wollte mich allerdings erst heute Abend mit dem aktuellen Blatt beschäftigen. Ich hatte die Aufgaben am Vorabend kurz angeschaut und war schlecht gelaunt eingeschlafen. Nachts hatte ich davon geträumt, und unter der Dusche hatte ich eine erste vage Lösungsidee gehabt, die bedauerlicherweise warten musste, bis ich hier fertig war.

Moni hatte auch eine Idee, die sie gerade beschrieb. Die war kurz, elegant und ließ die Aufgabe einfach erscheinen.

»Stimmst du mir zu, Kleiner?« Moni füllte mein Glas aus einem minderwertig wirkenden Saftkarton auf. »Oder bin ich auf dem Holzweg?«

»Ich verstehe kein Wort«, sagte Tom.

»Wie kann man das *nicht* verstehen?«, fragte ich.

Ich brachte es nicht über die Lippen, ich hatte so etwas noch nie jemandem gesagt. Ich hatte diese Worte eigentlich für Menschen wie Daniel Johannsen reserviert. *Ihre Lösung ist tatsächlich besser als meine.* Oder, mit Mister Browns Worten: So schön, könnte glatt aus *dem Buch* stammen.

Meine Eltern riefen an, als ich mit dem Aufschreiben fast fertig war. Moni hörte nicht auf, Tom den Lösungsweg zu erklären, was bedeutete, dass sie irgendwann bei den Grundrechenarten landete. Zwischendurch ging sie ans Telefon, nahm Reservierungen entgegen, tröstete eine heulende Püppi, sprang wieder auf, weil ein älteres japanisches Paar einchecken wollte, händigte einem jungen Mädchen eine Zahnbürste und einen Kamm aus und durchsuchte für einen Dienstreisenden eine Kiste mit liegen gebliebenen Ladegeräten.

Erst dann klingelte auch mein Handy.

Meine Mutter war dran, und sie entschuldigte sich ungewohnt wortreich. Sie sei mit meinem Vater für ein Wochenende zum Wandern in die Berge gefahren, das sei einfach fällig gewesen. Er habe sein Telefon abgeschaltet und sie ihres während der Wanderung im Hotel liegen lassen. Sie hätten leider absolut vergessen, welcher Wochentag gerade war. So etwas hätte ihr nicht passieren dürfen. Ob ich wohlauf sei.

»Ja«, sagte ich.

Ob ich schon gegessen hätte.

»Nicht genug.« Es war bereits spätnachmittags, Mathematik konnte einen bekanntermaßen in Sekundenschnelle um einige Stunden vorwärtskatapultieren, und das ohne ein Lunchpaket.

Wie meine Laune sei.

»Wie immer«, sagte ich.

Ob ich eventuell gerade nicht allein sei, ich spräche etwas komisch.

»Ich spreche wie immer«, sagte ich. »Aber ich bin tatsächlich nicht allein.«

»Mit Freunden?«, hauchte meine Mutter. »Verzeih mir die Frage, aber können andere Menschen sie auch sehen?«

»Leider ja«, sagte ich. »Es sind Kommilitonen.«

Möglich, dass mein Vater daraufhin im Hintergrund juchzte.

»Oh, wie nett.« Meine Mutter schien um Fassung zu ringen. »Wie heißen sie denn?«

Ich guckte Tom an, der sich gerade eine Zigarette drehte, und Moni, die den Tisch abwischte, auf dem ich mein Glas umgestoßen hatte.

»Egal«, sagte ich.

»Versteht ihr euch gut?«

»Keine Ahnung.«

»Sie sind bestimmt sympathisch.«

Eigentlich hatten meine Eltern vor vielen Jahren aufgehört, mir dumme Fragen zu stellen.

»Ich muss jetzt weitermachen.«

»Lern nicht so viel«, sagte meine Mutter. Mein Vater lachte im Hintergrund, es hörte sich an wie eine Tonspur bei diesen alten Comedy-Serien. Vielleicht damit ich begriff, dass es als Witz gemeint war.

Kaum hatte ich aufgelegt, meldete mein Handy eine

neue Nachricht. Es war ein Foto im Familienchat, geschickt von meiner Schwester: meine beiden Geschwister und unsere Eltern um ein Gipfelkreuz gruppiert. Ich hatte nicht gewusst, dass Lou und Theo ebenfalls zum Wandern mitgekommen waren. Ich spürte leichte Übelkeit und verstand nicht, woher sie kam.

Der Abend wurde wild. Das Übungsblatt war bis auf eine Teilaufgabe gelöst und von mir säuberlich aufgeschrieben worden. Da die Idee hauptsächlich von Moni stammte, konnte ich mich nicht dagegen wehren, dass Tom die Lösung abfotografierte. Er sagte, wir sollten die letzte Teilaufgabe einfach vergessen, kein Mensch brauche die volle Punktzahl. Moni äußerte dennoch die Absicht, weiter darüber nachzudenken. Für mich war der Juckreiz, den eine ungelöste Aufgabe in meinem Kopf verursachte, schwer zu ertragen. Eine diffuse Unzufriedenheit füllte mich vom Haaransatz bis zu den Fußspitzen aus. Ich schob mein aufgefülltes Glas weiter weg, bevor noch etwas passierte. Ich konnte nicht gut mit mir umgehen, wenn ich schlechte Laune bekam.

Als ich aufstand und nach Hause gehen wollte, stellte sich heraus, dass es draußen bereits dunkel war. Monis Schicht endete mit der Übergabe an einen Kaugummi kauenden Menschen, dessen Gender sich mir per Augenschein nicht erschloss.

»Du musst was essen, Kleiner«, sagte Moni. »Du bist schon ganz blass.«

»Hat das Kind keine richtigen Eltern?« Tom drehte sich Zigaretten auf Vorrat, die er in einer Blechdose verstaute.

»Woher soll ich das wissen?« Moni richtete mir die Kapuze, die ich über die Mütze gezogen hatte. »Sie haben sich mir nicht vorgestellt.«

»Die sind wandern«, entfuhr es mir. »Alle außer mir. Die haben vergessen, mich anzurufen.«

Tom seufzte. »Eltern sind auch nicht mehr das, was sie mal waren. Wie kamen sie überhaupt auf die Idee, dich allein in die große, weite Welt zu entlassen?«

»Ich wollte es«, sagte ich. »Ich wollte studieren, und ich wollte ausziehen.«

Moni fuhr mir über den Kopf. »Sie müssen sich riesige Sorgen machen.«

»Oder auch nicht«, sagte ich. »Ich bin anstrengend. Mit mir war alles immer so schwierig. Ich glaube, die machen gerade zum ersten Mal richtig Urlaub.«

Wir traten hinaus auf die dunkle Straße und liefen zwischen den schwach leuchtenden Laternen zur U-Bahn-Station. Moni stützte meinen Ellbogen, und Tom schirmte mit seiner Selbstgedrehten meine andere Seite vor den Gefahren der nächtlichen Großstadt ab. Zwischendurch betraten wir einen herrlich duftenden Laden, und Moni hielt mir einen Döner hin. Ich schüttelte den Kopf. Die Pommes dagegen nahm ich an. Ich aß in schwierigen Lebenssituationen gern Pommes ohne alles. Dafür kratzte Moni auch den Ketchup wieder herunter.

»Weißt du, wo du aussteigen musst?« Sie hatten mich zur U-Bahn-Station gebracht, auf das richtige Gleis, an dem die elektronische Anzeigetafel die Ankunft meiner Bahn in drei Minuten ankündigte.

»Ich bin nicht dumm«, sagte ich. »Ich kenne den Fahrplan.«

»Und du kommst von der Station sicher nach Hause?«

»Ich bin nicht dumm«, wiederholte ich.

»Ich muss dringend zu Püppi«, sagte Moni, »sonst hätte ich dich heimgebracht.«

»Ich bin kein Baby mehr.« Ich stieg ein, fand keinen freien Sitzplatz mit ausreichend Abstand zu anderen Fahrgästen und blieb einfach stehen. Als der Zug abfuhr, stand Moni da und winkte.

Spätabends sah die leere U-Bahn-Station anders aus als tagsüber. Als ich an meinem Tor angekommen war, quietschte die untere Eingangstür, und Frau Horn steckte den Kopf heraus.

»Hast du gelumpt?«, fragte sie missmutig.

»Wie bitte?«

»Unsteter Lebenswandel?«

»Allerdings«, antwortete ich.

»Passiert das jetzt öfter?«

»Garantiert nicht.«

»Muss ich es deinen Eltern erzählen?«

»Keine Ahnung.« Irritiert nahm ich den Treppenaufgang zu meiner Wohnung. Es war bereits nach neun Uhr abends, und ich ging sofort Zähne putzen. Als ich mein Handy zum Aufladen anschloss, kam eine Nachricht von Moni an: ob ich gut angekommen sei.

Ich überlegte, was ich darauf antworten sollte, und schlief darüber ein. In der Nacht weckten mich neue Signaltöne. Moni hatte einen Vorschlag für die Lösung der Teilaufgabe.

*Versteh kein Wort,* schrieb Tom.

Ich musste lachen. Bei ihren Überlegungen hatte sie einen saudummen, wirklich unfassbar komischen Fehler gemacht – einen, der mich sofort zur richtigen Lösung führte. Ich sprang barfuß aus dem Bett, holte ein Blatt Papier vom Schreibtisch und schrieb alles auf. Ich schickte ein Foto des Zettels in den Chat, bevor ich darüber nachdenken konnte, in wessen Händen die Lösung dann landen würde.

*Wie kommst du drauf?*, schrieb Tom.

*Wow, Kleiner, du bist ein Genie,* schrieb Moni.

## FRAU KOSINSKY HAT DAS WORT

Ende November rutschte ich auf dem Weg zur Uni auf einer vereisten Pfütze aus. Ich war etwas früher dran als nötig, um dem ersten Menschenstrom aus der U-Bahn zu entkommen. Die Glätte hätte mich eigentlich nicht überraschen dürfen: Ich hatte mir am Vortag die Wetterprognosen und am Morgen die aktuellen Temperaturen angeschaut. Trotzdem war ich schockiert. Ich konnte mich seit Wochen nicht daran gewöhnen, dass eisige Feuchtigkeit sämtliche Kältebrücken nutzte, um unter meine Kleidung zu kriechen. Ich trug wie jeder vernünftige Mensch mehrere Schichten, zog die Socken über den Bund der langen Thermo-Unterhosen. Ich hatte Handschuhe, einen Rundschal aus Fleece[7] und eine Mütze mit einer integrierten LED-Leuchte. Es half alles nichts, der erste Schritt nach draußen trieb mir stets die Tränen in die Augen.

7 Das Risiko, sich damit wie mit herkömmlichen Schals zu strangulieren, ging erfreulicherweise gegen null.

Es war natürlich nicht der erste kalte Herbst meines Lebens, aber der erste, in dem ich allein war. Es war nicht nur so, dass meine Eltern nicht da waren, um mich wie gewohnt in die Bildungsanstalt oder zu einem anderen sinnvollen Ziel zu transportieren. Es war nicht einmal jemand da, bei dem ich mich über all das hätte beschweren können. Manchmal stieß ich leise Flüche aus, und niemand hörte sie. Und wenn doch, dann interessierten sie keinen. In dieser Stadt gab es Leute, die viel lauter vor sich hin schimpften. Auch nach ihnen drehte sich niemand um.

Ich hatte Mühe, nach dem Ausrutschen wieder aufzustehen. Mein Fuß glitt immer wieder ab, mein Knie tat weh, die dicke Jacke schränkte die Bewegungen ein, und ich war der einzige Mensch auf Erden. Nicht einmal am Fenster der Hausmeisterin regte sich etwas.

Ich zog mich am Zaun hoch und setzte meinen Weg zur Uni fort, weil ich nicht wusste, was ich sonst tun sollte.

Der Flur des mathematischen Fachbereichs war in meinem liebsten Zustand: beleuchtet und entvölkert. Ich warf die wöchentlichen Übungsblätter in das Fach des Tutors und öffnete die Hörsaaltür. Zu meinem Bedauern war der Raum nicht so leer, wie ich ihn mir zu dieser frühen Stunde erhofft hatte. Ein paar schläfrige Gestalten hatten sich in den Reihen verteilt. Am Rand saß eine übernächtigte Moni über einem Vorlesungsskript, neben ihr die übliche Tasche. Vor ihr stand Professor Herbst und redete leise auf sie ein.

Ich musste unbedingt hören, was er Moni zu sagen hatte. Als ich bei ihnen ankam, richtete Herbst sich bereits wieder auf.

»Sie können ja darüber nachdenken«, sagte er zu Moni.

»Ich weiß wirklich nicht.« Moni sah verlegen aus. »Wenn ich jetzt auch noch anfange, Ansprüche zu stellen ...«

»Es geht nicht um Ansprüche, sondern um Lebensrealitäten.«

»Meine Realitäten sind mein Problem.«

»Da bin ich mir nicht so sicher.«

»Aber was soll es bringen?«

Herbst zuckte mit den Schultern. »Vielleicht, dass wir unsere Talente nicht wegekeln. Dass wir Menschen, die das Zeug dazu haben, Bedingungen anbieten, unter denen sie es schaffen können.«

Ich rückte näher ran, weil ich mich angesprochen fühlte.

»Was ist mit dir passiert, Kleiner?« Monis heisere Stimme wurde mit einem Mal schrill. »Warum humpelst du und bist ganz dreckig im Gesicht? Warum zitterst du?«

»Ich bin ausgerutscht«, sagte ich. Herbst hatte sich, ohne Monis Interesse an meiner Erscheinung zu teilen, bereits an seinen üblichen Platz an der Tafel zurückgezogen. Moni klopfte Eis und Schnee von meinen Kleidern und wischte mit Feuchttüchern in meinem Gesicht herum. Plötzlich waren da eine geöffnete Tupperdose und eine noch warme Zimtschnecke in meiner Hand. Ich merkte, dass ich die ganze Zeit in die Innenseiten meiner Wangen gebissen hatte. Der Krampf in meinem Kiefer löste sich.

»Es ist so kalt und dunkel«, sagte ich, während der Fliedernebel meinem Hirn ein absurdes, kurzes Sommergefühl vorgaukelte, irgendwas mit summenden Insekten und Erdbeeren.

Moni seufzte. »Als lebenslange Insassin dieser Stadt habe ich eine schlechte Nachricht für dich, Kleiner. Bis März bleibt es so.«

»Was wollte Professor Herbst?«

»Trink noch einen Schluck Tee.« Neuerdings hatte Moni immer eine Thermoskanne dabei. Der Tee verbrannte mir den Gaumen, sie hatte die richtige Temperatur immer noch nicht drauf.

»Aber was wollte er? Habt ihr über die Klausur geredet? Oder über Abschlussarbeiten?«

»Welche Abschlussarbeiten?« Moni nahm den Becher aus meiner unruhigen Hand. »Er wollte, dass ich auf der Fachbereichssitzung spreche.«

»Sie? Worüber?« Gut, dass ich den Tee nicht mehr hielt, sonst hätte ich ihn verschüttet.

»Über Studienbedingungen aus Sicht von erziehenden Personen.«

»Warum?«

»Ich glaube, ich tu ihm leid.« Moni sah zu Herbst, der gerade die Tafel wischte. »Er hat ein gutes Herz. Er möchte, dass das Studium einfacher wird oder wenigstens anders organisiert. Zumindest für Leute wie mich.«

»Das Studium darf nicht einfacher werden. Sonst würden ja alle bestehen. Wir sind doch keine Geisteswissenschaftler.« Vielleicht war ich einen Tick zu laut. Vielleicht hatte ich die letzten Sätze sogar gerufen. Es kamen gerade ein paar Leute hinein, die jetzt die Köpfe schüttelten.

Moni fuhr mir über den Kopf. »Beruhige dich. Ich gehe nicht hin. Da werden lauter Professoren sitzen, schlau bis zum Gehtnichtmehr, ich krieg sowieso kein Wort raus.«

»Professoren?« Meine Stimme schrumpfte auf ein Flüstern zusammen. »Alle Professoren?«

»Woher soll ich das wissen, Kleiner?« Das vibrierende Handy rutschte Moni aus der Hand und fiel hinter den Sitz. Sie fluchte. Ein paar Leute richteten sich auf ihren Sitzen auf, aber ich kam ihnen zuvor und ging auf die Knie, um das leuchtende, zuckende Ding herauszuangeln.

Als ich es endlich in der Hand hatte, war es bereits verstummt. Ich wischte automatisch über den Bildschirm, auf dem einige Staubflusen klebten. Das Display war zerkratzt, kein Wunder, so schlampig, wie Moni mit ihren Sachen umging. Der Sperrbildschirm zeigte zwei kleine Benachteiligte, die von einem größeren Menschen umarmt wurden. Eines der Kinder war der mir bereits bekannte Kevin. Das andere war ein größerer Junge, dessen Alter ich zwischen zwei und zwölf Jahre schätzte.

Das Bild erlosch. Ich wischte noch einmal drüber und vergaß dabei auszuatmen. Ich blinzelte und schaute noch einmal hin. Die ältere Person zwischen den beiden Kindern war der Anime-Prinz, den ich auf dem Campus gesehen hatte.

Moni versuchte, mir das Telefon aus der Hand zu nehmen, aber ich hielt es immer noch fest.

»Danke dir. Jetzt lass doch mal los.«

»Wer ist das?«, krächzte ich.

»Wer? Der in der Mitte? Justin, mein ältester Enkel. Ein echter Teufel. Ich lieb den wie verrückt.«

Am Ende ging ich zur Sitzung des Fachbereichs mit. Moni hatte gar nicht versucht, mich dazu zu überreden. Aber es war bereits achtzehn Uhr und damit seit fast zwei

Stunden stockdunkel, weil die Stadt an Straßenbeleuchtung sparte. Der Weg zu meiner Wohnung schien mir plötzlich sehr lang. Beim Gedanken an den eingelegten Tofu im Kühlschrank zog es in meinem Bauch, und ich konnte nicht sagen, ob es Hunger oder Abscheu war.

»Lieb, dass du mitgehst, Kleiner.« Wir warteten im Flur vor dem Seminarraum, bis die anderen Tagesordnungspunkte abgehakt waren und man uns hineinbitten würde. Ich versuchte vergeblich, die durch den Türspalt dringenden Wortfetzen zu etwas Sinnvollem zusammenzusetzen. Das Ergebnis konnte nicht stimmen. Es war schlicht unmöglich, dass diese an einer Exzellenz-Universität in Lehre und Forschung tätigen Menschen sich gerade über ein Rehbratenrezept in Pflaumensoße unterhielten.

»Ich will nur verhindern, dass wegen Ihres privaten Elends alle Übungsblätter und Klausuren abgeschafft werden und man den Abschluss nachgeschmissen bekommt wie das Abitur«, sagte ich zu Moni.

Sie nickte. »Klar.«

Herbst öffnete die Tür von innen.

»Frau Kosinsky und Kommilitone, kommen Sie bitte rein.«

Es war einer der kleineren Seminarräume, der Fachbereich war schließlich nicht groß. Die Tische waren U-förmig aneinandergerückt. Die Männer und die eine Frau sahen uns entgegen. Ich kannte die Gesichter von der Homepage der Universität, konnte bei den meisten ihre Vitae und die wichtigsten Veröffentlichungen abrufen. Hier war Professor Orlov mit den Glöckchen im Bart, dort saß Professor Newman in Badelatschen, diesmal mit Socken – was gut zu sehen war, weil er die Beine ausgestreckt und die Füße unter dem Tisch durchgeschoben hatte.

Daniel Johannsen saß neben der einzigen Frau, den Kopf in die Hände gestützt, die Augen geschlossen.

Herbst schob für Moni und mich zwei Stühle heran, sodass wir an einem Pult leicht schräg zu den anderen Tischen zum Sitzen kamen.

Die Professoren nahmen unser Erscheinen erst allmählich zur Kenntnis. Ihre Blicke blieben an Moni haften, mit kurzen Ausschlägen in Richtung meiner Haare und wieder zurück zu ihr. Bei einigen zuckten die Mundwinkel, andere rieben sich die Augen, und zwei sahen verstohlen auf ihre Armbanduhren, als zeigten diese eine andere Zeit als das große Zifferblatt über der Eingangstür. Die einzige Frau, Dr. Siemens-Abraham aus der Stochastikgruppe, runzelte die Stirn und setzte eine Brille auf.

»Sie haben das Wort, Frau Kosinsky.«

Herbst nickte Moni zu.

Monis Hand, mit der sie das Blatt mit ihren Notizen auf der Tischplatte glatt strich, zitterte leicht. Ihr Absatz klapperte direkt neben meinem ergonomischen Wanderschuh und machte mich wahnsinnig. Ihre Stimme brauchte mehrere Anläufe.

Moni dankte den versammelten hochgebildeten Herrschaften für die Einladung und ihre Aufmerksamkeit. Sie sei es nicht gewohnt, vor so vielen Menschen zu sprechen, und halte sich eigentlich auch für nicht so wichtig. Aber Alexander, das heißt Professor Herbst, sei so freundlich gewesen, sie zu überreden. Sie wolle den viel beschäftigten Menschen dennoch nicht so viel Zeit rauben.

Jetzt komm schon zur Sache, dachte ich. Sie haben wirklich nicht ewig Zeit.

Sie danke ihrem jungen, hochtalentierten Kommilitonen Oscar für seine Begleitung, auch wenn er beim aktuellen Anlass ganz anderer Meinung sei, vielleicht komme er dann auch zu Wort.

Die promovierten und habilitierten Blicke bündelten sich auf meiner Augenpartie. Ich fürchtete, sie könnten ein Loch in mein Gesicht brennen.

Moni fuhr fort. Sie habe sich entschlossen zu sprechen, weil sie gemerkt habe, dass es auch anderen zugutekommen könne. Zwar sei ihre persönliche Lebenskonstellation sicher ungewöhnlich, weil sie mit Kind und Enkeln gesegnet sei und auch für ihren Lebensunterhalt aufkommen müsse, aber auch andere Kommilitonen fühlten sich überfordert. Nicht jeder könne wie sie nachts über Lehrbüchern sitzen. Gerade die jüngeren Menschen bräuchten ihren Schlaf. Da sei es für Moni einfacher, sie habe gar nicht damit gerechnet, in diesem Studium irgendwas zu verstehen. Außerdem sei sie Enttäuschungen gewohnt. Die jüngeren Leutchen hier seien allerdings aufgrund ihrer zerschellten Hoffnungen gerade in einer tiefen Krise.

»Und Sie nicht?« Ein Professor, der altersbedingt leicht eingetrocknet wirkte und daher kaum noch Raumtiefe besaß, lehnte sich vor. Ich erkannte ihn nicht, vielleicht weil er noch vor Erfindung der Digitalfotografie emeritiert worden war und daher nur als Name auf der Homepage auftauchte. »Sie sind nicht in einer Krise?«

Moni lachte heiser. »Krise ist mein zweiter Vorname. Aber ich find's, wenn ich ehrlich bin, toll hier. Die ganzen Kinder dachten, sie können auf dem aufbauen, was sie im Mathe-Leistungskurs gelernt haben. Aber ich wusste wirklich nichts mehr aus meiner Schulzeit. Ich dachte, ich fliege sofort hochkant raus. Dabei ist es wie ein Spiel: Man muss die Regeln neu lernen und danach spielen. Jeder hat die gleiche Chance auf ein gutes Blatt. Hauptsache, man geht nicht davon aus, unbedingt gewinnen zu müssen.«

»Aber, Verehrteste, was wollen Sie dann bitte exakt von uns?«, raschelte der alte Professor.

»Seien Sie netter zu diesen Kindern«, sagte Moni. »Ich meine, ich bin schon öfter auf die Nase gefallen, ich merk's vielleicht nicht mal. Aber gucken Sie sich Oscar hier an. Er ist genial, aber er geht auf dem Zahnfleisch.«

Die geballte Aufmerksamkeit verbrannte erneut mein Gesicht. Selbst Daniel Johannsen öffnete die Augen.

»Machen Sie es halt ein bisschen menschlicher«, sagte Moni. »Beantworten Sie die Mails von all den Leuten, die gerade völlig orientierungslos und überfordert sind. Seien Sie für sie da. Ist ja auch Ihr Job. Machen Sie diese Scheiß-Übungsblätter nicht so schwer. Und überprüfen Sie vorher, ob die Aufgaben überhaupt lösbar sind. Sie bauen einen Tippfehler ein, und die Kleinen bleiben zwei Nächte lang wach und wollen dann aus Verzweiflung zum Fenster raus, weil die Lösung nicht aufgeht. Helfen Sie ihnen ein bisschen. Schmeißen Sie nicht alle sofort raus, die am Anfang schwächeln. Vielleicht sind ja gute Leute dabei.«

»Nein«, sagte eine laute, hohe Stimme. »Ich bin dagegen. Alles soll so bleiben, wie es ist. Bis auf die Tippfehler natürlich. Wer nicht durchkommt, ist es nicht wert.«

Es war die Stimme in meinem Kopf. Niemand hörte sie, weil ich den Mund nicht aufkriegte. Herbst wartete kurz, ob Moni noch etwas hinzufügen wollte, und klopfte dann entschieden mit den Fingerknöcheln auf den Tisch – der Applaus-Ersatz, mit dem normalerweise die Vorlesungen beendet wurden. Einige Professoren stimmten ein. Andere wandten sich sofort einander zu. Das Stimmengewirr und das Knarzen beiseitegeschobener Stühle erfüllten den Raum. Ich hörte Wortfetzen über Vanilleschoten und Zimtstangen.

»Tja«, sagte Herbst, als Moni ihre unbenutzten Notizzettel in die Tasche packte. »Das habe ich mir, ehrlich gesagt, ein bisschen anders vorgestellt. Trotzdem danke.«

»Tut mir leid, Professor.« Moni legte ihm kurz die Hand auf den Oberarm. »Ich wollte mich wirklich furchtbar beklagen, genau wie ich es versprochen hatte. Aber ich hab's irgendwie nicht geschafft.«

Sie half mir in die Jacke, richtete den Schal und schob mich in Richtung Tür. »Wiedersehen allerseits«, murmelte sie und ging raus, ohne die vereinzelten Antworten abzuwarten. Unsere Schritte hallten durch den leeren, gespenstisch beleuchteten Flur. Ich war bereits draußen, als jemand Monis Namen rief. Es war eine Stimme, die ich aus tausend anderen herausgefiltert hätte, nachdem ich sie so oft in schlechter Youtube-Qualität gehört hatte.

»Monika. Warte.«

Sie blieb in der bereits geöffneten Tür stehen, bis Daniel Johannsen bei ihr angekommen war.

Er warf mir einen Blick zu. Ich kannte diese Blicke von meinen Geschwistern, wenn sie dachten, sie hätten sich mit einem Gast in ihrem Zimmer eingeschlossen, und ich dann plötzlich im Raum stand und mich über die zu laute Musik beschwerte. Von meinen Eltern, wenn sie mir vor ein paar Stunden gute Nacht gesagt hatten, im Bett eine Serie guckten und ich ihnen dringend einige Gedanken zu einer Schulaufgabe erläutern wollte. Von meinem Mathelehrer, der sich in der Pause in die Raucherecke zurückgezogen hatte und nur wenig Freude an den Fehlern empfand, die ich in seiner Argumentation entdeckt hatte.

Dass Daniel Johannsen mich gerade nicht sehen wollte, kapierte also sogar ich. Ich machte einen Schritt durch die Tür, während er und Moni drinnen blieben.

Ich war draußen, und die Dunkelheit über mir entleerte den eisigen Schneeregen direkt in meinen Kragen. Ich dachte, dass Moni so etwas nicht entgangen wäre. Sie hatte ein Auge dafür, wenn ich fror oder Hunger hatte, fast schon besser als meine Mutter. Auf jeden Fall besser als ich selbst.

Ich hatte mich schnell daran gewöhnt, dass ich Moni mit ihren Jobs, mit Püppi und all den Kevins teilen musste. Dass ausgerechnet Daniel Johannsen sie dazu bringen konnte, mich zu vergessen, traf mich unvorbereitet.

Moni blieb im Flur, und die verglaste Tür, hinter der ich dem Winter ausgeliefert war, glitt langsam zu. Moni schaute Daniel Johannsen an. In ihrem Gesicht waren sechs Prozent Lächeln und dreiundzwanzig Prozent Kummer, drei Prozent Ungeduld und sechsundsiebzig Prozent Sorge.[8]

Johannsen fragte etwas. Sie antwortete, wahrscheinlich wieder einmal viel zu ausführlich. Aber er hörte zu und sagte erneut etwas. Jetzt schien Moni ihrerseits etwas zu fragen, leicht den Kopf geneigt, mit der Hand eine

8 kleiner Aufmerksamkeitstest

Haarsträhne aus dem Gesicht streichend. Daniel Johannsen lächelte, als wäre er gar kein Mathematiker, sondern ein Fernsehmoderator oder Schlimmeres. Jetzt legte er den Kopf in den Nacken und lachte. Moni lachte auch.

Sie konnten nicht aufhören, sich miteinander zu unterhalten.

Ich holte mein Smartphone heraus und rief Moni an. Ihre Tasche begann zu zittern. Ich erkannte den vertrauten angelnden Griff. Sie blickte auf ihr Telefon und warf es zurück, obwohl es weiter vibrierte.

Ich musste ihr dringend zeigen, wie man einen Anruf wegdrückt.

Daniel Johannsen berührte Moni kurz am Oberarm und hob dann die Hand. Ich identifizierte es als Abschiedsgeste. Tatsächlich ging die Tür endlich auf, und Moni lief zur U-Bahn.

Die Begegnung war endlich zu Ende.

Sie hatte mich komplett vergessen.

Daniel Johannsen marschierte so nah an mir vorbei, dass ich seinen Kaffeeatem und sein Rasierwasser riechen konnte. Das Lächeln rutschte von seinem Gesicht wie eine schlecht sitzende Maske.

Ich stand im Dunkeln neben der Hecke. Vielleicht war ich auch unsichtbar. Ich war jedenfalls nicht ganz sicher, ob ich überhaupt existierte. Vielleicht war Moni die Einzige gewesen, die mich hier wahrnehmen konnte.

Ich betastete meine rechte Hand mit den Fingern der linken, die letzten Moleküle künstlichen Fliederdufts in meine Lungen einsaugend.

## WER IST MONI KOSINSKY?

Bislang hatte sich mein Leben durch Unvereinbarkeiten strukturiert. So wie sich Wasser und Öl nicht mischten, war es für mich praktisch ausgeschlossen, dass eine Person sowohl Handballspiele als auch Mathe-Olympiaden gewinnen konnte. Niemand konnte mit dem gleichen Eifer sowohl an Jesus als auch an Buddha glauben. Klugheit und Heiterkeit waren entgegengesetzte Pole eines Kontinuums. Eine Moni Kosinsky und ein Daniel Johannsen existierten in Parallelwelten mit höchst seltenen Berührungspunkten an einer Supermarktkasse oder am Currywurst-Stand. Eine Gesprächszeit über dreißig Sekunden war dabei nicht vorgesehen.

Meine jüngste Beobachtung ließ nur eine Deutung zu: Ich hatte mich geirrt. Da das grundsätzliche Prinzip schwer zu erschüttern war, hatte ich ein falsches Bild – von einem der Beteiligten oder von beiden. Es bedurfte also einer Korrektur.

Aufgrund meiner früheren Recherchen hatte ich eine ziemlich genaue Vorstellung von der Biografie des Fields-Medaillen-Trägers. Er war in der Nähe von Frankfurt geboren und als Kleinkind mit seinen Eltern nach Berlin gezogen. Von klein auf ging er den klassischen Hochbegabtenweg, besuchte das renommierte Kolmogorov-Gymnasium mit mathematischem Schwerpunkt, nahm an Wettbewerben teil, profitierte von Förderprogrammen, die ihn unter anderem mit dem späteren Professor Herbst zusammenbrachten. Ein kleiner Teil davon stand auf Wikipedia, den größeren hatte ich aus den Zeitungsarchiven in einen hellblauen Ordner transferiert, der im Regal meiner Wohnung stand.

War irgendwo zwischen den Zeilen in diesem Ordner Platz für Menschen, die ich bislang nicht bedacht hatte?

Diese Frage verlieh Monis Personalie ein neues Gewicht. Ich beschloss, sie einer Befragung zu unterziehen.

»Woher kennt Johannsen dich?«, fragte ich in der nächsten Vorlesung.

»Kennen ist zu viel gesagt«, antwortete Moni.

»Also woher?«

»Deine Neugier ist mir unheimlich.«

»Auf welche Schule bist du gegangen?«

»Unterschiedlich. Was ist mit dir los, Kleiner?«

»Warum hast du dich ausgerechnet für Mathematik immatrikuliert?«

»Ich war betrunken.« Moni schrieb energisch mit und würdigte mich keines Blickes.

»Unsinn«, sagte ich, ihre Notizen mitlesend. Die Vorlesungsinhalte kannte ich bereits auswendig. »Wenn du Alkoholikerin wärst, würdest du öfter nach Ethanol statt Flieder riechen.«

»Ich hatte erst eine schlimme Diagnose und dann eine Entwarnung und wollte mir noch einmal einen Traum erfüllen, solange ich atme«, murmelte Moni, den Blick zwischen Tafel und Blatt hetzend.

»Was für eine Diagnose?«, fragte ich.

»Lässt du mich gar nicht mehr in Ruhe?«

»Sag mir, warum du dich immatrikuliert hast.«

»Um herauszufinden, ob ich wirklich zu dumm dafür bin«, antwortete Moni.

»Jetzt hast du es doch herausgefunden. Warum machst du weiter?«

Moni rollte mit den Augen. Ich hatte das Gefühl, dass wir uns im Kreis drehten.

Als ich den Anime-Jungen erneut auf dem Campus sah, ging ich direkt auf ihn zu. Ich hatte die letzten Tage gezielt Ausschau gehalten. Er war bereits zweimal in der Nähe des Fachbereichs aufgetaucht, und ich hatte fest mit einer dritten Begegnung kalkuliert. Er stand wieder etwas abseits und sah einer Gruppe Kommilitonen hinterher, deren bunten Mittelpunkt Moni bildete. Moni hatte mich eingeladen, mit in die Mensa zu kommen, aber das ertrug ich nur in der Zweierbesetzung.

»Justin«, sagte ich ohne Umschweife, als ich vor ihm stand. Seine extrem harmonische, in der Perfektion fast schon provozierende Gestalt machte es mir leicht, ihn anzusprechen. Bei hässlichen Menschen kostete es deutlich mehr Überwindung. »Justin, ich habe eine Frage. Wer ist Moni Kosinsky?«

»Was?« Sein Gesicht war genau auf der Höhe meiner Augen. »Kennen wir uns?«

»Dein Foto ist ihr Sperrbildschirm. Du mit den beiden Kevins.«

»Hä?« Die perfekte Stirn runzelte sich leicht.

»Ich meine deine kleinen Brüder.«

»Sie heißen nicht Kevin.«

»Ich weiß.«

»Oh Mann«, sagte Justin. »Kennt hier jeder unsere ganze Familie? Was macht sie überhaupt hier?«

»Das wollte ich dich fragen.«

»Woher soll ich das wissen?« Justin wirkte gereizt. »Ich spioniere ihr doch hinterher, um es herauszufinden. Ich dachte, sie hat eine Affäre.«

Ich wog die Vorstellung ab. »Ich wusste nicht, dass so etwas in diesem Alter überhaupt geht.«

»Bei ihr geht alles.« Justin verdrehte die Augen. Selbst das stand ihm gut. »Stattdessen treibt sie sich hier rum? Was passiert hier überhaupt?«

»Es ist eine Universität«, sagte ich. »Hier wird studiert, um einen akademischen Bildungsabschluss zu erreichen.«

»Ich weiß, was eine Universität ist. Ich bin nicht bescheuert.«

»Das kann ich doch nicht wissen«, sagte ich.

Seine Augen warfen Blitze. Das war keine Metapher, es passierte wirklich. Er war allen äußeren Proportionen nach eine lebende Comicfigur,[9] eine Synthese aus zwei wichtigen Nebenfiguren aus *Supermind*. Ich wollte ihn länger anschauen.

»Willst du in die Mensa?«, fragte ich. »Deine Großmutter ist gerade dort. Du kannst weiter spionieren.«

»Aber dann entdeckt sie mich doch.«

»Nicht unbedingt. Du kleidest dich unauffällig, und die Mensa ist um diese Zeit ein Ameisenhaufen. Es wimmelt von Geisteswissenschaftlern, und sie reden die ganze Zeit. Man wird leicht übersehen.«

Justin lächelte. »Du bist lustig.«

9 als größtmögliches Kompliment gemeint

»Das hat noch niemand zu mir gesagt.«

Während ich noch auf eine Zu- oder Absage seinerseits wartete, hatten wir uns bereits in Bewegung gesetzt. Ich führte Justin zu einem Eingang, den Moni in meiner Gesellschaft noch nie genommen hatte. Ich überprüfte am Automaten, wie viel Geld ich auf meiner Mensa-Card hatte. Wenn Justin den Appetit seiner Großmutter geerbt hatte, durfte es nicht zu knapp sein.

Ich lud zur Sicherheit weitere hundert Euro drauf. »Du kannst dich gleich satt essen.«

»Du musst mich nicht einladen. Wir kennen uns nicht einmal.«

»Du bist schön. Ich hab Lust dazu.«

»Jesus, bist du seltsam.« Justin schnappte sich ein Tablett und marschierte zur Essensausgabe.

»Ich zeig dir die Bratwurst!«, rief ich ihm hinterher. »Und den Gulasch!«

»Geht's noch lauter?« Justin warf den Kopf in den Nacken und las sich durch die Anzeigetafeln. »Ich bin Vegetarier.«

Ich blieb abrupt stehen und prallte gegen ein germanistisch aussehendes Mädchen mit mittelgradigem Übergewicht, Brille und Pickeln. »Wirklich? Moni nimmt immer was mit Fleisch, drei Beilagen und einen Nachtisch.«

Ich bezahlte Justins Chinapfanne mit Tofu und meinen Tee und führte ihn zu einem Tisch am Fenster. »Ich verstehe schon, dass Vegetarismus nicht genetisch bedingt ist. Es ist nur so, dass Moni mir immer sagt, ich soll Fleisch essen und ich sei zu blass.«

»Mich nervt sie damit auch«, sagte Justin. »Ist sie jetzt auch deine Großmutter?«

Ich überlegte. Ich kannte nur meine Großmutter mütterlicherseits, die mir zur Begrüßung die Hand gab.

»Das war ein Witz«, sagte Justin. »Guck nicht so entsetzt. Sie adoptiert alle. Alte, Junge, Kranke. Tiere.«

Ich überlegte, in welche Kategorie ich gehörte. Ich wollte aber auch nicht, dass Justin ein falsches Bild von mir und meiner Beziehung zu Moni bekam. »Eigentlich habe ich sie adoptiert. Sie ist mein Wohltätigkeitsprojekt. Es ist nicht einfach für einen älteren, ungebildeten Menschen, sich auf dem Campus zurechtzufinden. Sie kann die Codes nicht lesen. Ohne mich hätte sie nicht einmal den Kaffeeautomaten gefunden.«

»Das bezweifle ich«, sagte Justin mit vollem Mund.

»Ich habe ihr ein paar mathematische Grundlagen erklären müssen, die andere in der Sekundarstufe lernen.«

»Ich verstehe schon, du bist ein ganz Schlauer.« Justin drehte konzentriert die Reisnudeln auf die Gabel. »Wird sie hier von allen ausgelacht?«

»Natürlich«, sagte ich, fasziniert von der Bewegung, die Justins Schultergelenk beim Essen vorführte. »Dabei ist es nicht lustig, sondern tragisch. Sie kommt mit ihren Taschen, mit einem rotznäsigen Kleinkind, sie raschelt, sie ist laut, sie bringt Zimtschnecken mit, sie meldet sich in der Vorlesung, sie erklärt anderen ihre Lösungen, sie stellt dumme Fragen ...«

»Wow.«

»Sie geht mit Leuten essen, die ihre Enkel sein könnten.«

»Mit dir zum Beispiel.« Justin deutete mit der Gabel auf mich.

»Ich bin jenseits dieser Kategorien«, sagte ich. »Mit

mir können theoretisch alle essen gehen. In einigen Wochen wird Moni übrigens sehr traurig sein, wie mindestens siebzig Prozent der Erstsemester. Sie wird durch die Klausuren fallen. Es ist deine Aufgabe, sie vorzuwarnen, weil du im Gegensatz zu mir ihre richtige Familie bist.«

»Wie denn?«, sagte Justin. »Sie wird doch gar nicht wissen, dass ich hier bin.«

»Aber ich werde es ihr doch sagen«, widersprach ich.

Justin schlug gegen meine Hand, die zur Faust geballt neben meiner Tasse lag. Es tat aber gar nicht weh. »Einstein, das darfst du nicht.«

Es war wie ein Blitzschlag. Ich hatte noch keinen erlebt, aber genau so stellte ich es mir vor. Justins Finger waren heiß und jagten Stromstöße durch die Knöchel meiner Hand, den Arm hoch, über die Schulter in Richtung Herzgegend. An so etwas konnte man, wenn man unvorbereitet war, durchaus schon mal sterben.

»Ich kann doch nicht lügen.«

»Dann sag einfach gar nichts«, flüsterte Justin.

Ich überlegte. »Das kann ich. Aber ich verstehe den Grund nicht.«

Ich kapierte es wirklich nicht. Was allerdings nichts Neues war. Menschen verhielten sich meist irrational, selbst wenn sie perfekt aussahen.

Justin warf seine Gabel auf den Teller. »Meine Großmutter hat sich heimlich an der Uni eingeschrieben und hat niemandem Bescheid gesagt.« Er sprach jetzt langsam und deutlich. »Sie schleicht sich mehrmals die Woche hierher. Wir wohnen nicht zusammen, aber wir sehen uns oft, weil sie meiner Mutter hilft, die leider eine vom Leben überforderte Schlaftablette ist.«

»Püppi«, sagte ich.

»Du kennst dich aus. Aber ich bin nicht ganz so doof. Mir ist schon aufgefallen, dass Omi immer wieder irgendwas auf Blättern rumkritzelt, Bücher unter Werbeprospekten versteckt und ständig am Handy ist. So war sie sonst nie.«

Ich nickte fachmännisch. »Wäre auch untypisch für ihre Generation.«

»Sei bitte einfach still. Ich bin davon ausgegangen, dass sie eine Affäre hat. Ich meine, Männer sind scharf auf sie. Man kann mit ihr keine Straße entlanggehen, kein Bauarbeiter hat sich im Griff.«

»Warum?«, fragte ich.

Justin zuckte mit den Schultern. »Woher soll ich das wissen. Mir hat noch nie jemand hinterhergepfiffen.«

»Seltsam«, sagte ich. »Du bist das Schönste, was ich jemals gesehen habe.«

Er ließ die Papierserviette fallen. »Was?!«

»Zurück zum Thema«, sagte ich. »Hat Moni einen unmoralischen Lebenswandel?«

»Ich fürchte, nicht.« Justin seufzte. »Sie hat diesen Pit und ist leider eine treue Seele. Pit ist ein Arschloch. Sieht aus wie Elvis, wenn der sechzig geworden wäre.«

»Wer ist Elvis?«, fragte ich.

»Ich hab erst gedacht, sie hat hier einen Job als Putzfrau oder so was.«

»Das denken viele immer noch.«

»Dann habe ich wie gesagt vermutet, sie hat eine Affäre mit so jemand Gebildetem.«

Ich überlegte. »Kommt vielleicht noch.«

»Aber studieren? In ihrem Alter? Geht das überhaupt?

Macht man sich nicht lächerlich? Warum tut sie das? Warum grinst du so bescheuert?«

Wie hätte ich es ihm erklären sollen. Es waren genau meine Fragen. So verstanden und glücklich hatte ich mich das letzte Mal in der dritten Klasse gefühlt, als in meinem Aquarium aus dem Sand mit den unsichtbar winzigen Triops-Eiern tatsächlich ein kleiner Urkrebs geschlüpft war.

## HILF MIR

Der Dezember brachte noch mehr Schneeregen und eine undurchdringliche Dunkelheit, die sich am späten Morgen für wenige Stunden lichtete. Das Neonlicht im Fachbereich ließ die sowieso schon blassen Kommilitonen wie Zombies aussehen. Moni verteilte im Hörsaal Vitamin-Gummibärchen und Hustenbonbons.

»Bist neuerdings so schweigsam«, sagte sie zu mir. »Alles in Ordnung?«

Ich nickte. In Bulgarien war es immerhin eine Verneinungsgeste. Ich hatte erstens Halsschmerzen. Zweitens hatte ich Sorge, mich zu verraten. Drittens wurde mir das Ausmaß von Monis rätselhaftem Verhalten erst jetzt deutlich. Es wäre nachvollziehbar gewesen, wenn sie ihr ungeordnetes, prekäres Privatleben an der Uni verheimlicht hätte. Dass sie umgekehrt gegenüber ihrer Familie ein Geheimnis aus dem Studium – oder dem, was sie dafür hielt – machte, ließ sich nicht sinnvoll interpretieren.

In jedem Fall war allein schon die Anwesenheit hier ein sozialer Aufstieg, auf den marginalisierte Menschen stolz sein konnten.

Ich konnte bei Justin nicht nachfragen, weil ich seine Nummer nicht hatte.

Ich konnte Moni nicht nach Justins Nummer fragen, weil ich ihn offiziell nicht kannte.

Ich saß in der Falle des eigenen Schweigens, es war purer Vatikan. Immerhin schonte ich damit meine angegriffene Stimme. Und ich brauchte meine Konzentration für andere Dinge. Ich hatte für einen Übungszettel in *Mathematik im Zusammenhang* null Punkte bekommen, und es war ein schreiendes Unrecht.

»Reg dich doch nicht auf«, hatte Moni gesagt, als ich ungläubig auf meinen Zettel mit der durchgestrichenen Lösung und der riesigen roten Null gestarrt hatte. »Wenn du nicht auf Lehramt studierst, kannst du das Modul sowieso nicht einbringen.«

Ich schüttelte den Kopf. Seit Justins Auftauchen hatte ich die verbale Kommunikation mit Moni auf ein Minimum reduziert und mich darauf beschränkt, ihr Parfum einzuatmen und ihre Snacks zu verspeisen. Meine Lösung war ein gewolltes, dem Zeitmangel geschuldetes Missverständnis gewesen: Die Aufgabenstellung schloss aufgrund der schwammigen Formulierung eine additive Gruppe nicht aus. Es war ein Schlupfloch im Text, das mir eine zweizeilige Lösung ermöglichte, die aber nicht akzeptiert wurde.

»Wo steht, dass es sich unbedingt um eine multiplikative und nicht um eine additive Gruppe handeln muss?« Ich hielt der Tutorin Berenike das Blatt unter die Nase.

»Weil eine additive Gruppe die ganze Lösung trivial macht!« Sie schwitzte, was man sehen und riechen konnte.

»Wo steht, dass es verboten ist?«, insistierte ich.

»In der Vorlesung wurden explizit multiplikative Gruppen behandelt.«

»Wo steht, dass man sich in der Aufgabe an diese Einschränkung halten muss?«

»Aber es versteht sich doch aus dem Kontext!« Berenike war auch erkältet und inzwischen den Tränen nah. Sie war höchstens zwei Semester über mir und sah mit ihrem blonden Zopf ein bisschen wie meine Schwester Lou aus. Die Tatsache, dass jedes denkbare Recht, die Gesetze der Logik und die deutsche Sprache auf meiner Seite waren, machte mich noch wütender. Das Tutorium verfolgte den immer lauter werdenden Streit mit wachsendem Interesse. Nur Moni schüttelte den Kopf.

Berenike schlug sich schließlich die Hände vors Gesicht. »Ich kann es nicht entscheiden, das Bewertungsraster ist nicht von mir. Besprich dein Problem mit Professor Newman.«

»Das werde ich tun«, versprach ich düster.

Während Berenike die vermeintlich einzige richtige Lösung an die Tafel schrieb, holte ich mein Notebook heraus und suchte nach der E-Mail-Adresse des Professors. Meine E-Mails waren gefürchtet. Ich achtete bei der Anrede auf den richtigen akademischen Grad, nummerierte meine Argumente durch, kopierte Definitionen aus elektronisch verfügbaren Nachschlagewerken mit korrekter Quellenangabe. Ich hatte vor Jahren angefangen, meine Argumentation zu strittigen Themen auf diesem Wege darzulegen – erst bei meinen Eltern, später bei Lehrern.

Meist reichte schon die Ankündigung des Schriftverkehrs, um den gewünschten Effekt zu erzielen.

»Gnade ist nicht deine Stärke, Kleiner.« Moni hatte meinen Entwurf über meine Schulter mitgelesen, was mir nichts ausmachte: Sie durfte ruhig auch hier noch etwas lernen.

»Wir studieren keine Gnade, sondern Mathematik.« Ich klappte mein Notebook zu und verließ den Raum.

Mitten in der Nacht wachte ich an meinem Schreibtisch auf, den Kopf auf lose Blätter gebettet. Der Übungszettel mit den wöchentlichen Aufgaben war auf den Boden gerutscht. Die blassgelbe Laterne beleuchtete die Hecke. Ich musste kurz eingeschlafen sein, weil ich mich nur an einen einzigen Traum erinnerte: Ich drehte ein Wollknäuel in den Händen und suchte nach dem losen Ende. Jedes Mal, wenn ich das Gefühl hatte, es endlich entdeckt zu haben, zog es sich zurück und verschwand im Innern des Knäuels.

Ich rieb mir die Augen und aktualisierte meine E-Mails. Professor Newman hatte auf meine E-Mail mit dem Betreff *Additive Gruppe ist absolut korrekt* geantwortet. Ich öffnete die Nachricht, meine Hände zitterten.

Hinter meine Aufforderung *Ich bitte Sie aus den oben vorgetragenen Gründen, meine entsprechend allen mathematischen Gesetzmäßigkeiten maximal korrekte Lösung zu akzeptieren und die mir zustehenden Punkte in meinen Notenspiegel einzutragen* hatte er ein einziges Wort geschrieben: *Nein*.

Keine Anrede, kein Abschiedsgruß, schon gar keine Begründung, nur seine automatisch angehängte Visitenkarte.

Es verschlug mir den Atem. So hatte noch niemand mit mir gesprochen. Selbst im Kleinkindalter war mein Anspruch auf eine Auseinandersetzung auf Augenhöhe respektiert worden. Ich rutschte auf den Boden. Er war ziemlich kalt, Türen und Fenster des Altbaus waren nicht gut abgedichtet. In Fußhöhe zog es brutal. Wahrscheinlich hatten meine Eltern nicht gewusst, wie kalt es hier im Winter wurde.

Ich konnte nicht glauben, dass Professor Newman so geantwortet hatte. Ich hatte doch recht. Und er war nicht irgendjemand. Er war Professor an einer staatlichen Institution, die akademische Abschlüsse erteilte. Er war unkündbar, und er stand für Forschung und Lehre. Mit meiner Immatrikulation hatte ich meine Zukunft zumindest teilweise in seine Hände gelegt.

Mir wurde dunkel vor Augen.

Ich tastete nach dem Handy, las meine wunderschöne 2522-Zeichen-Mail und seine Vier-Buchstaben-Antwort zur Sicherheit noch einmal auf dem kleinen Bildschirm durch. Ich spürte die Schweißperlen auf meiner Stirn, das Gerät zitterte in meinen Händen. Ich brauchte ewig, um mich zu dem Chat mit Moni durchzuklicken.

Ich tippte *Hilf mir!!!!!*, ließ das Telefon auf den Boden gleiten und schloss die Augen.

## DIE ZAUBERZAHL

Ich öffnete die Augen wieder, weil es herrlich duftete. Ich hatte lange und wirr geträumt und fühlte mich wohlig schwach. Der feine Schweißfilm auf meinen Oberarmen sorgte für angenehme Kühlung. Ich sah eine weiße Zimmerdecke, an der ein unfassbar hässlicher Leuchtkörper hing. Die Decke war beängstigend tief und störte die Harmonie des Moments. Ich hatte Sorge, dass sie auf mich herunterstürzte.

Ich richtete mich auf. Ich trug ein T-Shirt, das ich nicht kannte. Auf der Fensterbank stand eine Orchidee, eine Pflanze, die mir von klein auf Angst machte.

Offensichtlich war es einer dieser Träume, in denen man sich bewusst wird, dass man gerade schläft. In solch einem Moment kann man alles machen, was einem die Naturgesetze sonst verweigern. Ich versuchte, die Orchidee mit der Kraft meiner Gedanken aus dem Fenster zu werfen. Es klappte nicht. Ich kniff die Augen zusammen und riss sie wieder auf, normalerweise reichte das, um aufzuwachen.

»Trink das.« Moni und ihre Fliederwolke hatten es in meinen Traum geschafft. Sie hielt eine Tasse an meine Lippen. Ich nahm mehrere kräftige Schlucke. Sie waren salzig und unfassbar lecker. Trotz der vielen Jahre, die mich von dem bis dahin letzten Genuss dieser Speise trennten, erkannte ich eine Hühnerbrühe. In meinem Traum konnte ich bestimmen, dass sie vegan war.

»So ist brav.« Moni fühlte meine Stirn.

An ihrer Seite tauchte ein Mann mit widernatürlich glänzender schwarzer Haartolle und blassen Augen im faltigen Gesicht auf. Unter seinem Unterhemd wölbte sich der Bauch.

»Wann kommen seine Eltern?«, fragte er.

»Ich wollte erst mit ihm sprechen.«

Moni war anders als im wirklichen Leben, unsicher, auf die Reaktionen des Mannes lauernd.

»Ich will nicht, dass die Polizei wegen Kindesentführung vor der Tür steht.«

Der Typ kratzte sich unter dem Unterhemd.

»Pit, du übertreibst.«

»Du hast wirklich einen Knall. Wo sammelst du solche Typen auf?«

Ich wollte diesen Pit in meinem Traum nicht haben. Ich versuchte es wieder mit dem Trick, die Augen zuzukneifen. Nichts passierte.

»Schau, was der für Grimassen schneidet. Ist der gestört? Was sollen die Haare?«

»Pit!« Endlich erkannte ich Monis kräftige Stimme wieder. »Die Haare sind so wegen irgendeines japanischen Zeichentricks, den er immer guckt. Er erzählt ständig davon, aber ich kann es mir nie merken. Und überhaupt, lass ihn in Ruhe. Er muss erst zu sich kommen.«

Ich musste es akzeptieren: Es war kein Traum. Auch das, was davor gewesen war, war kein Traum, sondern eine Erinnerung. Ich zusammengerollt auf dem Boden meiner Wohnung. Monis *Ich kann nicht bei dir bleiben, aber ich kann dich mitnehmen*. Mein *Lass mich nicht allein*. Die Taxifahrt durch ein Labyrinth voller blinkender Lichter.

Der Flieder in meinem Kopf. Monis besorgtes Flüstern, ihre Hand, die mich auf einer Treppe stützt. Das Feuer hinter meinen Augen und auf meiner Haut. Kühles Bettlaken, Waschlappen auf der Stirn. Hässliches Licht, hässliche Tapeten, alles dreht sich. Ein etwas größerer Kevin, der von Moni zusammengezischt wird, als er sich an mich heranpirscht. Schon wieder diese dunklen Anime-Augen, diesmal im Gesicht eines kleineren Jungen. Dann Stille und Ruhe.

»Wo ist mein Handy?« Ich richtete mich auf, und Moni schob mir ein Kissen in den Rücken.

Der Erstsemester-Chat, dem ich immer wieder beitrat, nur um ihn zu verlassen, wenn es mir zu bunt wurde, quoll wie stets über. Dann war da noch Monis Antwort auf meinen Hilferuf *(Oscar, was ist los? Wo genau bist du?!!!??)*, wiederum von mir unbeantwortet. Sie musste sich auf gut Glück auf den Weg zu mir gemacht haben, war jetzt auch kein Geniestreich. Sonst keine neuen Nachrichten. Ich schaute nach, wann meine Eltern zuletzt online gewesen waren: vor zwanzig Minuten und vor einer Stunde.

»Du musst ihnen Bescheid sagen, Kleiner.« Moni nahm mir die leere Tasse ab. »Oder soll ich es tun?«

»Brauchst du nicht.« Ich versteckte mein Handy unter dem Kopfkissen. »Ich muss mich ein paar Tage ausruhen. Wenn ich krank bin, denke ich jedes Mal, dass ich sterbe.«

Aus dem Nebenzimmer kam ein Grummeln. »Der ist ja ganz irre!«

»Pit!«

»Moni«, sagte ich. »So komme ich nicht zur Ruhe. Ich brauche ein eigenes Zimmer.«

Es stellte sich heraus, dass es kein eigenes Zimmer

für mich gab. Es war eine Zweiraumwohnung. Ich hatte nicht gewusst, dass Menschen so leben konnten. Ich lag im Durchgangsbereich, umgeben von Tapeten, und der riesige Fernseher glotzte auf mich herab. Ich traute mich nicht zu fragen, ob ich ins Schlafzimmer ziehen dürfe. Dorthin war nämlich der Unterhemden-Mann verschwunden, er zog die Tür sehr laut hinter sich zu. Aus der Küche roch es nach Zimtschnecken.

»Moni«, rief ich, weil sie mich allein auf der Couch zurückgelassen hatte. Wenn ich Moni nicht sehen konnte, machte mir die Orchidee auf der Fensterbank plötzlich Angst. »Mir ist langweilig. Ich brauch meinen Block, meinen Stift und das Analysis-Skript.«

Sie kam wie eine Rakete aus der Küche gezischt, den Finger an die Lippen gepresst. »Spinnst du, Kleiner? Diese Wörter sind hier tabu!«

»Welche? Block und Stift?«

»Stell dich nicht dümmer an, als du bist!«

Es fiel mir wieder ein. Privat machte sie ein Geheimnis aus ihrem Studium.

»Ich verstehe es einfach nicht«, sagte ich stur.

»Hast du ihn gesehen?« Sie nickte in Richtung der zugeknallten Schlafzimmertür.

»Leider ja«, sagte ich. »Mathematik ist Ihnen peinlich, aber *er* nicht?«

Sie zuckte, als hätte sie jemand geschlagen.

»Niemand ist mir peinlich«, sagte sie mit leiser, aber fester Stimme. »Ich will nur keine blöden Kommentare hören. Jedenfalls reiß dich zusammen, wenn du ein paar Tage bleiben willst. Du bist der Sohn einer Kundin, bei der ich putze. Ich hab versprochen, nach dir zu schauen.

Sie bezahlt mich dafür. Merk dir das wortgenau. Alles klar?«

Ich nickte.

Ich durfte, gut zugedeckt auf der Couch, dennoch mein Vorlesungsskript durcharbeiten. Schließlich war es Söhnen von Kundinnen nicht verboten, Mathematik zu studieren. Mehrmals war Pit an mir vorbeigelaufen, hatte »Igitt, Zahlen« kommentiert und eine vermutlich sexuelle Anspielung gemacht, die ich nicht verstand. Zwischendurch döste ich ein, bis mich ein Klingeln aus dem Schlaf riss. Wenig später war die kleine Wohnung so voll wie die U7 zu Stoßzeiten.[10]

»Leise, Kinder, wir haben einen Kranken hier.« Monis Stimme war ein wenig zu fröhlich, ein wenig zu schrill. Nachdem ich mich wachgeblinzelt hatte, wurde mir klar, dass es sich bei der riesig wirkenden Gruppe streng genommen nur um drei Personen handelte: eine unfassbar dicke Frau und die beiden Kevins, umgeben von einer Vielzahl an Taschen, einem zusammengefalteten Buggy und mehreren blinkenden, durcheinanderkreischenden Spielzeugen.

Mir gelang es nicht, das Alter der Frau zuverlässig zu schätzen. Sie hatte ein kindliches Puppengesicht, runde blaue Augen und rosige Wangen. Die Gesichtszüge waren arrangiert wie bei den kleinen Mädchen in Mangas, kurz bevor sie in Tränen ausbrechen. Die Frau war in buntes Polyester gehüllt und ermahnte ihre Kevins mit hoff-

10 wie ich glücklicherweise nur aus den Medien und nicht aus eigener Erfahrung wusste

nungsloser Stimme, leiser zu sein – nicht etwa aus Rücksicht auf mich, sondern aufgrund ihrer eigenen Migräne. Diese Information versetzte Moni sofort in Alarmbereitschaft. Sie zwang die Dicke, sich hinzusetzen, bot ihr eine Handvoll Tabletten, Tee und Wasser an, beschäftigte die Kevins mit einem weiteren lauten Spielzeug, rührte Teig für Pfannkuchen an, marinierte Hühnerschenkel und las bei alldem irgendwas aus einem Bilderbuch über sprechende Autos vor.

Die Dicke nahm sich eine Tasse und einen Berg Pfannkuchen und verzog sich ins Wohnzimmer, das ich umständehalber als meinen Bereich und sie als unerwünschten Eindringling betrachtete. Sie kaute und schaute mich an. Ich schaute zurück. Das war also die berüchtigte Püppi, Monis bedürftige Tochter.

»Und du?«, fragte sie in einer Kaupause. »Wo hat sie dich her?«

Ich versank in Nachdenklichkeit. Die Wahrheit war verboten. Lügen fiel mir schwer.

»Ich lag auf dem Fußboden und dachte, ich bin tot«, sagte ich schließlich.

»Man kennt's.« Sie hatte den Mund wieder voll. Das schien sie allerdings beim Sprechen nicht weiter zu stören.

»Und sind das alles wirklich Ihre Kinder?« Ich wollte zur Sicherheit das Thema wechseln.

»Wessen sonst?«

»Sie sehen Ihnen überhaupt nicht ähnlich.«

»Was kann ich dafür.« Sie wirkte, als sei sie nicht an weiterer Konversation interessiert.

Ich schlug mein Skript wieder auf und vergaß Püppi,

ihre Kinder und die Zeit, bis ein heißer Atem meine rechte Wange anblies. Ich fuhr zusammen. Kann sein, dass mir dabei ein Schrei entfuhr. Wieder diese Augen, diesmal der ältere der beiden Kevins. Ein Zeigefinger langte über meinen Unterarm und piekste in Richtung der Formel für den Einheitskreis. »Hier ist die Zauberzahl.«

»Das ist Pi«, sagte ich.

»Die Zauberzahl.«

»Wer sagt denn sowas?«

»Die Oma.«

»Hm«, sagte ich. Die Terminologie war jenseits von Gut und Böse, inhaltlich jedoch lag er nicht ganz falsch. »Nenn sie beim richtigen Namen.«

»Okay«, sagte Kevin. »Oma sagt, die Zahl ist endlos.«

»Unsinn«, sagte ich. »Oma muss sich präziser ausdrücken.«

»Ist die Zahl nicht endlos? Endlos lang und groß?«

»Die Zahl ist nicht unendlich groß, sie ist kleiner als vier«, sagte ich. »Aber zum Aufschreiben würde kein Blatt Papier reichen, selbst wenn es so riesig wäre, dass es bis zum Himmel ginge. Das allein macht sie aber noch nicht besonders. Von solchen Zahlen gibt es unendlich viele.«

»Oma sagt, die Zauberzahl ist überall in unserer Welt versteckt«, teilte mir Kevin mit.

»Was sagt die Oma?«, fragte Püppi, mein Zimmer mit dem kleinen Kevin auf dem Arm betretend.

»Nichts.« Der ältere Kevin zog die Hand weg, als hätte er sich verbrannt. Er sprang von meiner Couch hinunter und wandte sich der Orchidee im Topf zu, streichelte den Stängel und die merkwürdige Blüte, die wie eine schlecht gemachte Kunstpflanze aussah.

»Mach Omas Blumen nicht kaputt.« Püppi ließ sich geräuschvoll im Sessel nieder.

»Hier passiert nichts Schlimmes«, sagte ich und hielt mein Skript höher, um sie nicht sehen zu müssen. »Ich habe ihm nichts gezeigt, was für seine Augen nicht geeignet wäre.«

»Was?«

»Ich bin der Einzige, der sich hier und jetzt mit Mathematik beschäftigt. Ihr Sohn hat damit nichts zu tun.«

»Ist klar«, sagte Püppi. »Er ist eh zu doof dazu. Liegt in der Familie.«

Es stellte sich heraus, dass sie es ernst meinte. Mit ähnlichen Worten hatte sich mir damals auch Moni vorgestellt, und ich hatte ihr sofort geglaubt. Seitdem hatte ich allerdings festgestellt, dass Moni nicht dümmer als die meisten meiner Kommilitonen war, was jedoch nicht im Widerspruch zur ursprünglichen Selbstbeschreibung stand.

Püppi dagegen bewegte sich im Intelligenzkontinuum deutlich näher an der unbelebten Natur. Ich beobachtete sie in den Pausen meiner Lektüre und versuchte, Denktätigkeit auszumachen. Es gelang mir selten. Hinter der porzellanglatten Stirn schien wenig los zu sein. Sie konnte unendlich lange einen unsichtbaren Punkt anstarren (manchmal einen irgendwo auf meinem Körper, was mir unheimlich war), was ich durchaus zum Normverhalten zählte, wenn es denn zu intellektuellen Ergebnissen führte. Püppi äußerte jedoch nichts dergleichen, sondern seufzte nur ab und zu. Sie richtete monotone Anweisungen an ihre Kinder, die diese ignorierten, und unterrichtete Moni über die Sonderpreise des nächstgelegenen

Discounters, was diese wiederum mit übertriebenem Eifer kommentierte. Aus Höflichkeit versuchte ich, mich am Gespräch zu beteiligen, und kalkulierte aufgrund der genannten Absolutbeträge den prozentualen Preisnachlass. Dies ließ Püppis Augen noch blanker werden.

»Niemand mag Klugscheißer«, sagte Moni warnend zu mir.

Pit tauchte aus dem Schlafzimmer auf, spazierte unnötigerweise an meiner Couch vorbei und wechselte mit Püppi einige Bemerkungen über das Wetter. Es war seiner Meinung nach unangenehm nass und kalt, paradoxerweise aber nicht kalt genug. Früher habe mehr Schnee gelegen, die Kinder hätten auf den Straßen gerodelt, statt vor der Glotze zu hängen, und gleichzeitig die ganze Zeit in Haushalt und Kuhstall ausgeholfen.

Ich konnte es zumindest teilweise nicht unkommentiert lassen: »Nach jüngsten Erhebungen des Statistischen Bundesamtes sind es hauptsächlich ältere Langzeitarbeitslose, die vor der Glotze hängen. Die Altersgruppe zwischen sechs und neunundzwanzig hängt am Smartphone.«

»Moni!«, brüllte Pit. »Er spricht wieder. Mach was!«

»Lass ihn doch einfach!«, brüllte Moni zurück.

Anstatt in Ruhe über die Information nachzudenken, die ich ihm gerade zur Verfügung gestellt hatte, begab sich Pit in die Küche. Dort entbrannte ein Streit mit Moni, dem ich erst nicht folgen wollte – bis ich das diffuse Gefühl bekam, immer wieder unter Codenamen[11] erwähnt zu werden. Dann wurde die Tür mit einem lauten Knall

11 wie »dieser Irre«

zugezogen, und der Wortlaut war nicht mehr zu verstehen. In Püppis linkem Augenwinkel bildete sich eine Glitzerträne. Der ältere Kevin wanzte sich erneut an mich heran, sein schmutziger Fingernagel bewegte sich entlang der Zeilen meines Skripts und blieb immer dort stehen, wo er ein Pi entdeckte. Ich begann zu schwitzen.

Püppi richtete ihre plastikblauen Augen auf mich. »Und du bist also ein Freund von Justin?«

Natürlich wusste ich es längst, schließlich konnte ich zwei und zwei zusammenzählen. Justin und die beiden Kevins auf Monis Handy. Justin, der Moni Oma nannte. Trotzdem konnte ich kaum glauben, dass Justin tatsächlich etwas mit dieser Sippe zu tun hatte. Zusätzlich war ich verwirrt, welche Undercover-Identität ich nun verwenden sollte. Ich versuchte zu kalkulieren, ob es eine Schnittmenge zwischen Söhnen von Monis Kundinnen und Justins Freundeskreis gab. Das dabei entstehende Venn-Diagramm legte sich vor mein inneres Auge.

»Ist Justin wirklich Ihr Sohn?«, fragte ich schließlich, um Zeit zu gewinnen.

»Glaubt mir sonst auch keiner. Ich hab ihn mit achtzehn bekommen.«

»Warum?«, fragte ich.

Püppi zuckte mit den Schultern. »Meine Mutter hat mich auch früh gekriegt. Liegt in der Familie.«

»Die Tendenz zu frühen Geburten und prekärer Lebensweise ist nicht genetisch bedingt«, sagte ich. »Allerdings gehören Armut und geringer Bildungsstand quasi zum sozialen Erbe.«

»Warte«, sagte Püppi und lauschte. Das schlecht verständliche Geschrei in der Küche war abgeebbt. Im Flur wurde irgendetwas umgeworfen, die Wohnungstür aufgerissen und zugeknallt. Moni, mit rotem Gesicht und einer schief sitzenden Schürze mit Kirschenmuster, setzte sich auf meine Sofakante. Ihre Lippen zitterten.

»Nicht weinen«, sagte sie zu Püppi. »Bislang ist er immer zurückgekommen. Kleiner, ich habe eine sehr dringende Bitte. Wenn du hierbleiben möchtest, musst du unbedingt lernen, deinen Mund zu halten.«

Es wurde keine schöne Nacht. Bis in den späten Abend klingelten Nachbarn, um sich zwei Eier auszuleihen,[12] einen Schlüssel bei Moni zu lassen, einen weiteren abzuholen, sich fürs Blumengießen mit einer Tafel Schokolade zu bedanken. Ich begann, den Grund für Pits notorisch schlechte Laune zu erahnen. Es erforderte einiges an Geduld, mit Moni zusammenzuleben. Später wurde direkt neben mir der riesige Fernseher eingeschaltet, und Pit erschlaffte in seinem Sessel. Er war, wie von Moni vorhergesagt, tatsächlich zurückgekehrt, als wäre nichts gewesen, und hatte ein Abendessen aus Nudeln mit Rührei und Käse zu sich genommen.

Zum Glück hatte ich sowohl meine Noise-Cancelling-Kopfhörer als auch die Schlafbrille in meinem Rucksack gefunden. Auf diese Weise vermied ich es, etwas von der Sendung mitzubekommen, in der zwei Familien die Mütter tauschten und ihre Erfahrungen darüber vor der Kamera reflektierten. Abgefüllt mit Pfannkuchen, schlief ich ein und träumte davon, mit dem älteren Kevin im Me-

12 Forschungsgegenstand: Hat schon jemand in der Geschichte der Menschheit jemals diese vermeintlich ausgeliehenen Eier zurückgegeben?

morisieren der Nachkommastellen von Pi[13] zu wetteifern. Wir nannten sie abwechselnd und waren bei der zweiunddreißigsten angekommen, als mir ein Fehler unterlief, den er aber nicht merkte.

Ich wachte schlecht gelaunt auf. Moni stand neben der Couch und sah auf mich hinunter.

»Müssen wir los?« Ich setzte mich auf. »Sind wir zu spät zur Vorlesung?«

»Psst!« Moni blickte verstohlen zur Schlafzimmertür, hinter der es laut schnarchte. »Lernst du es denn nie?«

»Entschuldigung. Ich dachte, es ist gerade niemand da.«

»Das kannst du nie wissen. Ich gehe, und du bleibst da.«

»Wohin gehen Sie?«

»Du weißt schon.«

»Zur Ulrich-Nina-Ingrid?«

Monis morgenzerknittertes Gesicht wurde noch einen Hauch unansehnlicher. »Denkst du, Pit kann nicht buchstabieren?«

»Keine Ahnung. Aber ich habe Angst, hier allein zu bleiben«, sagte ich.

»Gut. Dann bringe ich dich mit dem Taxi zu dir nach Hause.«

»Dort habe ich auch Angst.«

»Ich hätte längst deine Eltern anrufen sollen.«

»Versuchen Sie es doch.« In dieser Hinsicht war ich unbesorgt. Moni wäre niemals in der Lage gewesen, mein Smartphone zu entsperren, um an die Nummer zu kommen.

13 eine in meinen Augen sinnfreie Tätigkeit

»Ich kann sie einfach googeln«, sagte Moni schließlich. »Deine Familie hat bestimmt eine Wikipedia-Seite. Oder?«

Ich senkte den Blick.

Moni beobachtete mich. »Sind deine Eltern so furchtbar, Kleiner?«

Ich dachte nach. »Nein, sie sind ganz anders als ich. Aber sie würden wieder nichts verstehen. Es würde nur unnötig kompliziert werden.«

Moni seufzte. »Was genau willst du jetzt von mir, Kleiner?«

»Können Sie nicht einfach hierbleiben? Müssen Sie ausgerechnet heute Siegfried-Theodor-Ulrich-Dietmar-«

Moni fasste sich an den Kopf. »Wie stellst du dir das vor? Glaubst du, ich kann den ganzen Tag hier sitzen und deine Hand halten?«

»Warum nicht? Müssen Sie ausgerechnet heute Siegfried-Theodor? Wo Sie sonst so viele Fehlzeiten haben?«

»Hast du eine Idee, wie normale Menschen die Miete zahlen?«, zischte Moni. »Ich habe drei Jobs. Ich habe keine Zeit für diesen Quatsch.«

Sie klackerte in die Küche – selbst ihre Hausschuhe hatten hohe Absätze – und begann, dort mit den Töpfen zu klappern. Ich war besorgt, dass sie damit Pit wecken würde. So früh am Morgen mit ihm konfrontiert zu werden überstieg meine Kräfte. Ich hatte Moni schon mehrfach empfohlen, sich auf einen Job zu konzentrieren, mit familienfreundlichen Arbeitszeiten und gutem Verdienst, aber sie war in dieser Hinsicht beratungsresistent. Ich bekam einen nährstoffarmen Marmeladentoast und eine Tasse Kakao, und dann war sie weg. Ich holte wieder das

Skript hervor. Wie schon in der Schule waren die Krankheitszeiten besonders produktiv. Allein kam ich schneller und besser voran.

Beim Lernen verlor ich das Zeitgefühl. Ich versank in dem Skript wie im warmen Badewasser, indem ich bereits durchgearbeitete Passagen wieder und wieder las. Sie wurden dadurch nicht etwa langweilig: Wie ein Edelstein funkelten sie auf eine neue Art, wenn man sie gedanklich hin und her wendete. Ich erinnerte mich daran, wie sie mir beim ersten Lesen komplett unverständlich erschienen waren, wie eine zufällig zusammengewürfelte Reihe von Sonderzeichen. Es gab kein größeres Vergnügen, als klüger zu werden als die frühere Version von einem selbst.

»He, du.«

Ich schlug das Skript zu, als müsste auch ich meine Studien verbergen. Pit stand in Socken und Boxershorts neben meiner Couch, kratzte das angegraute Brusthaar im Ausschnitt seines Unterhemdes.

»He«, echote ich entsetzt.

»Ist sie schon weg?«, fragte Pit.

»Ich glaube schon.«

»Wohin?«

»Ähm.« Ich hatte keinen Überblick über Monis Jobs. Sie hätte mich, wenn sie mich schon zum Lügen zwang, besser briefen müssen.

Zum Glück hatte Pit bereits das Interesse verloren. »Frühstück?«, knurrte er.

»Gern«, sagte ich.

»Das war nicht die Frage. Hat sie Frühstück dagelassen?«

Ich bekam Kopfschmerzen wie früher im Kindergarten, wenn man mir eine Bastelschere hinlegte. Auf sinnfreie Aufgabenstellungen oder Fragen reagierte ich mit psychosomatischen Stresssymptomen. Pit winkte ab und entfernte sich für eine Reihe geräuschvoller und zeitintensiver Prozeduren ins Bad.

Ich schirmte mich mit meinem Skript ab und setzte die Kopfhörer auf, bis Pit mir meine Lektüre aus der Hand zog. Er trug jetzt eine enge Jeans und ein bunt gemustertes Hemd, das so weit aufgeknöpft war, dass er eine Bronchitis riskierte. Die Haartolle glänzte wie ein Rabenflügel. Die Parfumwolke, in die er sich anstelle wetterfester Klamotten gehüllt hatte, brachte mich zum Niesen. Dabei fiel mir ein Kopfhörer aus dem linken Ohr, sodass ich den letzten Satz[14] akustisch mitkriegte.

»Hat sie dir Geld gegeben?«

»Meine Mutter hat mir Geld gegeben«, sagte ich.

»Wie viel?«

»Mir reicht es.« Ich hielt mein Skript wieder höher.

Pit ging in die Küche und begann dort zu lärmen. Dabei schien er zu telefonieren. Mich erreichten mehrmals die Anreden *Süße, Schatz* und *Mausi,* außerdem die Klage über einen Geistesgestörten, der auf der Couch lag und nicht vernünftig reden konnte. Ich steckte den Kopfhörer wieder ins Ohr. Als Pit ohne einen Abschiedsgruß die Wohnung verließ, atmete ich erleichtert auf.

Mein Telefon piepste. Moni schickte eine Reihe abfotografierter Tafelbilder. Ihre Handykamera war so schlecht, dass ich kaum etwas entziffern konnte.

14 Seine Lippen hatten sich schon die ganze Zeit bewegt.

Ich durfte das Alleinsein nicht lange auskosten. Ein Schlüssel kratzte im Schloss. Es war völlig unklar, wie ich unter diesen Umständen lernen oder wenigstens genesen sollte.

Erst sah es aus, als hätte Püppi ihr eigenes Spiegelbild mitgebracht. Beim genaueren Hinsehen offenbarten sich subtile Unterschiede. Püppis Doppelgänger war männlich, rosig, wie eines dieser Männchen aus Hefeteig, die nicht lange genug im Ofen geblieben waren. Und im Gegensatz zu ihr hatte er gute Laune.

»Ronny.« Seine Faust flog gegen meine Schulter. Was er vermutlich unter einem freundlich gemeinten Begrüßungsschubser verstand, ließ mich auf der Couch umkippen. Lachend gab er mir die Hand und zog mich in eine sitzende Position zurück.

»Was bedeutet das?«, fragte ich verwirrt.

»Nichts. Ist mein Name. Bin mit der Süßen hier verheiratet. Und du bist das neue Pflegekind? Direkt von der Straße aufgelesen?«

»Ein Freund von Justin. Irgendwelche Familienprobleme.« Im Beisein ihres Ehemanns erklang Püppis Stimme zart wie die einer Elfe.

»So sieht er aus. Wo lernt Justin solche Typen kennen?«

»In der Schule, wo sonst.«

Sie sahen synchron auf mich hinunter. »Verstehst dich gut mit ihm?«, fragte Ronny.

»Mit wem?«, erschrak ich.

»Mit Justin. Mit wem sonst?«

»Keine Ahnung«, sagte ich, erfreut darüber, die Wahrheit sagen zu dürfen.

»Perfekt. Weiter so. Wo ist Moni? Wo ist Pit?«

Ich zuckte mit den Schultern.

»Scheiße«, sagte Ronny. »Hör mal, Bursche, wir haben ein Problem. Püppi muss mit Keanu zum Kinderarzt, Quentin kriegt dort immer die Krise, und ich muss zur Arbeit. Moni treibt sich irgendwo rum. Verstehst du, worauf ich hinauswill?«

Ich versuchte, es zu erraten. »Sie müssen auch Ihre Miete zahlen?«

»So jung und schon so schlau. Siehst du Quentin hier? Er ist auch ein bisschen angeschlagen und kann deshalb nicht in die Schule. Deswegen bleibt er bei dir.« Ronny langte hinter seinen Rücken und zog wie ein Zauberer den größeren Kevin hervor. An diesem Jungen schätzte ich vor allem, dass er seine Anwesenheit so still gestaltete, dass er leicht zu übersehen war. Im Gegensatz zu seinem jüngeren Bruder, der gerade im Flur über den Boden rollte und schrie.

»Das geht nicht«, sagte ich.

»Warum nicht?«

»Ich kann nicht mit Kindern. Ich bin nicht vertrauenswürdig. Ich muss lernen. Außerdem könnte ich ein Psychopath sein.«

Ronny winkte ab. »Passt schon. Quentin ist auch nicht ganz dicht. Quentin, du bleibst jetzt bei diesem kleinen Onkel. Sei anständig.«

»Aber«, sagte ich, doch mein Widerspruch ging in Ronnys herzhaftem Lachen unter.

Und schon waren sie weg, die großen, bunt gekleideten Erwachsenen und das schreiende Kleinkind. Quentin stand wie ein falsch gepflanzter Baum in der Mitte des

Wohnzimmers. Er hielt die Augen geschlossen. Möglicherweise lauschte er, ebenso wie ich, andächtig der Stille.

Mein Genuss war nicht von langer Dauer. Stück für Stück wurde ich mir der Gefahren bewusst, vor denen ich ein fremdes Kind auf eine unbestimmte Zeit bewahren musste. Der Balkon war nicht gesichert, die offenen Steckdosen schrien förmlich nach spitzen Metallgegenständen, und es war unklar, ob Pit in der Küche den Herd ausgeschaltet und die Messer weggeräumt hatte. Das Adrenalin überflutete mich. Ich schnappte nach Luft. Quentin öffnete die Augen.

»Bist du krank?«, fragte ich.

»Weiß nicht«, sagte Quentin.

»Fass nichts an!«, rief ich. »Setz dich in den Sessel und rühr dich nicht, bis deine Erwachsenen dich abholen.«

Ich war es nicht gewohnt, dass Menschen, die nicht meine Eltern waren, auf meine Befehle hörten. Dieser Junge bewegte sich auf merkwürdig durchgedrückten Beinen zum genannten Möbel und ließ sich wie eine von einem ungeschickten Puppenspieler gelenkte Marionette hineinfallen.

»Kann ich ein Blatt Papier?«, fragte er.

Ich riss eines von meinem Block ab, faltete es zweimal, klammerte einen meiner Stifte daran fest und warf die Konstruktion durch den Raum. Sie landete einen Meter vor dem Sessel auf dem Teppich. Quentin streckte das dünne Bein aus und schaffte es nach einigem Schnaufen, meine Gabe mit den Zehen zu greifen und zu sich heranzuziehen. Das Sitzmöbel musste er dafür nicht verlassen. Dann war er endlich ruhig.

Als ich das nächste Mal aufsah, hatte er das Blatt mit irgendwelchen winzigen Ziffern vollgeschrieben. Ich gab ihm mehr Papier. Ich verspürte kein Bedürfnis, mir seine Aufzeichnungen anzusehen. Aus Dankbarkeit für sein Schweigen beschloss ich aber, ihm eine Erziehungsmaßnahme zukommen zu lassen.

»Hast du eigentlich deine Hausaufgaben gemacht?«

Er zuckte mit einer Schulter, eine Geste, die etwas in meinem Herzen bewegte.

»Was bedeutet das?«, fragte ich.

Er zog ein abgegriffenes Blatt aus seinem Rucksack und brachte es mir auf die Couch. Es handelte sich um einen Mathetest. Das Kind war offenbar bereits in der dritten Klasse. Unter den Aufgaben waren sparsam Zahlen aufgeschrieben worden, dazu ziemlich viele Anmerkungen mit Rotstift. Darunter stand eine Fünf plus, die lächerlichste aller Noten.

»Ich soll die Berichtigung machen.« Er zog laut die Nase hoch, und ich wandte mich angeekelt ab. »Aber ich weiß nicht, was ich berichtigen soll.«

Ich las mir das Gekritzel durch. Es waren einige Rechen- und ein paar Sachaufgaben.

»Ist doch alles richtig«, sagte ich.

»Frau Perelmann hat Punkte abgezogen, weil der Lösungsweg fehlt.«

Das kam mir bekannt vor. »Warum hast du ihn nicht aufgeschrieben?«

»Hab im Kopf gerechnet. Frau Perelmann hat gesagt, ich hab abgeschrieben.«

»Welche Noten haben denn deine Banknachbarn?«

Schulterzucken: »Weiß nicht.«

Ich drehte das Blatt um. »Sie hat ihre eigenen Punkte falsch zusammengezählt. Du müsstest selbst mit diesen horrenden Abzügen eine Drei plus kriegen.«

»Egal.« Quentin pulte wieder an der Orchidee auf der Fensterbank herum.

»Aber das ist nicht korrekt. Wenn sie nicht mal zweistellige ganze Zahlen addieren kann und dir daraufhin eine schlechte Note gibt, ist das absurd. Am Ende kommst du wegen ihrer Rechenschwäche nicht aufs Gymnasium.«

»Komm ich auch nicht«, sagte Quentin. »Ich bin bescheuert. Und sie weiß es.«

Ich hatte kein Problem damit, dass andere Menschen dumm waren. Die meisten konnten weder rechnen noch klar argumentieren, es war eine Tatsache, mit der ich schon lange lebte. Ich hatte nur ein Problem damit, wenn dumme Menschen so taten, als dürften sie über klügere Menschen bestimmen.

»Ich schick dich heim, Kleiner, wenn du mich weiter damit nervst.« Moni war irgendwann nach Hause zurückgekehrt, und Quentin war da bereits von seinen Eltern abgeholt worden. Ich dagegen hatte immer noch die Fünf auf seinem Mathetest vor Augen. Das Schlimmste war, dass Moni meine Empörung einfach nicht teilen wollte.

Sie räumte die Küche auf, während ich wiederholt darstellte, was ich von Quentins Lehrerin hielt. Dann wurde Moni endlich böse – allerdings nicht auf Frau Perelmann, sondern auf mich. »Ich kann es nicht noch einmal hören, Kleiner.« Sie wrang einen Putzlappen so heftig aus, dass es in alle Richtungen spritzte. »Ja, die Frau kann nicht rechnen. Aber man darf sie nicht darauf hinweisen. Ich habe sie einmal beim Elterngespräch gefragt, ob sie mit Absicht einen Fehler in der Neunerreihe an der Tafel eingebaut hat. Seitdem hasst sie uns alle.«

»Das verstehe ich.« Ich hielt mein Handy mit dem abfotografierten Test hoch. »Sie muss Quentin trotzdem korrekt bewerten.«

»So funktioniert die Welt nicht, Kleiner. Für Frau Perelmann sind wir Proleten.«

»Ihr *seid* Proleten«, sagte ich. »Aber Quentin hat die richtigen Ergebnisse. Meine Mutter hätte diese Lehrerin zerfetzt.«

Moni hängte den ausgewrungenen Lappen auf und nahm einen Besen. »Quentins Mutter geht nicht mal zu Elterngesprächen, weil sie Angst vor der Klassenlehrerin hat. Heb deine Füße hoch. Püppi kriegt bei ihr jedes Mal Broschüren für gesunde Ernährung und eine Anleitung, wie man Karotten in Stifte schneidet.«

»Das sind durchaus wertvolle Hinweise«, sagte ich.

Moni schnaufte. »Seitdem gehe ich zu den Gesprächen. Püppi hasst auch diese Kinderstühle. Sagt, die werden immer kleiner.«

Unter Monis Blick verkniff ich mir einen Kommentar.

»Was jetzt, Kleiner, hast du noch mehr Erziehungstipps auf Lager?«

Ich schüttelte den Kopf. Für mich war es normal gewesen, dass meine Mutter fast genauso häufig wie ich meinen Montessori-Kindergarten und alle meine Schulen besuchte. Sie telefonierte ständig mit Lehrern, Betreuern, Sozialpädagogen und deren Vorgesetzten, schrieb E-Mails, war mal extrem freundlich, mal eisig. Ich transportierte Atteste und Bescheinigungen in verschlossenen Umschlägen, durfte als Einziger einer jeden Gruppe immer ein Handy dabeihaben, ein Kuscheltier und meinen gewohnten Reis mit Erbsen in der Tupperdose. Auf der einzigen Klassenfahrt, an der ich jemals teilgenommen hatte, hatte ich ein eigenes Zimmer und wurde nach zwei Nächten abgeholt. Sie war von allen Seiten als großer Erfolg und persönlicher Fortschritt gewertet worden. Meine Mutter hatte auf der Fahrt nach Hause verstohlen Glückstränen weggewischt und mich ihren Helden genannt.

Ich hatte mich jahrelang blind darauf verlassen, dass ich ein Unbehagen nicht erst äußern musste, damit meine Umwelt darauf reagierte. Meine Mutter hatte es bereits in meinem Gesicht abgelesen und Vorkehrungen getroffen, bevor ich mir eines Problems überhaupt bewusst werden konnte. Sie erklärte mich anderen Menschen, in der Familie und außerhalb, schriftlich und mündlich, und ich hörte zu und lernte Dinge über mich, auf die ich selbst gar nicht gekommen wäre. Mein eigenes Befinden war für mich nie interessant genug, um es zu analysieren, weswegen ich meist davon überrumpelt wurde, dass ich mich plötzlich schreiend und um mich schlagend auf dem Boden wiederfand.

Ich suchte mein Smartphone in den Falten der Decke. Wie viele Stunden, gar Tage hatten sich meine Eltern nicht mehr nach mir erkundigt? Ich öffnete den Familienchat und begann zu tippen. *Mir geht's gut. Was macht ihr? Seid ihr gesund? Lange nichts gehört.*

## SIE HABEN EINEN WUNDERBAREN JUNGEN

Am nächsten Morgen fühlte ich mich ausgeschlafen und fit und bekam von Moni einen Haferbrei. Ich lag gemütlich auf der Couch und bearbeitete die Übungsblätter. In den wirklich wichtigen Fächern – Analysis und lineare Algebra – hatte ich bereits so viele Punkte in den wöchentlichen Übungsblättern gesammelt, dass mir die Zulassung zur Klausur längst sicher war. Es hatte sich ausgezahlt, sämtliche Zusatzaufgaben zu lösen.

Den hervorragenden Punktestand teilte ich mit Moni, was mir Schuldgefühle bereitete. Erstens gegenüber der Universität, die ich damit über Monis nicht vorhandene Studienfortschritte hinwegtäuschte. Zweitens gegenüber Moni, die durch meine Leistung einem Selbstbetrug aufsaß. Die paar Tage, die ich auf ihrer Couch erlebt hatte, hatten mir das ganze Ausmaß des Elends klargemacht. Was auch immer sie machte, sie studierte nicht. Sie las das Skript höchstens einmal in der U-Bahn.

Nachts profitierte sie offenbar von ihrer präsenilen Bettflucht und beugte sich am Küchentisch über die Aufgaben, um zumindest ansatzweise zu verstehen, was da überhaupt gefragt war. Wenn Pit dann auf die Toilette polterte, versteckte Moni ihre Unterlagen rasch unter den Sonderangeboten.

Jetzt war sie bereits unterwegs, was den eben aufgewachten Pit und mich gleichermaßen verstimmte. Er verschwand nach dem ersten Kaffee wieder hinter der Schlafzimmertür. Ich hörte ihn telefonieren.

Dann ging die Wohnungstür auf, und Quentin wurde ohne jede Vorwarnung in den engen, zugestellten Flur geschubst. Die Tür fiel wieder ins Schloss.

»Ich bin immer noch irgendwie krank«, sagte Quentin.

»Wasch dir die Hände und halt dich von mir fern.« Ich riss ein paar Blätter für ihn aus. Erst da merkte ich, dass hinter dem Jungen noch jemand stand – viel zu groß, um sein Schatten zu sein.

»Ich sehe dich«, sagte ich.

»Herzlichen Glückwunsch.« Justin trat ins Licht und half seinem Bruder aus der Jacke. »Ich muss gleich weiter. Musste nur den Zwerg hier abgeben.«

»Schade«, sagte ich. »Warum ärgerst du dich?«

»Ich ärger mich nicht.«

»Er ärgert sich«, sagte Quentin. »Er ist immer sauer.«

»Auf wen?«, fragte ich.

Justin zuckte mit den Schultern und schubste seinen Bruder in meine Richtung. Die Tür ging auf, fiel wieder ins Schloss, und ich blieb allein mit dem Kleinen. Ich blinzelte. War Justin wirklich gerade hier gewesen?

»Können wir Tiervideos auf deinem Handy gucken?«

Beim letzten Mal hatte Quentin mich dazu gebracht, in den sozialen Netzwerken kurze Filme von Leuten anzuschauen, die gerade Hunde geschenkt bekamen. Wir hatten fasziniert zugeschaut, wie viele Tränen die Beschenkten darüber vergossen.

»Guckt Justin auch gern Tiervideos?«, fragte ich.

Quentin schüttelte den Kopf.

»Was mag er dann?«

»Gar nichts«, sagte Quentin. »Außer Oma vielleicht. Also Tiervideos?«

Jetzt war ich damit dran, den Kopf zu schütteln. Quentin kniete sich auf den Teppich und begann zu kritzeln. Ich setzte die Kopfhörer auf.

Nach einiger Zeit hielt Quentin mir mein Handy hin. Es klingelte. Wegen der Noise-Cancelling-Funktion hatte ich es nicht mitbekommen.

Auf dem Display leuchtete das Bild meiner Mutter auf ihrem Pferd Storm auf. Drei Anrufe hatte ich bereits verpasst. Hätte mir der kleine Bengel nicht früher Bescheid sagen können?

»Oscar.« Meine Mutter klang maximal beherrscht, und ich begriff, dass ich in Schwierigkeiten war. »Wie schön, deine Stimme zu hören. Wo genau befindest du dich gerade?«

»Im Bett.« Vor Schreck klang ich heiser.

»Würdest du mir auch verraten, in welchem Bett?«

»Eher ein Schlafsofa«, stammelte ich. »Warum?«

»Wir stehen in deiner Wohnung und sind kurz davor, die Polizei zu rufen.«

»Warum?«

»Wegen deiner jüngsten Nachricht.« Die Stimme meiner Mutter brach für einen winzigen Augenblick. »Das war nicht deine übliche Wortwahl.«

»Ich bin bei einer Freundin.« Ich öffnete den Chat, überflog meinen Text und konnte nichts Ungewöhnliches erkennen.

»Du hast noch nie gefragt, wie es uns geht. Und deine Wohnung ist verwüstet. Für deine Verhältnisse.«

»Ich war krank«, sagte ich, und das war ein Fehler.

Jetzt war mein Vater dran, während meine Mutter im Hintergrund daran erinnerte, dass er nicht laut werden dürfe, weil ich mich dann komplett verschließen könne, und wie man mich mithilfe eines GPS-Signals tracken könne[15] und dass es ein Fehler gewesen sei, mich allein zu lassen, und dass Frau Horn sich als eine große Enttäuschung herausgestellt habe und dass es eigentlich absehbar gewesen sei.

»Ich komme nach Hause«, sagte ich. »Fasst nichts an, ich räume selbst auf.«

Ich hatte es mir allerdings einfacher vorgestellt. Das Anziehen war kompliziert, wenn man so lange rumgelegen hatte. Meine Kleidung, die Moni gewaschen und gebügelt hatte, roch überwältigend nach Flieder. Quentin hatte sich an meinem Bein festgeklammert wie ein zu groß geratenes Äffchen. Aus Angst, allein gelassen zu werden, wimmerte er leise. Als ich ihn darauf hinwies, dass Pit auch noch da war, wimmerte Quentin lauter.

Ich hatte keine Wahl.

Ich war nicht sicher, ob er für die Wetterverhältnisse richtig angezogen war. Diese ganzen Schnürsenkel und Kordeln, lauter Gefahren, irgendwo hängen zu bleiben oder sich zu strangulieren. Weder seine noch meine Mütze waren da, wir zogen uns synchron die Kapuzen über. Im Gegensatz zu mir wusste Quentin bis auf den Breiten- und Längengrad, wo wir uns befanden. Er brauchte keine App, um die U-Bahn zu finden und die Route zusammenzustellen. Er kannte den Fahrplan auswendig. Im Gegensatz zu ihm hatte ich Geld für ein Taxi, aber ich ekelte

15 anstatt mich direkt zu fragen – ich hätte es ihnen erklären können

mich davor, mit fremden Menschen auf engem Raum in einem Personenkraftfahrzeug eingeschlossen zu sein.

Quentin trug seine beschrifteten Blätter in den Händen und ich meine in einer Plastiktüte, die ich aus Monis Küche mitgenommen hatte. In meinem Rucksack fand ich nur noch einen einzelnen Gummihandschuh und zog ihn über. Quentin hatte nichts dagegen, für mich auf Knöpfe zu drücken. Wir mussten zweimal umsteigen. Die erste Fahrt dauerte neunzehn Minuten, in welchen Quentin ununterbrochen auf scinen Zetteln weiterkritzelte. Blätter fielen hinunter, Menschen traten darauf, er zog sie geduldig unter fremden Absätzen hervor.

»Wie lange willst du weiterschreiben?«, fragte ich genervt.

»Ich such die größte Zahl.« Er war schon bei den vierstelligen angekommen. Ein Blick verriet mir, dass er sich dabei auf Primzahlen fokussierte.

»Bist du dumm?«, fragte ich. »Denk nach, bevor du weiterkritzelst.«

Er führte den Bleistift mit der dreckigen Hand zum Mund.

»Ich denke nach«, sagte er gekränkt.

»Was glaubst du denn, wann du fertig wärest?«

»In zwei Monaten?« Wenn er mich so ansah, hätte er auch in *Supermind* mitspielen können.

»Falsch«, sagte ich.

»Warum?«

»Denk nach.«

Seine Faust mit dem Stift zuckte in Richtung Blatt. Ich hielt seinen Unterarm mit meiner behandschuhten Hand fest.

»Ich habe überhaupt nichts dagegen, wenn du Primzahlen aufschreibst. Aber du hast dir eine Aufgabe gestellt. Auf deinem bisherigen Weg wirst du nie zur größten von ihnen kommen.«

»Warum nicht?«

»Denk nach.« Wir waren in einer Schleife gelandet.

»Ich weiß«, sagte er schnell. »Ich brauche mehr Zeit. Vielleicht ist die Zahl so groß.« Er breitete die Arme aus und berührte mich an der Nase und einen weiteren Passagier an der Schulter. Der Mann rückte weg.

»Falsch.«

»Warum?«

»Denk nach!«

»ICH DENKE SCHON DIE GANZE ZEIT NACH!« Warum brüllte er jetzt plötzlich? Fehlte noch, dass er sich auf den Boden warf. »Ich komme nicht drauf!« Er fasste sich in die Haare, als wollte er sie ausreißen. Jetzt waren wir allein auf dieser Seite der Sitzbank.

»Ärger dein Bruder nicht«, mischte sich ein Typ mit einer verdrehten Baseballkappe und verwaschener Aussprache ein. »Er denkt doch nach.«

»Nicht genug«, sagte ich scharf.

»HILF MIR!«, brüllte Quentin. »OMA HILFT MIR IMMER!«

»Wie soll ich dir helfen, wenn du zu dumm bist?«

»Alter, du kannst nicht so mit dein Bruder reden!«

»ER IST NICHT MEIN BRUDER«, brüllte jetzt auch ich. Und zu Quentin: »Du wirst dich noch mehr ärgern, wenn du nicht von selbst draufkommst!«

»DU SOLLST MIR NUR SO HELFEN, DASS ICH SELBER WEITERDENKEN KANN!«

»Jetzt gib ihm doch wenigstens einen kleinen Tipp.« Eine Frau mit Brille und Strickmütze sah mich über ihren Buchrand hinweg an. Sie las *Jane Eyre* auf Englisch. »Sag ihm nicht die komplette Lösung.«

»Machen Sie es doch selbst«, blaffte ich.

»Ich habe keine Ahnung, wovon er spricht. Ich hab Mathe in der Oberstufe abgewählt.«

Ich wandte mich von ihr ab.

»Pass mal auf«, sagte ich. »Stell dir eine supergroße Primzahl vor.«

Quentin ließ seine Haare los und starrte mich an wie ein Ertrinkender.

»Nimm jetzt noch eine kleine Primzahl dazu.«

»Ich nehm die Drei«, sagte er schnell. »Die Zwei hasse ich.«

»Ich auch«, sagte ich überrascht. »Multiplizier die beiden miteinander.«

»Mach ich.« Seine Stirn unter den verschwitzten dunklen Haaren runzelte sich leicht.

»Und jetzt addier eine Eins zum Produkt.«

»Hab ich«, sagte er. »Und dann?«

»Und jetzt denk nach.«

Er erstarrte. Wir verpassten den Ausstieg. Er überlegte, und ich sah ihm dabei zu. Er dachte auch weiter nach, als wir unseren Fehler bemerkten, ausstiegen und wieder zurückfuhren, um in die richtige U-Bahn umzusteigen. Ich hatte keine große Hoffnung. Vielleicht war er nicht so dumm wie meine Kommilitonen, aber er war noch klein und von Ahnungslosigkeit umgeben. Es gab keine Wunder. Ich holte meine eigenen Notizen hervor und konzentrierte mich darauf.

Er schubste mich in die Seite, sein ganzes Gesicht leuchtete. »Ich hab's.«

»Was hast du? Endlich deine größte Primzahl?«

Das Leuchten erlosch so schlagartig, wie es gekommen war. »Nein. Nur die Antwort. Es gibt keine größte Primzahl.«

Meine Eltern hatten Schwierigkeiten, die Situation richtig einzuschätzen. Sie dachten, Quentin weinte, weil ich ihm etwas angetan hatte. Sie konnten nicht verstehen, dass er um seine größte Primzahl trauerte. Sie versuchten, ihn von mir wegzuziehen, was einen Schreianfall auslöste. Er wollte nicht von ihnen angefasst werden, sondern mir mit seinen überraschend starken Armen weiter die Luft abschnüren. Meine Mutter wollte von mir wissen, wo ich den Jungen entführt hätte, und von Quentin, ob er über Notfallnummern verfügte.

Mein Vater unternahm einen Anlauf, für Ordnung zu sorgen, indem er meine Mutter und das Knäuel aus mir und Quentin zu trennen versuchte. Dann bemerkte er, dass Frau Horn in der Tür stand und die Szene interessiert verfolgte.

»Sie sehen ja, unkontrollierbar. Wie soll ich da einen Überblick behalten«, sagte sie schadenfroh.

Ihre Stimme brachte meine Eltern zur Besinnung. Mein Vater ging festen Schrittes zur Tür, bat Frau Horn um einen Schritt rückwärts und ließ mit einem höflichen Lächeln die Tür vor ihrer Nase zufallen. Meine Mutter stellte ihre Versuche ein, Quentin und mich zu trennen. Dies beruhigte Quentin, der jetzt leise an meiner Schulter weiterschluchzte. Ich wiederum verspürte aufgrund der unvorhergesehenen Stresssituation Hunger. Ein Glukosecrash würde die Sache garantiert nicht besser machen.

»Wie heißt du, mein Schatz?« Meine Mutter sprach zu Quentin aus sicherer Entfernung.

»Quentin.« Ich antwortete für ihn, um den Kerl nicht unnötig zu strapazieren.

»Was für ein schöner Name. Wo sind deine Eltern, Quentin? Wo sind Mama und Papa?«

»Woher soll er das wissen? Sie sind gerade offensichtlich außer seiner Sichtweite.«

»Oscar, vielleicht möchte Quentin selber antworten.«

Quentin schüttelte den Kopf.

»Er möchte nicht«, übersetzte ich. »Er ist traurig.«

»Weil du deine Eltern vermisst? Du möchtest nach Hause?«

»Er vermisst die größte Primzahl.« Ich war nicht sicher, ob es indiskret war, den Grund für Quentins Trauer zu verraten.

»Es gibt keine größte Primzahl«, sagte mein Vater sofort.

Ich sah ihn stolz an. Wir hatten den wunderschönen, genial einfachen Beweis vor vielen Jahren durchgesprochen.

»Er hat es auch gerade erfahren.« Quentins kleiner Körper wurde zur Bestätigung von Schluchzern erschüttert. »Aber jetzt ist auch mal gut«, sagte ich. »Vielleicht gibt es irgendwo die größten Primzahlzwillinge. Jedenfalls wurde das Gegenteil noch nicht bewiesen.«

»Oh mein Gott«, entfuhr es meiner Mutter.

»Ich will zu Oma«, flüsterte Quentin.

Ich nickte und holte mein Handy hervor. Ich ließ es eine Weile klingeln, bis Monis Stimme sich leise meldete. »Ich kann jetzt nicht reden, der Chef ist gerade da.«

»Wirklich?«, fragte ich.

»Ach, du bist es. Sorry. Ich bin in einer Vorlesung.«

»Komm in acht Minuten raus«, sagte ich. »Wir haben ein Problem.«

Natürlich war Moni zu spät dran. Es dauerte fast fünfzehn Minuten, bis sie endlich herauskam und uns entdeckte. In der Zwischenzeit hatte Mutter Quentin und mir Früchteriegel gegeben und zwei Flaschen Apfelschorle aus dem Getränkeautomaten geholt.

Wenn ich mir jemals eine Begegnung zwischen meinen Eltern und Moni vorgestellt hätte, dann sicher nicht so.

Moni sah gehetzt und eingeschüchtert aus. Sie schloss Quentin in die Arme, dann streckte sie erst meiner Mutter und anschließend meinem Vater die Hand entgegen. »Moni Kosinsky. Ich bitte sehr um Entschuldigung. Sie müssen sich wahnsinnige Sorgen gemacht haben. Ich habe Ihren Sohn aus Versehen entführt.«

»Elisabeth, sehr erfreut.« Meine Mutter lächelte, als wüsste sie über alles Bescheid, was zwischen mir und Moni bereits vorgefallen war und in Zukunft vorfallen wird. »Was meinen Sie mit entführt? Hier ist er doch.«

»Ja, das verstehe ich ehrlich gesagt auch nicht.« Moni sah zwischen uns allen hin und her.

»Bis jetzt hat ihn noch jeder Entführer freiwillig zurückgebracht«, mischte sich mein Vater ein. »Wollten Sie ihn ebenfalls nicht behalten?«

»Bisschen aufwendig in der Unterhaltung«, sagte Moni.

»Aber Scherz beiseite. Sie haben einen wunderbaren Jungen. Ohne seine Hilfe hätte ich die ersten Wochen nicht überstanden. Er ist so hilfsbereit und lieb.«

Meine Mutter wechselte Blicke mit meinem Vater. Eine endlose Weile blieben beide stumm und schluckten kaum hörbar, bis meine Mutter sich mit der Hand über die Augen fuhr.

»Danke«, sagte sie. »Und Sie arbeiten hier?«

»Nicht in der Kantine!«, mischte ich mich ein.

»Ich studiere«, sagte Moni. »Klingt wie ein Witz, ist aber keiner.«

»Ich liebe das«, sagte meine Mutter. »Ich träume seit Jahren von einem Zweitstudium.«

Moni lächelte höflich. »Oscar, zeig doch deinen Eltern die Uni. Du hast ihnen bestimmt viel zu erzählen.«

»Eigentlich nicht«, sagte ich.

»Dürften wir Sie auf einen Kaffee einladen?«, fragte meine Mutter.

Moni fühlte Quentins Stirn. »Wir müssen nach Hause. Hat mich sehr gefreut. Entschuldigung, ich weiß nicht, wie man Sie mit diesen ganzen Titeln richtig anspricht.«

»Einfach Elisabeth«, sagte meine Mutter.

»Moni hat einen Pit, drei Enkel und drei Jobs«, sagte ich.

»Bewundernswert«, sagte meine Mutter. »Dann dürfen wir Sie wohl nicht länger aufhalten.«

# DIE LÜCKE IM STAMMBAUM

»Was für eine mutige Frau.« Ich führte meine Eltern über den Campus, zeigte das Gebäude mit dem Hörsaal 001 und das andere mit dem Seminarraum 118, die Villa mit dem Seminarraum X3, die Platane davor, den Durchgang zwischen den Gebäuden in Richtung der Einkaufsstraße. Ich führte sie über die Flure, zeigte meine Lieblingstoilette[16] im zweiten Stock und die Poster an den Wänden. Meine Eltern machten kurze bewundernde Äußerungen und brachten das Gespräch sofort auf Moni zurück. Unter anderem überlegten sie laut, inwiefern ein Mensch im fortgeschrittenen Alter die geistige Flexibilität für komplett neue akademische Inhalte besaß.

»Sie ist nicht dümmer als andere hier.« Ich führte sie in das Gebäude, in dem ein gigantisches Modell des 600-Zell[17] stand, die dreidimensionale Projektion eines vierdimensionalen regulären Polytops, aus zwanzigtausend Einzelteilen zusammengesetzt.

»Was ist das für eine lustige Lego-Kugel?«, fragte mein Vater.

»Wie viele Berufsjahre hätte sie noch vor sich, wenn sie das Studium abschließen würde?«, fragte meine Mutter.

16 weil die sauberste

17 Den Spitznamen »Biggie« fand ich unwürdig und unterschlug ihn gegenüber meinen Eltern.

»Wird sie sowieso nicht«, sagte ich. »Kaum jemand schließt dieses Studium ab. Dieses Modell ist keine Kugel, Papa. Es ist ein Polytetraeder, bestehend aus exakt sechshundert Tetraedern. Du erinnerst dich, was ein Tetraeder ist?«

Ich wollte es gerade aufzeichnen, als wir Stimmen im Treppenhaus hörten. Ich war besorgt, Unbefugte hier reingebracht zu haben. Meine Eltern blieben unbekümmert, als hätten sie vollen Eintritt bezahlt und zusätzlich einen kleinen Nachwuchspreis gestiftet. Als Daniel Johannsen in Begleitung eines mir unbekannten Herrn auftauchte, dachte ich kurz, er hätte Mister Brown an seiner Seite. Ein begeisterter Gruß entwich meinem Mund, bevor ich meinen Fehler begriff. Es war nicht Mister Browns Lächeln, nicht Mister Browns Hut, es waren nicht seine Hände, die meist Rubiks Würfel oder einen Stift drehten. Johannsen wäre auch nicht seine bevorzugte Gesellschaft gewesen: Mister Brown hätte sich auch auf einem Campus am liebsten mit Kindern, Putzfrauen oder notfalls Zimmerpflanzen unterhalten, als wären erwachsene Träger akademischer Grade unsichtbar für ihn. Ich spürte die Sehnsucht wie ein saugendes Loch in meinem Zwerchfell.

Daniel Johannsen sah mich erstaunt an. Meine Eltern grüßten herzlich und wandten sich wieder dem 600-Zell zu.

»Schon bisschen eine Kugel«, sagte mein Vater, als ob er mich ärgern wollte. »Das mit den vier Dimensionen verstehe ich nicht.«

»Es ist ein dreidimensionales Modell.« Ich sprach extra langsam für ihn. »Stellt euch einen auf einem Blatt Papier aufgezeichneten Würfel vor. Das wäre eine zweidimensionale Abbildung eines dreidimensionalen Körpers. Dieses Modell, das ihr hier seht, ist eine dreidimensionale Projektion einer vierdimensionalen Figur.«

Der wegdriftende Blick verriet mir, dass mein Vater nicht folgen konnte.

»That's actually our famous Biggie«, sagte Daniel Johannsen zu seinem Gast. Ich fühlte seine Unzufriedenheit über die Anwesenheit Fachfremder mit meinem ganzen peripheren Nervensystem.

»Der 600-Zell ist extrem symmetrisch«, sagte ich. »Wie ein platonischer Körper. Und es gibt keine Figuren in anderen Dimensionen, die ihm ähnlich wären. Der 600-Zell ist einmalig.«

»Platonische Körper«, sagte mein Vater gedehnt. »Ist es das, was wir früher mit dir aus Streichholzschachteln basteln mussten?«

Ich war dabei, vor Scham im Erdboden zu versinken. Dann sah ich, dass Daniel Johannsen lächelte.

Ich hatte unterschätzt, welchen Effekt meine Eltern auf andere Menschen hatten.

»Da haben wir offensichtlich ein großes Talent«, sagte Daniel Johannsen. »Wenn Ihr Sohn mit der Schule fertig ist, schicken Sie ihn bitte sofort hierher.«

»Er ist doch längst hier«, sagte mein Vater.

Danach passierte etwas Unglaubliches.

Daniel Johannsen entschuldigte sich. Er hakte noch mal nach und entschuldigte sich dann auch bei mir (»Diese Haarfarbe ist gerade angesagt in unserem Fachbereich, muss irgendwas mit diesem Manga zu tun haben«). Er fragte nach meinem Namen. Mir hatte es kurz die Sprache verschlagen; mein Vater half aus. Johannsens Gesicht veränderte sich. Er interviewte meine Eltern zu meinem mathematischen Werdegang inklusive Sommer-Uni, Mathematik-Plus-Kursen und Wettbewerbssiegen und lud mich schließlich in sein im Sommersemester beginnendes Seminar ein, das noch nicht im offiziellen Vorlesungsverzeichnis bekannt gegeben worden war.

»Es ist eigentlich nicht für Studienanfänger, aber ich denke, Sie werden sich nicht langweilen.«

»Hast du denn da Zeit, Oscar?«, fragte meine Mutter unbekümmert.

Ich stotterte etwas. Daniel Johannsen ließ sich meine E-Mail-Adresse für seinen persönlichen Verteiler diktieren und steckte den Zettel in die Brusttasche.

»Ab jetzt bin ich aufmerksamer«, sagte er zu meinen Eltern gewandt.

»Es ist eigentlich ganz leicht zu merken«, sagte ich. »Ich bin der Typ neben Moni Kosinsky.«

Ich nahm meine Eltern an den Händen und zog sie die Treppe hinunter.

Ich aktualisierte den Maileingang mehrmals die Stunde. Ich hatte keine neuen Mails. Ich hatte auch sonst fast nie welche, bis auf die Rundmails des Fachbereichs, aber zuletzt nicht einmal mehr diese. Ich hatte Moni seit achtundvierzig Stunden nicht gesehen. Mein Vater war inzwischen abgereist. Meine Mutter war immer noch in der Stadt. Sie hatte ein Hotelzimmer in der Nähe. Wir trafen uns mittags im Café, in dem Moni gerade nicht war, und abends kochte meine Mutter Reis mit Erbsen und Tofu, strich meine Decke glatt und ging wieder.

Wenn wir redeten, dann über Moni. Es war praktisch, weil ich sonst nie wusste, was ich erzählen sollte. Über Moni dagegen konnte ich reden. Ich zeichnete für meine Mutter Monis Stammbaum auf, dessen Wurzel sie selbst bildete, da ich nichts über ihre Herkunft wusste. Weiter ging es mit Püppi[18], verheiratet mit Ronny.

»Was ist das?« Meine Mutter war mit der Notation nicht vertraut, als hätte sie noch nie im Biologie-Unterricht die hämophilen Söhne eines Königshauses einzeichnen müssen. »Ist das ein Herz?«

»Das sind Monis Enkel, Püppis direkte Nachkommen.« Ich hatte Justin neben den beiden Kevins mit einem aussagekräftigen Symbol markiert. »Und diese Sackgasse hier ist Pit. Über ihn habe ich keine Information, und ich will auch keine haben. Er ist ein Klotz am Bein.[19] Seinetwegen macht Moni ein Geheimnis aus dem Studium.«

»Warum?«

»Weil er sie sonst verlässt, sagt sie.«

Meine Mutter runzelte die Stirn. »Und was ist mit Ronnys Herkunftsfamilie?«

Ich freute mich, dass meine Mutter in der Lage war, mir zu folgen. »Ronny ist der Sohn von Heike Becker und ihrem Mann Becker. Becker scheint keinen Vornamen zu haben.«

»Ich finde es beeindruckend, dass du von allen die Geburtsjahre eingetragen hast.«

»Selbstverständlich. Quentin weiß so was.«

18 Vater mir unbekannt

19 Quelle: Quentin, der mit diesen Worten Justin zitierte

»Natürlich. Und weißt du auch, was zum Beispiel Heike Becker arbeitet?«

»Sie ist hauptberuflich Patientin«, sagte ich. »Ihr Job scheint es zu sein, in Wartezimmern zu sitzen. Sie hasst Klugscheißer. Sie liebt ihren Schrebergarten.«

Meine Mutter lächelte. »Wessen Worte benutzt du da gerade?«

»Quentins.«

»Liebling.« Meine Mutter wurde ernst. »Wir achten darauf, dass wir nicht respektlos über andere Menschen reden. Deine Privilegien verleihen dir keine Legitimation, abschätzig über Benachteiligte zu urteilen.«

»Wer ist hier benachteiligt?«

»Überleg doch bitte selbst.«

»Meinst du Moni? Was ist an ihr benachteiligt? Sie ist einfach nur schlecht organisiert. Sie hat kein System und kann keine fünfzehn Minuten in Ruhe nachdenken, weil sofort ihr Handy klingelt und jemand was von ihr will.«

»Und wie geht's dir eigentlich hier?«

»Schlecht.« Meine Mutter hatte mir mit dem abrupten Themenwechsel keine Gelegenheit gegeben, mir eine differenziertere Antwort zu überlegen.

»Kommst du nach Hause zurück?«

»Niemals.«

»Wir vermissen dich«, sagte meine Mutter, und zum ersten Mal in meinem Leben, wirklich zum ersten Mal, merkte ich, dass meine Mutter vielleicht nicht die Wahrheit sagte.

»Er hat immer noch nicht geschrieben.« Moni beehrte wieder einmal eine Vorlesung mit ihrer Anwesenheit. Es war das Erste, was ich zu ihr sagte.

»Wer?«

»Ich hab's dir doch schon mehrmals erklärt«, sagte ich. »Es geht um Daniel Johannsens Seminar im Sommersemester. Ich weiß, dass es noch zu früh ist, jetzt schon Informationen dazu zu verschicken. Aber ich denke, dass er über seinen persönlichen Verteiler auch andere wichtige Dinge teilt. Wahrscheinlich ist er krank oder verreist.«

»Sieht nicht so aus.« Moni zeigte nach vorn. »Was macht er denn jetzt hier?«

Daniel Johannsen hatte den Hörsaal betreten und steuerte die Tafel an. Im Gegensatz zu anderen Professoren hatte er weder einen Putzeimer dabei, aus dem der Griff eines Fensterwischers[20] herausragte, noch eine große Tüte mit zusammengerollten Postern. Auch keine bunte Kreide oder eingepackten Lunch und nicht einmal einen Gitarrenkasten. Er hatte weder irgendwelche Papiere noch ein elektronisches Device in der Hand. Als einziges Utensil trug Daniel Johannsen eine Kaffeetasse mit dem Aufdruck THE BRAIN.

Ohne das Auditorium eines Blickes zu würdigen, drehte sich Johannsen zur Tafel, schob die vorderste auf seine Augenhöhe, suchte einen liegen gebliebenen Kreidestummel und begann zu schreiben. Alle beugten sich sofort über ihre Notizblöcke.

»Wo ist Professor Herbst?«, fragte Moni laut.

20 eignet sich hervorragend zum Trocknen einer nass gewischten Tafel

»Sekretariat«, antworte Daniel Johannsen, ohne sich umzudrehen.

Ich rückte näher zu Moni. »Was macht Professor Herbst im Sekretariat?«, flüsterte ich besorgt in ihr Ohr.

Sie winkte ab. Irgendwas an ihr wirkte genervt. Ausgerechnet an ihr, die sonst auch dann lächelte, wenn Pit ihre Kartoffelpuffer als verbrannt bezeichnete, während Keanu ein Glas Kakao über den ganzen Küchentisch kippte und Püppi zugleich offenbarte, sie habe Angst, Quentins Krankschreibung in der Schule vorbeizubringen, weil die Sekretärin so böse gucke.

Johannsen schrieb derweil die Tafel schweigend mit seiner feinen Schrift voll. Der Hörsaal hetzte hinterher. Johannsen schob die vollgeschriebene Tafel außer Sichtweite und nahm sich die hintere vor. Aus den Rängen kamen Jammerlaute derjenigen, die nicht hinterhergekommen waren.

Moni schrieb nicht mit, sie blätterte das Skript durch. »Hier«, sagte sie, während ihre Augenbrauen in einem mir bislang unbekannten Winkel aufeinander zuliefen. »Das ist das Kapitel mit den Eigenwerten, ab Seite dreiundsiebzig. Vergleich mal.«

Ich verglich. Die Übereinstimmung mit dem Tafelbild war hundertprozentig. »Er macht alles aus dem Kopf!«

»Er schreibt einfach das Skript ab«, sagte Moni.

»Viele Profs schreiben während ihrer Vorlesungen Skripte ab.«

»Sie erklären zumindest was dabei.«

»Was meist keine Hilfe ist.«

Moni schlug das Skript zu. »Kleiner«, sagte sie. »Nicht einmal du kannst so tun, als wäre das hier eine auch nur ansatzweise akzeptable Vorlesung. Das Ganze geht ihm am Arsch vorbei.«

»Er vertritt doch nur Herbst.«

Nach vierzig Minuten warf Johannsen den zum Krümel geschrumpften Kreidestummel weg, rieb sich die Hände mit einem Papiertaschentuch ab und verließ den Hörsaal.

»Lass mich mal raus«, sagte Moni.

»Wie bitte?«

»Jetzt!«

Beängstigt über den Unterton in ihrer Stimme, machte ich den Weg aus der Sitzreihe frei. Eine unsichtbare Hand schubste mich ebenfalls in Richtung Ausgang. Schließlich betrachtete ich es als meine Aufgabe, Moni vor Dummheiten zu bewahren.

Ich sah sie im Flur, wo sie Johannsen fast eingeholt hatte.

»Daniel!«

Johannsen blieb stehen und wandte sich um. »Monika? Lange nicht gesehen. War mir gar nicht sicher, ob du noch hier bist. Was kann ich für dich tun?«

»Was war das eben? Nennst du das eine Vorlesung?«

»Warst du gerade im Hörsaal?«, fragte Johannsen erstaunt. »Ich habe dich nicht bemerkt. Hast du eine Verständnisfrage? Warum hast du dich dann nicht gemeldet?«

»Ich habe keine Verständnisfrage.« Sie wurde knallrot wie ein kleines Mädchen.

»Wenn du Schwierigkeiten hast, sprich mich jederzeit an«, sagte Johannsen freundlich.

»Es geht nicht um mich.« Moni räusperte sich und

sprach mit erstarkter Stimme weiter. »Warum übernimmst du eine Vertretung, wenn du so offensichtlich keine Lust darauf hast?«

Johannsen schien nachzudenken. »Ich fühlte mich verpflichtet«, sagte er. »Zugleich fühlte ich mich von dieser Aufgabe gelangweilt. War das eben so schlimm für dich?«

»Es geht nicht um mich«, wiederholte Moni.

»Natürlich nicht.« Johannsens Gesicht wurde mit einem Mal härter. »Es geht ja bekanntermaßen nie um dich. Aber weißt du, was?« Er neigte leicht den Kopf. »Du hast recht. Keiner soll mir nachsagen, ich verschließe mich konstruktiver Kritik. Ein Kaffee als Wiedergutmachung?«

Ich trinke keinen Kaffee, wollte ich rufen. Ich würde als Wiedergutmachung einen Tee nehmen und ein mathematisches Gespräch. Denn bei Licht betrachtet war es wirklich die schlechteste Vorlesung gewesen, die ich je erlebt hatte.

Aber niemand fragte mich. Moni und Johannsen verließen gemeinsam den Flur.

Als Professor Herbst eine Woche später wieder da war, explodierte der Hörsaal mit Beschwerden über Johannsen.

»Ganz klein geschrieben.«

»Nichts erklärt.«

»Wir durften nichts fragen.«

Herbst hob lächelnd beide Hände. »Ich war verhindert. Glauben Sie mir, es ist nicht so einfach, eine Vertretung für Grundlagenlehre zu finden.«

»Dann lieber ausfallen lassen.«

Ich schielte in Monis Richtung. Sie blätterte unbeteiligt in ihrem Skript.

»Worüber hast du eigentlich an diesem Tag mit Johannsen geredet?«, fragte ich.

»Dies und das«, murmelte Moni.

»Habt ihr die Vorlesung nachgearbeitet?«

»Nein. Mach dir keine Sorgen, du wirst immer der Beste bleiben.«

»Was habt ihr gegessen und getrunken?«

»Was soll das Verhör? Immer nur Kaffee.«

»Was heißt immer? Habt ihr euch mehr als einmal getroffen?«

Moni sagte nichts.

»Hat er dich in sein Seminar eingeladen?«, fragte ich misstrauisch.

»Welches Seminar?«

»Warum lächelst du so?«

»Mathematik ist schön«, sagte Moni.

»Wie kommst du jetzt darauf? Hast du ein neues Lehrbuch? Welches?« Ich hatte das Gefühl, dass sie mir etwas verheimlichte. »Warum soll ein Mathematiker jemanden treffen, mit dem er sich nicht vernünftig über Mathematik unterhalten kann?«

»Beruhige dich. Wir haben uns über ganz andere Dinge unterhalten.«

»Welche?«, fragte ich erleichtert.

»Tut mir leid, Kleiner, aber das geht dich gar nichts an.«

## WER HAT ANGST VOR DER VIERTEN DIMENSION?

Je näher die Weihnachtspause rückte, desto schweigsamer wurden die Erstsemester. Sie saßen, zusammengesackt und ungleichmäßig verteilt, mit Jacke und Mütze[21] in den Hörsälen und zählten mithilfe ihrer Taschenrechner zusammen, ob sie in den wöchentlichen Hausaufgaben und Tests genug Punkte erreichen würden, um im neuen Jahr zur Klausur zugelassen zu werden. Gelegentlich bahnte sich ein Seufzer den Weg und pflanzte sich in einem scheinbar zufälligen Zickzack durch den Raum fort.

Die meistgestellte Frage war, ob dieses oder jenes Thema klausurrelevant sei. Bald wurde diese Frage offiziell verboten, nachdem Professor Orlov mit einem nassen Schwamm nach dem Fragensteller geworfen und eine Unschuldige getroffen hatte.

Der einzige Mensch, der gute Laune hatte, war Moni. Sie verteilte Dominosteine und beriet die Kommilitonen bezüglich der Weihnachtsgeschenke für Eltern, Großeltern, Tanten und Paten. Kaum jemand folgte noch den Inhalten; die meisten kamen in die Vorlesung, um sich aufzuwärmen oder sich ein freundliches Wort bei Moni abzuholen.

21 Einige Dozenten liebten es, ihre Vorlesungen auch im Winter bei offenem Fenster abzuhalten.

Manchmal bekam auch ich ungewollte Konversationsanteile von Menschen ab, deren Namen ich nicht wissen wollte.

»Freust du dich auf Weihnachten?«

»Warum sollte ich das tun?«, fragte ich gereizt zurück.

»Glaubst du, wir kriegen Übungsblätter über die Feiertage?«

»Ich hoffe es«, antwortete ich.

»Du kommst mit zur Weihnachtsfeier des Fachbereichs, oder?« Das fragte mich ausgerechnet Moni.

»Auf keinen Fall«, sagte ich.

»Daniel meint, ich darf einen Gast mitbringen«, sagte Moni. »Die Doktoranden werden Waffeln backen.«

Ich saß mit einem Mal aufrecht. »Was soll ich anziehen?«

Am Ende entschied ich mich für eine Krawatte mit Elipsoiden und Socken mit den schönsten Formeln der Zahlentheorie. Da ich nicht overdressed kommen wollte, blieb ich davon abgesehen bei meiner üblichen Kleidung. Ich erschien genau zur richtigen Zeit: Der Veranstaltungsraum, die größte der drei verfügbaren Fakultätsküchen, war noch menschenleer und das Buffet noch nicht einmal angerichtet. Ein mir nicht weiter bekannter wissenschaftlicher Mitarbeiter weiblichen Geschlechts verteilte Lebkuchen und Marzipankartoffeln auf Nikolaus-Papptellern und platzierte dazwischen Mandarinenketten, die Binärbäume cosplayten. Der Analysis-Tutor Raphael stand nachdenklich vor zwei Waffeleisen und übersah meinen Gruß.

Zufrieden mit meinem Networking, untersuchte ich das Angebot an Speisen und Getränken, lokalisierte den

Behälter mit Tee und befüllte meinen mitgebrachten Becher. Anschließend nahm ich Platz an einem der Tische.

Der Raum füllte sich allmählich. Mathematischer Sachverstand betrat vereinzelt oder in kleinen Gruppen den Raum, mit kahlen Köpfen und krausen, ergrauten Bärten. Ich kannte nur einen kleinen Teil der Gäste. Möglicherweise hatten sich auch Physiker und Informatiker hierherverirrt. Einmal wurde ich gefragt, ob ich von der mathematischen Schülergesellschaft sei. Ein andermal, ob mein Vater auch schon da sei.

Ich begann zu schwitzen. Als Professor Herbst in Begleitung von zwei Mitarbeitern auftauchte, fühlte ich mich, als würde mich meine Mutter endlich aus dem Bällebad bei Ikea abholen.[22] Ich stand auf und rief laut seinen Namen.

Herbst kam sofort zu mir. »Sind Sie okay?«

Ich nickte heftig und wischte mir den Schweiß von der Stirn.

Er schaute mich wenig überzeugt an. »Was machen Sie überhaupt hier?«

»Ich warte auf Moni«, stotterte ich.

»Tun wir das nicht alle?«

»Weiß nicht«, murmelte ich.

»Nehmen Sie sich etwas zu trinken. Oder soll ich Sie jemandem vorstellen?«

»Bitte nicht«, sagte ich.

»Dann nehmen Sie sich wenigstens eine Waffel.«

Ich stellte mich ans Ende der Warteschlange. Es duftete wie auf dem Weihnachtsmarkt. Die Menschen lachten

22 Ein Vergleich, den ich mir angelesen hatte. So etwas Absurdes hätten meine Eltern niemals getan.

und prosteten sich mit Glühweinbechern zu. Die Gespräche drehten sich um Skipisten und Flugtickets. Professor Arndt erzählte etwas von seiner neuesten Ausrüstung.

Als ich meine Waffel auf einem Pappteller überreicht bekam, brach in meinem Rücken ein Tumult aus. Stimmen wurden lauter, scheinbar chaotische Bewegungen bekamen einen neuen Schwerpunkt. Für einen winzigen, irren Moment ging ich davon aus, dass der Präsident der Universität oder eine andere VIP angekommen war.

Ich hätte es besser wissen sollen.

Moni trug keines ihrer üblichen Dschungelmuster. Sie hatte ein dunkelblaues Kleid an, das mit Pailletten besetzt war. Im Brustbereich blinkte eine Brosche in Gestalt eines Tannenbaums, an den Ohrläppchen hingen Ohrringe in Form von nicht zu kleinen Weihnachtskugeln. Das hochgesteckte Haar glänzte golden im Neonlicht. Im Vergleich zu ihrem üblichen Flimmern war die Weihnachts-Moni ein Ausbund an klaren Linien und schlichten Formen, fast so schön wie ein Tetraeder.

»Wow«, entfuhr es mir.

Sie stand in der Tür, erleuchtet von den Blitzen der allgemeinen Aufmerksamkeit. Die Gespräche wurden nur dem äußeren Anschein nach fortgesetzt. In Wirklichkeit wurden die Sätze wirrer, und das kollektive Schielen an den jeweiligen Gesprächspartnern vorbei ließ mich kurz schwindlig werden. Zwei wissenschaftliche Mitarbeiterinnen starrten Monis Füße in hochhackigen Schuhen an, vermutlich in Sorge um ihre zusammengepferchten Mittelfußknochen.

Moni grüßte, ohne jemanden konkret zu meinen. Endlich entdeckte sie mich. Sie durchquerte den Raum und umarmte mich, während ich mich dabei sicherheitshalber an meinem Teller festklammerte. Ich hatte zu lange für diese Waffel angestanden, um zu riskieren, dass sie auf den Boden rutschte.

»Was mache ich eigentlich hier?«, flüsterte Moni in mein Ohr und ließ mich gerade rechtzeitig los, um die Waffel aufzufangen.

»Das Gleiche wie überall, unangenehm auffallen«, flüsterte ich hilfsbereit zurück, bevor ich beiseitegedrängt wurde. Die älteren Herrschaften hatten ihre Bärte und Glatzen in Ordnung gebracht und bewegten sich auf Moni zu. An deren Seite stand jedoch bereits der hochernst blickende Professor Herbst.

»Herzlich willkommen«, sagte er. »Wir holen Ihnen erst etwas zu trinken, und dann machen wir eine kleine Vorstellungsrunde.«

Ich setzte mich zurück auf den Stuhl, den außer mir offenbar niemand haben wollte. Ich fand es gut, dass Moni jetzt all diese Professoren persönlich und per Handschlag kennenlernte. Davon konnte ich später profitieren, ohne selbst unsaubere Extremitäten berühren zu müssen. Sonore Bässe und altersschwache Falsetts nannten ihre Namen. Monis Lachen ermutigte zu weiteren Selbstauskünften nichtmathematischer Natur. Herbst stand wieder etwas abseits. Er beobachtete das Treiben und schmunzelte. Eine nervöse Person mit kurzem Pony, deren Gesicht mir von der Uni-Homepage vage bekannt vorkam, tippte ihm auf die Schulter. »Professor, ist das Ihre Frau?«

»Noch nicht«, antwortete Herbst zerstreut.

Das Waffeleisen dampfte unbeaufsichtigt vor sich hin. Ich hoffte, jemand hatte wenigstens den Stecker gezogen. Nirgendwo im Raum war ein Feuerlöscher zu sehen. Doch plötzlich stand Moni genau an der Gefahrenstelle, als hätte sie meine Sorgen telepathisch empfangen. Sie säuberte die beiden Geräte mit einem Küchentuch von den eingetrockneten Teigresten. Die Nervosität, mit der sie den Raum betreten hatte, war aus ihrem Gesicht verschwunden.

»Das ist nicht ihr Ernst. Was macht sie da?« Die unruhige Pony-Person, in der ich jetzt die Frauenbeauftragte erkannte, hielt sich entsetzt die Hand vor den Mund. Moni säuberte auch den verschmierten Griff der Schöpfkelle und füllte den Teig ein.

Ich fand, dass ich genug Networking betrieben hatte. Ich fotografierte zum Andenken die von jemandem auf einer Serviette vergessenen Mandarinenschalen und zog meine Jacke an. Dabei stellte ich fest, dass mein Schal nicht mehr im Ärmel steckte.

Ohne Schal konnte ich nicht gehen. Ich drehte die Ärmel mehrmals um, kontrollierte die Taschen und den Boden unter den Stühlen. Dazu musste ich mehrere Teilnehmer bitten, zur Seite zu rücken. Ich kontrollierte unter den Heizkörpern[23] und bat Anwesende, in ihren Rucksäcken nachzuschauen.

Moni musste meine Not durch den Waffelduft hindurch gerochen haben. Sie winkte die Frauenbeauftragte heran und überreichte ihr die Schöpfkelle für den Waffelteig. Während diese mit hoher Stimme in den Raum

23 Das Reinigungspersonal verdiente eine Abmahnung.

fragte, warum man ausgerechnet sie für zuständig halte, sie sei in diesem Bereich total unbegabt, suchte Moni mit mir gemeinsam den Raum ab. Sie lächelte in alle Richtungen und schob Menschen aus dem Weg, was sich diese ebenso lächelnd gefallen ließen. Nach fünf Minuten zog Moni meinen Schal unter Professor Eckerts Hintern hervor, schlang das Kleidungsstück um meinen Hals und zog den Reißverschluss meiner Jacke hoch.

»Wo ist deine Mütze, Kleiner?«

»In der Tasche.« Ich holte sie hervor. »Es ist schon dunkel. Bringen Sie mich nach Hause?«

»Geht leider nicht«, sagte Moni. »Daniel hält gleich einen Vortrag.« Sie wandte sich ab, sodass ich ihr Gesicht nicht mehr sehen konnte.

Es war offenbar eine dieser Nächte im Leben, die einfach nicht enden wollten.

Die Rollläden fuhren auf Knopfdruck herunter. Daniel Johannsens Silhouette zeichnete sich vor der erleuchteten Wand ab. Ich spürte das Herzklopfen in der Kehle, den Puls zusätzlich in meinen Schläfen.

Ich hatte das Glück, mir einen Platz nahe der Tür mit dem besten Zugang zu Fluchtwegen gesichert zu haben. Moni war erst danach reingekommen und stand an der Wand, der Flieder verriet ihre Nähe.

Daniel Johannsen stellte seine Tasse auf dem Tisch direkt vor mir ab. Glühweindämpfe stiegen mir in die Nase und verdrängten das kurze, stechende Sommerglücksgefühl, mit dem Monis Duft mich immer rücksichtslos überfiel. Johannsen deutete auf die beleuchtete Wand.

»Liebe Freunde und Freundinnen der Mathematik«,

sagte er mit einer Stimme, die plötzlich so samtig klang, dass ich sie anfassen wollte. »Erlaubt mir bitte, euch in eine andere Dimension zu entführen.« Der Slide wechselte, und mein Herz schien kurz an einer Rippe anzustoßen. Auf der Wand leuchtete ein gigantisch vergrößerter 600-Zell, der computeranimierte Bruder des von mir bereits besuchten Gebildes.

»Wer hat Angst vor der vierten Dimension?«, fragte Johannsen lächelnd.

Ich lehnte mich zurück und schloss die Augen. Ich fand die Frage nicht so lustig wie offenbar alle anderen im Raum. In antiquarischer Fachliteratur wurde beschrieben, dass Ungeübte den Versuch, höherdimensionale Figuren zu visualisieren, mit ihrem Verstand bezahlten. Wie gut, dass ich in dieser Frage kein Newbie war.

Johannsens Stimme wurde mit einem Mal eiskalt. Nichts hätte mich jetzt dazu gebracht, sie berühren zu wollen.

»Frage«, sagte er beängstigend dicht über meinem Ohr. »Auf wie viele Arten kann ein 600-Zell von einem 24-Zell ausgefüllt werden? Ein Tipp: Von den kleineren Körpern brauchen wir exakt fünf Stück. Wer die Antwort bereits in meinem Paper nachgelesen hat, möge für heute Abend schweigen.«

Ich hielt die Augen weiter geschlossen. Ich versuchte, mir den 24-Zell, den kleinen Bruder des 600-Zells, vorzustellen. Meine Synapsen knirschten.

Um mich herum wurde getuschelt. Ich fuhr herum: Hatte ich gerade Mister Browns Stimme gehört? Es wäre nicht das erste Mal gewesen, dass er mich dort überraschte, wo ich nicht mit ihm rechnete. Mal war es in der entferntesten Ecke einer fremden Schule gewesen, in die ich mich während einer Mathe-Olympiade schwer atmend zurückgezogen hatte. Mal auf der Bank vor der Cafeteria einer Uni, in der mich meine Eltern in der neunten Klasse für einen Sommerkurs angemeldet hatten. In den schwindeligsten Momenten hatte ich mich mit ganzer Kraft an seiner Stimme festgehalten, bis der Boden aufhörte zu wackeln.

Wäre es möglich gewesen, in dieser Menge einen Mann in Trainingshose und brauner Cordjacke, mit Hut und Schnurrbart zu übersehen? Ich stand noch einmal auf, ließ den Blick über die Reihen schweifen. Jemand bat mich, mich hinzusetzen.

Mister Brown war nicht da. Überhaupt hatte ich ihn schon lange nicht mehr gesehen.

»Geben Sie ruhig eine Schätzung ab, meine Herrschaften.« Johannsen klang jetzt, als würde er ein Kunstwerk versteigern. »Seien Sie intuitiv. Wie viele Möglichkeiten vermuten Sie hier?«

»Keine«, sagte Herbsts Stimme hinter mir.

»Wir haben einen Befürworter für null Möglichkeiten«, rief Johannsen. »Gibt es andere Vorschläge? Bevor wir uns mit der richtigen Antwort und dann mit meinem Beweis beschäftigen, der deutlich kürzer ist als alle bisherigen Arbeiten zu dieser Frage?«

»Zehn«, sagte eine heisere Frauenstimme.

»Wie bitte?« Johannsen klang jetzt, als hätte ihm jemand die letzte Pommes vom Teller geklaut.

»Ich würde zehn schätzen«, wiederholte Moni. »Zehn Möglichkeiten, die fünf Kleinen in den Großen reinzutun.«

»Würden Sie es begründen?«

»Was?«

»Ich bitte um eine Begründung, wie Sie zu dieser Schätzung gekommen sind.«

»Kann nicht begründen. Hab geraten. Bin erst im ersten Semester. Ich weiß nicht einmal genau, was diese beiden Dinger sind, ich hab's mir nur im Kopf vorgestellt.«

Ich öffnete die Augen. Die Umrisse der Zuhörer ließen sich jetzt in der Dunkelheit viel besser erkennen. Moni an der Wand stehend. Johannsen vor dem projizierten Bild, die Augen glühend wie bei einer Katze.

Der 600-Zell rotierte und schimmerte blaugrün. Daneben drehte sich verträumt der kleine 24-Zell, als wollte er sich um die Aufgabe drücken, sich zu verfünffachen und den großen Bruder zu besetzen. Die Facetten bogen sich und machten sich über mein dreidimensionales Sehen lustig. Der Glühweindampf kitzelte meine Riechnerven. Die Wand mit der Projektion stülpte sich in meine Richtung. Die Fensterfront fuhr weg und knickte ein. Das Stimmengewirr wurde dünn wie Insektenbrummen. Weiteratmen, sagte Mister Browns Stimme, aber es war nur ein Echo früherer Gespräche.

»Pass doch auf das Kind auf, Daniel!« Mit einem heiseren Ausruf fing Moni mich auf, bevor ich direkt vor Johannsen mit der Stirn auf der Tischplatte aufschlagen konnte.

Ich öffnete fröstelnd die Augen. Ich saß in einem Bürostuhl auf einem Sitzkissen, umweht vom Luftzug aus dem aufgerissenen Fenster, und erlaubte einer aufdringlichen Hand, einen Lebkuchen in meinen Mund zu schieben.

Ich befand mich in einem winzigen Büro, von dem schätzungsweise zwei bis drei in das Ankleidezimmer meiner Mutter gepasst hätten. Auf dem Schreibtisch und auf jeder anderen Oberfläche stapelten sich Papiere und Bücher. An der Wand hingen ein mit einem blauen Marker vollgekritzeltes Whiteboard und ein Kalender mit kyrillischen Buchstaben. Auf der Fensterbank stand das Skelett einer Geranie. Daneben befand sich Professor Herbst, der mich besorgt beobachtete.

»Was macht Ihr Kreislauf?«, fragte er, als unsere Blicke sich trafen.

»Ist dir noch schwindlig?«, fragte Moni gleichzeitig.

Ich blickte von ihr zu ihm und wieder zurück. Dann schüttelte ich den Kopf.

»Das passiert immer wieder«, sagte Herbst. »Daniel liebt diese Effekte mit den riesigen animierten Rotationen. Immer kippt irgendjemand um. Mir wird beim Anblick der Drehdinger auch übel.«

»Machen Sie das Fenster zu«, krächzte ich. »Ich erfriere.«

Herbst holte einen Mantel vom Haken und warf ihn mir über.

»Wie kommen Sie eigentlich auf zehn Kombinationen?«

»Ich hab doch gar nicht …«, begann ich.

»Nicht Sie«, sagte Herbst.

»Ich hab geraten«, sagte Moni.

Ihr Gesicht war genau vor mir, als sie den Mantel fester um mich drapierte: die dichten Wimpern mit den winzigen Spuren eingetrockneten Mascaras an den Spitzen, die zuckenden Mundwinkel, die auf die Unterlippe beißenden Zähne mit einem winzigen roten Lippenstiftfleck. »Zehn ist halt eine schöne runde Zahl, die man gern rät. Ich hab mir die Dinger einfach da reingepackt vorgestellt.«

»Zehn ist korrekt«, sagte Herbst.

Ich hob den Kopf. »Aber Sie selbst haben doch null gesagt!«

»Ich habe Daniel zuliebe mitgespielt. Hat sich ja sonst niemand getraut.«

»Sie haben mit Absicht eine falsche Zahl genannt? Ich könnte so etwas nicht«, sagte ich.

»Sie werden es noch lernen«, sagte Herbst.[24]

»Der Junge muss nach Hause«, sagte Moni. »Er wohnt um die Ecke. Ich bringe ihn.«

Herbst fragte nicht, ob er sich anschließen durfte. Er tat es einfach. Wir zogen uns an und verließen das Gebäude durch den Seiteneingang. Aus dem Flur erreichte uns Stimmengewirr.

»Ist die Feier noch nicht vorbei?«, fragte ich erschöpft.

»Die Doktoranden räumen auf.« Herbst hielt Moni am Ellbogen fest. »Und Sie lassen das jetzt nicht Ihre Sorge sein.«

Nach ein paar Minuten tauchte auf dem Gehweg die Silhouette meiner Mutter auf.

»Vielen Dank, liebe Monika«, sagte sie.

Wie bei einem Gefangenenaustausch wechselte ich an ihre Seite.

»Die Dinger haben sich gedreht«, entfuhr es mir.

»Ich weiß.« Meine Mutter legte mir kurz die Hand auf den Ärmel. »Das tut mir sehr leid.«

»Ich vermisse Mister Brown«, sagte ich.

24 Hier irrte er sich.

Meine Mutter sah mich von der Seite an. »Aber du hast jetzt doch richtige Freunde. Ich hab dir übrigens dein Lieblingsessen gemacht.«

Ich freute mich auf den Reis mit Erbsen und Tofu. Ein kleiner Teil von mir fragte sich, was Moni und Herbst jetzt tun würden. Würde er ihr eine Lektion in Beweisführung geben? Traf sie sich erst mit Johannsen auf einen Kaffee und dann auch noch mit seinem Mentor auf einen Kefir? Wie gierig war diese Frau? Hatte sie nie genug?

Ich war zu hungrig, um neidisch zu sein.

## SECRET SANTA

Meine Mutter fragte, ob ich daran gedacht hätte, Moni etwas zu Weihnachten zu schenken, und ob man vielleicht bei uns im Fachbereich wichteln würde. Ich hätte ihr gern gesagt, dass ich nicht mehr im Kindergarten war und dass niemand im mathematischen Umfeld diesen Unsinn praktizierte. Leider hatten sich im Chat des Studiengangs bereits vor Wochen Gruppen gebildet, die *Secret Santa I, Ia* und *II* hießen und sich irgendwann zu einer Gesamtgruppe zusammenschlossen, nicht ohne vorher alle Modalitäten inklusive Stimmrecht ausführlich ausdiskutiert zu haben.

»Darf ich dir einen Vorschlag machen?«, fragte meine Mutter. »Wie wäre es mit einem Spa-Gutschein?«

Ich wusste immer noch nicht, was Spa bedeutete. So oft ich das Wort hörte und googelte, ich konnte kein Begriffsverständnis dafür entwickeln. Das Gleiche galt für Wellness. Wenn Leute Sauna und Massagen meinten, sollten sie das direkt sagen.

»Meinst du Sauna und Massagen?«, fragte ich.

»Das wäre vielleicht ein bisschen zu direkt«, lächelte meine Mutter.

»Das kannst du ihr selber schenken«, sagte ich.

»Vielleicht tu ich das.«

Es war keine leere Drohung. Meine Mutter delegierte viel, doch die Auswahl der Geschenke war Chefsache. Sie wusste nicht nur, wie man Familienmitglieder und Personal optimal beschenkte, sie machte sich auch Gedanken über die Zusammensetzung von Päckchen unterschiedlicher Größen und Werte, die zu Weihnachten an Bedürftige verteilt oder in Krisenregionen geschickt wurden. Meine Mutter, die nie selbst einkaufen ging, war stets genauestens über den Preis von Zahnbürsten, Seifen, Badekugeln und Ausmalheften informiert, schließlich kam es bei größeren Mengen auf jeden Cent an. Ich sah meine Mutter im Geiste einen Geschenkkorb für Moni zusammenstellen – ein mit ihrem Namen besticktes Saunahandtuch, eine Tube Duschgel mit Plätzchenduft und Wollsocken, die in einer Blindenwerkstatt gestrickt worden waren.

»Wäre ein Büchergutschein eine schöne Idee?«, fragte meine Mutter.

»Den kannst du mir schenken. Moni würde davon nur Stickerhefte für ihre Kevins holen«, sagte ich.

»Wann siehst du sie vor Weihnachten noch mal?«

»Gar nicht«, sagte ich. »Sie hat sich bereits in die Weihnachtspause verabschiedet und mir Plätzchen und Tee geschenkt.«

Ich hätte meiner Mutter gleich sagen können, dass ich mir bereits Anfang November Gedanken über ein Weihnachtsgeschenk für Moni gemacht hatte. Es waren ausgezeichnete Gedanken, die sich bestens umsetzen ließen. Außerdem hatte ich längst eingeplant, dass wir bei unserer Heimreise kurz bei Moni vorbeifuhren, damit ich das Geschenk abgeben konnte.

Meine Mutter atmete scharf aus. »Ich wünschte, du hättest es rechtzeitig gesagt. Unsere Planung ist bereits recht stramm.«

»Ich sag's dir doch rechtzeitig. Es sind elfeinhalb Minuten Umweg.«

Ich hatte allerdings den Verkehr vor den Feiertagen unterschätzt. Es war schwer zu sagen, wer von uns beiden im Auto die schlechtere Laune hatte. Garantiert wäre ich mit der U-Bahn schneller gewesen. Aber dann hätte ich schwer tragen und meine junge Wirbelsäule unnötig strapazieren müssen.

Meine Mutter parkte vor Monis Hauseingang. »Soll ich mit reinkommen?«

»Nein. Ich stell's nur ab.«

»Sag liebe Grüße.«

»Ich klingel nicht mal.«

Ich schleppte die Tasche hoch. Ich musste Moni dringend bitten, nächstes Mal in ein Haus mit Fahrstuhl zu ziehen. Ich hatte schließlich die hochwertigen, schweren Ausgaben genommen, die garantiert nicht schnell auseinanderfielen.

An der vertrauten Tür hing neuerdings ein Adventskranz mit Lametta. Ich stellte die Tasche auf dem Fußabtreter ab und rieb mir die Handflächen. Es tat mir im Herzen weh, mein Geschenk ohne Aufsicht stehen zu lassen. So mussten sich Frauen fühlen, die ihr Neugeborenes in eine Babyklappe legten.

Ich guckte noch einmal in die Tasche und schichtete den Inhalt liebevoll um. Als ich mich aufrichtete, wurde die Tür aufgerissen. Vor mir stand eine Frau, die das absolute Gegenteil von Moni war. Was nicht bedeutete, dass sie jung und hübsch war. Ihr Körper strebte eine robbenartige ovoide Form an, die von einem fuchsiafarbenen Trainingsanzug umhüllt wurde. Das Haar war kurz und von einem schmerzhaften Violett. An den Füßen trug sie pinkfarbene Crocs. Die dicken, kurzen Finger packten mich am Ohr.

Ich schrie. Ein Durcheinander entstand. Pits sonore Stimme trällerte im Hintergrund einen Schlager. Püppi und Ronny stritten in den Tiefen der Wohnung. Ein Kleinkind stimmte in mein Gebrüll mit ein. Mir war unklar, ob das leise Wimmern, das sich über den Lärm legte, von Quentin oder von mir stammte. Dann sagte eine ruhige Stimme mit starkem Akzent: »Warum misshandeln Sie das Kind, Heike? Es ist sicher ein Freund von Justin.«

Die furchtbare Hand ließ mich los. Ich blickte auf beigefarbene Cordhosenbeine, die zu einem groß gewachsenen, sehr schlanken alten Mann gehörten. Langsam richtete ich mich auf. Mein Ohr pochte. Mein Blick blieb kurz am grauschwarz gesprenkelten Schnurrbart des Mannes hängen, bevor mir die Sicht verschwamm.

»Er ist doch komplett zugedröhnt.« Die gewalttätige Heike wischte ihre Hand am Trainingsanzug ab. »Justin, kennst du den?«

»Wo ist mein zugedröhnter Freund?« Justin tauchte auf. »Das ist nicht mein … obwohl, warum eigentlich nicht.«

Ich schlug mir die Hände vors Gesicht. Es war alles zu viel. Eine bestialische Mischung aus Herrendeo, gewürzten Alkoholdämpfen und Frittierfett drohte meine Lunge zum Platzen zu bringen.

Selbst Justin konnte mir jetzt nicht helfen. Und auch dann nicht, wenn er mich am Arm nahm – was er tatsächlich tat. Er zog mich in die Wohnung hinein, und der Horror trat einen winzigen Schritt zurück. Ich hatte schon geahnt, dass Berührungen schöner Menschen heilsam waren. Aber nur, wenn jede Linie wirklich perfekt war, wie von einer künstlichen Intelligenz gezeichnet.

»Was ist das für eine Heulsuse?«, fragte Heike im Trainingsanzug.

»Ich wollte Moni etwas vorbeibringen«, schluchzte ich.

»Warum bringt dein Freund Moni etwas vorbei, Justin?«

»Weil Moni auch meine Freundin ist«, krächzte ich.

»Was macht er hier im engsten Familienkreis?«

»Ist das eine Beerdigung?«, fragte ich erschrocken.

»Eine Weihnachtsfeier«, erklärte der alte Cordhosenmann von der Seite. »Wir singen gleich.«

»Was soll ich machen, Oma«, sagte Justin sehr ernst zu der immer noch empörten Frau im Trainingsanzug. »Oscar und Moni lieben sich halt.«

Es dauerte, bis ich mich wieder im Besitz meines Körpers fühlte. Ich saß auf der Couch, die jetzt wieder zusammengeklappt war und die ich auf eine Weise immer noch als meine betrachtete. Vor mir blinkte ein Weihnachtsbaum, bis zum letzten Zweig behängt mit Kugeln, Glitzerengeln und unvollständig bekleideten Nikoläusen unterschiedlichen Geschlechts, notdürftig verborgen hinter Lametta, gefesselt mit elektrischen Girlanden. Quentin hockte neben mir auf dem Teppich. Ich rückte mein Bein unter seinen klebrigen Fingern weg. Püppi und Ronny hatten sich, nach Zimt und Vanille duftend, links und rechts von mir platziert. Pit telefonierte auf dem Balkon, mir immer wieder anzüglich zuzwinkernd. Der alte Mann in Cordhosen, der mir entfernt vertraut vorkam, saß kerzengerade auf einem Stuhl am Fenster und löste ein Kreuzworträtsel. Neben ihm stand ein weiterer Mann, glatzköpfig, dickbäuchig und ebenfalls angenehm schweigsam.

»Wer ist das?«, fragte ich in den Raum hinein.

»Der dünne Traurige ist mein Opa«, antwortete Püppi mit engelsgleicher Stimme. »Also der Papa von Mama. Der Dicke daneben ist Becker. Mein Schwiegervater. Papa von Ronny. Ehemann von Heike.«

»Und Heike ist …?« Ich tastete in meiner Brusttasche nach dem Stift, obwohl ich Heikes Namen schon in meinen Unterlagen stehen hatte. Die Jacke mit dem Notizblock war mir leider im Flur abgenommen worden.

»Heike ist meine Mutti.« Ronny klatschte mir auf die Schulter, als wäre ich ein Nagel und die Couch ein Brett, in das ich reingehämmert gehörte.

»Und du gehst also auf Justins Schule, oder wie war das?« Ronny hatte anscheinend erstmals das Bedürfnis, mich zu verorten.

»Er sieht nicht aus wie ein Türke«, rief Heike aus der Küche. »Er hat doch so blaue …«

»… Haare?«, ergänzte Becker.

Meine Hände kribbelten. Monis Stammbaum erblühte vor meinem inneren Auge, bekam Wurzeln und mir noch unbekannte, verheißungsvolle Triebe. Etwas zum Aufschreiben wäre wirklich gut gewesen, aber ich konnte mich auch auf mein Gedächtnis verlassen.

»Wo ist Moni?«, fragte ich.

»Die treibt sich irgendwo rum.« Ronny unternahm einen erneuten Versuch, mich mit einer freundlichen Geste in die Couch zu keilen.

Als Moni endlich kam, schossen mir Tränen in die Augen. Ich hatte noch nie so einen schönen Kunstpelzmantel und so formvollendete hochhackige Stiefel gesehen. Ich war mir nicht ganz sicher, ob es ihr mit meiner Erscheinung umgekehrt genauso ging. Sie stellte ein halbes Dutzend beladener Tüten ab, beugte sich zu mir und legte mir die Hand auf die Schulter. »Kleiner, was machst du hier? Deine Mama wartet die ganze Zeit im Auto auf dich, das hat sie mir gerade gesagt. Und ist das deine Riesentasche vor der Wohnungstür?«

»Deine«, sagte ich. Dann wurde mir klar, dass ich einen gravierenden Fehler begangen hatte.

Justin war bereits dabei, die Tasche an den Tragegurten in die Wohnung zu schleppen. Mein wunderbares Geschenk stand jetzt mitten auf dem Teppich vor dem Weihnachtsbaum. Der Cordhosenmann beugte sich darüber. Er holte das erste Buch hervor, *Standardwerk der Analysis*, neueste Auflage, Hardcover, noch eingeschweißt. Darunter weitere Lehrbücher, leuchtend, duftend, Topologie, Stochastik, diskrete Mathematik. Ich wollte wenigstens die Grundlagen abdecken.

»Was soll das denn?«, fragte Heike.

Justin drehte sich zu mir und schüttelte den Kopf.

»Das ist meins«, sagte ich schnell. Offenbar hatte ich inzwischen lügen gelernt, jedenfalls wenn eine Situation außerordentlich kritisch wurde. »Ich habe mich getäuscht. Das ist nicht für Moni. Sie hat mit alldem nichts zu tun.«

Der große, traurige Mann, der von Kopf bis Fuß in beigefarbenes Cord eingekleidet war und der mir bekannt vorkam, vielleicht weil er Justins Augen hatte, der laut Püppi Monis Vater sein musste, dieser Mann nahm eines der Bücher heraus, schaute drauf und ließ die Hand wieder sinken. Mit der anderen fasste er sich ans Herz.

»Frohe Weihnachten und guten Rutsch.« Ich entriss meinen Körper der Püppi-und-Ronny-Umzingelung und stürmte aus der Wohnung.

## WO IST MONI KOSINSKY?

Ich wollte nicht darüber reden, wie ich aus Versehen in eine Weihnachtsfeier in Monis Wohnung geraten und was dann alles passiert war. Nicht mit meiner Mutter und auch mit niemandem sonst. Außer meiner Mutter fragte allerdings auch niemand nach. Meine Mutter dagegen sehr wohl, wegen der ungeplanten Wartezeit im Auto und wegen meines verspäteten, aufgelösten Erscheinens. Aber ich schwieg, das Gesicht gegen den rosa Schal aus kuschelweichem, minderwertigem Polyester gedrückt, den ich bei meiner Flucht ohne nachzudenken von Monis

Garderobe genommen hatte. Offenbar wollte mein Unterbewusstsein mich vor Unterkühlung schützen und erachtete Stoffqualität und Farbvorlieben als sekundär.

Genauso wenig hatte ich als Erstklässler darüber reden wollen, warum ich in den Papierkorb im Klassenraum gepinkelt hatte. Was gab es da auch zu besprechen. Ich wollte damals, genau wie jetzt, sterben vor Scham. Zumindest aber nie wieder hingehen.

Ab dem zweiten Tag zu Hause zählte ich die Stunden, bis die Weihnachtspause vorbei war. Zum Glück gab es auch über die Ferien Übungsblätter zu lösen. Heiligabend schickte ich Moni meine Lösungen zur Ansicht. Sie reagierte nicht. Silvester schickte ich weitere Lösungen.

In der ersten Woche des neuen Jahres machte ich mir noch keine ernsthaften Sorgen. Zwar blieb Moni der Universität fern, aber das war im Rahmen ihres üblichen Verhaltens. Meine Nachrichten behielten trotz des ausbleibenden Feedbacks ihren verlässlichen Rhythmus bei. Sie bestanden aus dem Benennen des aktuellen Themas in den Vorlesungen, dem abfotografierten Tafelbild, einigen originellen Anmerkungen meinerseits, meinen Lösungen der Arbeitsblätter und, wenn ich in einer poetischen Stimmung war, der einen oder anderen Anmerkung zum Wetter. Es blieb allerdings weiterhin unklar, ob Moni die Nachrichten überhaupt las. Einmal blitzte kurz auf, dass sie online war. Mein Finger ging automatisch auf die Anruftaste, vergeblich.

Die veganen Bagels im Café neben dem Campus wurden von einem kahlköpfigen Menschen mit geschminkten Augen serviert.

Kommilitonen kamen auf mich zu, um sich nach Monis

Verbleib zu erkundigen. Es stellte sich heraus, dass einige davon ausgingen, dass Moni und ich uns *von früher* kannten. Einige hielten sie für meine Tante und andere für eine Integrationshilfe. Professor Herbst fragte nach der Vorlesung, ob er sich Sorgen um Moni machen müsse, insbesondere da ich offenbar ihren Schal trüge.

»Wie Sie wollen«, sagte ich.

Als Daniel Johannsen mich im Flur einholte, verlor ich die Geduld. »Ich habe keine Ahnung, wo sie ist! Sie ist nicht meine Integrationshilfe!«

»Wirklich nicht?«, fragte Johannsen. Die geräuschvollen Absätze seiner Cowboystiefel bildeten eine ungute synästhetische Allianz mit der Kaffeefahne, die ihn umwehte.

»Ich habe Ihren Onkel gestern in der Talkshow gesehen«, fuhr Johannsen fort, während ich versuchte, ganz flach zu atmen. »So schlagfertig! Ich musste sehr lachen. Haben Sie es auch gesehen?«

Ich schüttelte vorsichtig den Kopf. Ich hatte weder Interesse noch Kapazitäten, die Laufbahnen meiner Familienmitglieder zu verfolgen, da keine davon etwas mit Mathematik zu tun hatte.

»Woher kennen Sie eigentlich Moni?«, fragten meine tauben Lippen, während Johannsen gestikulierend die besten Aussagen aus der Talkshow zitierte.

Johannsens Augen bewegten sich einmal scharf nach links und wieder nach rechts, was meinen Schwindel begünstigte.

»Moni Kosinsky«, präzisierte ich lauter.

»Ich höre Sie, Herr Graf von Ebersdorff. Kein Grund, laut zu werden.«

Ich fühlte mich, als hätte ich aus Versehen ein Glas Saft umgekippt und würde vor aller Augen zurechtgewiesen. Dabei hatte nie jemand mit mir geschimpft, wenn ich mal etwas umgekippt hatte. Meine Mutter hatte immer lächelnd Servietten bringen lassen. Alle waren superglücklich gewesen, hinter mir aufzuwischen.

»Es ist doch ein offenes Geheimnis«, sagte Johannsen langsam, als würde er jedes Wort abwägen. »Frau Kosinsky und meine Wenigkeit haben in unserer Jugend zufällig dieselbe Schule besucht. Haben uns allerdings und bedauerlicherweise danach komplett aus den Augen verloren. Befreundet waren wir allerdings nie. Ich habe sie, wenn ich ehrlich bin, kaum wiedererkannt. Wir werden ja alle nicht jünger. Habe ich Ihre Neugier befriedigt? Schöner Schal übrigens.«

Ich nickte, hielt mir die Hand vor den Mund und schaffte es gerade rechtzeitig auf die Toilette, bevor ich mich übergab.

Ich saß vor Monis Haus und schaute zu ihrem Balkon hoch. Ich hatte bislang keine Gelegenheit gehabt, dieses Gebäude einmal gründlich von außen in Augenschein zu nehmen. Es war ein grauer fünfstöckiger Bau mit teilweise verglasten Balkonen. Auf vielen war Gerümpel zu sehen, auf Monis Balkon immerhin vertrocknete Pflanzen im Blumenkasten. Das Haus hatte vier Eingänge, die mit Buchstaben gekennzeichnet waren. Davor befanden sich Parkplätze und eine Straße, etwas zu eng, um wirklich zweispurig zu sein. Hinter der Straße begann ein verwahrloster Spielplatz, an dessen Rand Bänke aufgestellt waren.

Auf einer dieser Bänke saß ich auf einer wärmenden Sitzunterlage. Im Rucksack hatte ich eine Thermoskanne mit Kräutertee und einen Wärmebehälter mit Reis, dazu die Skripte für lineare Algebra und Analysis, meinen Block und die Federtasche. Ich hatte auch das kleine Fernrohr eingepackt, das meine Eltern mir zum vierten Geburtstag für die Vogelbeobachtung geschenkt hatten. Es war besser, als sein Aussehen glauben ließ.

Ich hatte mir vorgenommen, Moni anzusprechen, sobald sie sich zeigte. Zuallererst sah ich Pit, der leicht torkelnd versuchte, die Eingangstür aufzuschließen, und schließlich doch auf die Klingel drückte. Später hatte ich einen guten Blick auf ihn, wie er auf dem Balkon rauchte und gestenreich telefonierte. Zwischendurch erschienen, zeitlich leicht versetzt, Püppi und Ronny. Püppi hatte Keanu und Quentin dabei und kam ohne die beiden wieder heraus. Ronny tauchte mit leeren Händen auf und verließ das Haus zweiundzwanzig Minuten später mit einem Kuchenblech, das mit einem Küchentuch abgedeckt war. Kaum war die Tür hinter ihm ins Schloss gefallen, stellte er sich so hin, dass er durch das Fenster nicht zu sehen war, hob das Küchentuch an und nahm sich ein großes Eckstück.

Als Moni endlich heraustrat, stand ich auf, setzte mich aber sogleich wieder hin. Sie schob einen mit Taschen behängten Buggy, in dem Keanu schlief. Quentin klebte an ihrer Seite. Die knallrote Strickmütze saß schief auf Monis gelb leuchtendem Haar.

Bald telefonierte Pit wieder auf dem Balkon, und Ronny tauchte mit einer Sporttasche auf, die vermutlich mit Schmutzwäsche gefüllt war.

Ich fuhr zusammen, als jemand hinter mir hüstelte.

»Wow, kriminell.« Justin zog die Kapuze von meinen Haaren. »Wollte nur gucken, ob du es wirklich bist. Konnte mich an dein Gesicht nicht mehr hundertprozentig erinnern.«

»Dann mach dir ein Foto«, sagte ich.

»Junge, das ist verrückt, was du hier machst. Sie ist zu alt für dich.«

»Das macht mir nichts aus«, sagte ich. »Das Alter ist nur eine Zahl. Ich konnte mit Gleichaltrigen schon immer wenig anfangen. Aber Ausnahmen bestätigen die Regel.«

Ich zog die Sitzunterlage unter meinem Hintern hervor und schob sie in Justins Richtung. Sie war noch ganz warm von mir. Es hätte keinen größeren Akt der Selbstlosigkeit geben können. Sofort kroch die Kälte durch meinen Hosenboden in Richtung meiner Nieren.

»Geh nach Hause«, sagte Justin. »Deine Nasenspitze ist schon weiß. Wäre blöd, wenn die abfällt. Du bist nicht der Erste, der Oma belagert. Alle paar Wochen singt jemand unter ihrem Fenster oder bringt Blumen oder will sie auf eine Kreuzfahrt einladen oder ihr eine kaputte Golduhr vererben.«

»Ich will nichts dergleichen«, sagte ich.

»Neulich war einer da, der wollte ihr einen Welpen schenken.«

»Tiere sind grundsätzlich keine geeigneten Geschenke«, sagte ich. »Und was du schilderst, grenzt an Stalking.«

»Alles klar«, sagte Justin. »Und wie heißt das, was du gerade machst?«

»Wohltätigkeit«, sagte ich. »Warum kommt sie nicht mehr zur Uni?«

»Siehst du doch.« Justin deutete mit dem Kinn auf meine Notizen, die Monis Tagesablauf festhielten. »Außerdem ist Uropa Kosinsky im Krankenhaus.«

Moni ließ die Tasche fallen, als ich mich in der U-Bahn neben sie setzte. Zuvor hatte ich eine Zeit lang beobachtet, wie sie das Vorlesungsskript rausgeholt, durchgeblättert, geseufzt und wieder eingesteckt hatte. Es war einer dieser unglaublichen Zufälle, den ich dadurch begünstigt hatte, dass ich ein Dutzend Mal auf dieser Strecke hin- und hergefahren war.

»Hast du es nicht verstanden?«, fragte ich. »Soll ich es dir erklären?«

»Was machst du hier?« Moni begann, die aus ihrer Tasche herausgefallenen Gegenstände einzusammeln. »Und warum trägst du meinen Schal?«

»Ich wollte ihn dir schon die ganze Zeit zurückgeben«, sagte ich. »Aber niemand aus deiner Familie scheint mir vertrauenswürdig genug. Deinem Vater hätte ich ihn vielleicht gegeben. Aber er steht offenbar gerade nicht zur Verfügung. Lebt er eigentlich noch? Ich muss ihn sprechen.«

Monis Augenbrauen fuhren im stumpfen Winkel aufeinander zu.

»Das ist doch üblich«, erläuterte ich, da ihr die meisten Routinen in Bildungsfragen offenbar fremd waren. »Meine Lehrer haben viel mit meinen Eltern kommuniziert, wenn sie der Meinung waren, gemeinsam meine Entwicklung optimieren zu können.«

»Oscar«, sagte Moni sehr langsam. »Du darfst dich meinem Vater nicht nähern, jedenfalls nicht sprechend. Verstanden?«

»Keine Sorge«, sagte ich. »Solange er im Krankenhaus ist, ist er zwar nicht vor multiresistenten Keimen, aber zumindest vor mir sicher. Ich betrete keine Krankenhäuser. Aber versuch doch auch einmal, meine Perspektive zu sehen. Du musst unbedingt die Klausuren in Analysis und linearer Algebra mitschreiben. Durch deine mit meiner Hilfe errungenen Punkte bei den Übungsblättern hast du diese einmalige Gelegenheit. So viel Glück wirst du vielleicht nie wieder haben. In deinem Alter solltest du keine Zeit verschwenden. Du lebst ungesund und gehst auch sonst zu viele Risiken ein, die deine Lebenserwartung verkürzen. Du brauchst dringend einen Lehrplan für die Klausuren, den ich dir heute Abend erstellen werde. An den musst du dich kompromisslos halten. Du kannst jetzt auch etwas sagen.«

Moni, ganz Augenbrauen, schaute mich schweigend an.

»Ach ja«, sagte ich. »Wegen deines Vaters. Meine Tante ist Chefärztin an der Charité. Meine Mutter wird sie anrufen. Wenn du jetzt nicht widersprichst, ist es ein Ja. Du hast dreißig Sekunden Zeit.«

Moni ließ die Chance zum Widerspruch verstreichen.

## MÜLLTONNE IM KOPF

Moni und ich erzielten endlich eine Einigung. Ich versprach, sie nicht weiter so intensiv zu beobachten und auch mit niemandem aus ihrer Familie zu sprechen (wobei ich Justin stillschweigend aus der Vereinbarung ausschloss, weil ich ihn zu meinen eigenen Kontakten zählte). Allerdings betrachtete ich Monis Sorge, von ihrem Umfeld entlarvt zu werden, als komplett übertrieben: Bis auf Justin schien niemand in Erwägung zu ziehen, dass Moni zu mehr als Küchen- und Einkaufsdiensten in der Lage war.

Ich fragte sie, ob ich mein Weihnachtsgeschenk für bessere Zeiten aufbewahren sollte, doch Moni schüttelte den Kopf. »Kommt nicht infrage. Ich habe die Bücher gut versteckt.«

»Gern geschehen«, sagte ich.

»Habe ich mich noch gar nicht bei dir bedankt?«

»Kann mich nicht erinnern«, sagte ich höflich. In Wirklichkeit wusste ich genau, dass sie es nicht getan hatte.

»Das muss der Schock gewesen sein.« Moni drückte meine Hand. »Es war das beste Geschenk, das ich je bekommen habe.«

Im Gegenzug sicherte sie mir verbindliche Übungsstunden zu. Ich reiste am Wochenende, ohne mit der Wimper zu zucken, in das schmuddelige Hotel, in dem sie immer noch arbeitete. Diesmal war es deutlich unruhiger. Moni musste alle paar Minuten aufspringen, um ans Telefon zu gehen, Gäste einzuchecken oder einen Obdachlosen mit einem Tee und einem belegten Brötchen aus der Küche zu versorgen.

Dass ich dabei mitten im Satz war, störte sie nicht. Immerhin setzte sie sich im Anschluss wieder hin und signalisierte höchste Aufmerksamkeit bis zur nächsten Störung.

»Schreibst du nicht mit?«, fragte ich.

»Ich hör zu«, antwortete sie.

Ich seufzte, als die Glastüren aufgingen und ein weiterer Obdachloser direkt auf Moni zusteuerte. Dann warf ich einen Blick auf sein Gesicht und stöhnte: Es war Tom aus der Uni. Er klatschte mir unnötigerweise auf den Rücken, setzte sich zu uns und holte einen Block hervor.

Ich sah Moni an.

»Tom hat auch Schwierigkeiten mit dem Stoff«, sagte sie.

Ich biss die Zähne zusammen. »Wer nicht? Das hier ist trotzdem eine geschlossene Veranstaltung.«

»Mit ihm oder gar nicht.« Moni klang unangenehm ruhig.

Ich wusste, wann ich verloren hatte. Wenn ich mich um siebenundfünfzig Grad drehte, musste ich Tom nicht sehen. Wenn ich Monis Schal vor meine Mund-Nasen-Partie hielt, konnte ich so tun, als wäre ich mit ihr allein.

Wir rasten angesichts der knappen Zeit durch das Skript. Ich erklärte im Schnelldurchlauf die wichtigsten Sätze und Lemmata. Ich wünschte, Moni würde beim Zuhören öfter blinzeln. Ich fühlte mich, als würde ich Altpapier in eine Tonne stopfen, lauter übergroße Pappen und Kartons. Es schien aussichtslos, also nahm ich die metaphorischen Leerverpackungen wieder heraus, zerriss sie in Stücke, stopfte sie wieder rein, viele weitere hinterher. Es war immer noch eine Menge Papier übrig, denn Mathematik hört bekanntlich nie auf. Man hat auch niemals genug Grundlagen gelernt. Ich musste in diese Tonne springen und alles platt treten, um mehr Platz zu schaffen.

Tom rückte näher. Ich drückte den Schal fester an die Nase. Seine Mülltonne war durchlöchert und hatte einen abgerissenen Deckel.

Mein Timer piepste. »Wir haben nur noch eine Stunde Zeit«, sagte ich atemlos. »Jetzt machst du den Spickzettel.«

»Den was?«

»Das ist nicht dein Ernst!« Der handbeschriebene Spickzettel war das beliebteste Thema der letzten Vorlesungen gewesen. Er durfte neben Stift und Papier offiziell zu Klausuren mitgebracht werden. Darauf war alles erlaubt, was man mit Symbolen festhalten konnte. Wer wollte, durfte mikroskopisch klein das Skript abschreiben, eine Lupe war allerdings nicht zugelassen.

Nie im Leben wäre Moni in der Lage gewesen, eigenständig einen hochwertigen Spickzettel zu erstellen. Ein guter Spickzettel war ein Wunderwerk, die Quintessenz des Semesterwissens. Seine Erstellung nahm Stunden, wenn nicht Tage in Anspruch. Wer nichts wusste, hatte auch keine Ahnung, was er am besten draufpackte. Die Faulsten schrieben die Lösungen aller sechsundfünfzig Übungsaufgaben hin, in der Hoffnung, in der Klausur eine ähnliche Fragestellung vorzufinden (und dann auch noch in der Lage zu sein, die Ähnlichkeit zu erkennen).

»Hier.« Ich holte meinen Spickzettel aus dem Rucksack und warf ihn Moni hin. Sie nahm das Blatt mit angemessener Ehrfurcht in die Hand und vertiefte sich in den kalligrafisch feinen, durch Pfeile vernetzten, aufs Höchste verdichteten Inhalt.

»Schreib ab. Schnell. Ich erkläre dir die Zusammenhänge.«

»Oscar«, sagte Moni leise. »Es ist dein geistiges Eigentum, das Werk deiner intellektuellen Arbeit. Ich weiß doch, wie viel es dir bedeutet. Ich kann es nicht einfach abschreiben.«

»Aber damit gefährdest du die intellektuelle Arbeit, die ich bereits in dich investiert habe«, sagte ich.

Tom, dem Skrupel aller Art offensichtlich unbekannt waren, riss ein Blatt vom Block ab und begann, mein Wunderwerk zu kopieren. Er saß so nah, dass ich das Rasseln in seinen verrauchten und erkälteten Atemwegen hörte. Ich litt in vielerlei Hinsicht.

»Kleiner, jetzt spinn doch bitte nicht rum«, sagte Moni. »Nimm deine Hand weg. Wenn ich es doch auch haben darf.«

»Ich will nicht, dass *er* es abschreibt.«

»Tom guckt dir nichts weg. Vesprochen.«

Ich seufzte und nahm meine Hand herunter.

Tom holte sein Handy hervor. »Ich kann deine Sauklaue nicht entziffern. Ich mach ein Foto, okay?«

Mit einem Klicken verschwand mein Spickzettel in den Tiefen seiner Cloud. Morgen würde er in den Gruppenchats auftauchen, übermorgen auf dem Server, auf dem illegal abfotografierte Altklausuren samt Lösungen lagen und zu dem alle Studierenden außer mir die Zugangsdaten hatten.

Ich konnte genauso gut einen neuen erstellen, einen noch viel besseren.

Am Morgen der Klausur rührte ich veganes Proteinpulver in mein Müsli. An einem Tag wie diesem brauchte ich Eiweiß. Neurotransmitter wurden schließlich nicht aus Pflanzenfasern synthetisiert. Ich kippte meine Handvoll Vitamine und eine halbe Pille hinunter und kontrollierte den Inhalt der Tasche, die ich bereits am Vorabend gepackt hatte. Es war immer noch alles perfekt.

Moni wartete wie verabredet vor dem Tor auf mich, damit wir gemeinsam zur Uni laufen konnten. Sie sah furchtbar aus. Unter ihren Augen lagen Schatten, und die Falten wirkten tiefer als sonst. In dem nervösen Pulk der Mutigen, die sich trauten, gleich die erste, frühere Klausur mitzuschreiben und damit die deutlich kürzere Vorbereitungszeit in Kauf zu nehmen, fiel sie auf wie eine Mehlmotte zwischen Reiskörnern.

»Ist jemand gestorben?«, fragte ich.

»Keine Ahnung«, sagte Moni. Im Gegensatz zu den anderen, die wartend vor der Hörsaaltür herumstanden, starrte sie nicht auf einen Spickzettel. Hoffentlich hatte sie ihren trotzdem fertiggestellt. Sie biss auf ihrer Unterlippe herum, die so bestimmt bald bluten würde.

»Das ist schlecht, dass du so müde bist«, sagte ich zu Moni. »Vor Klausuren sollte man schlafen. Ich hätte dich am Vortag an diese Faustregel erinnern sollen. Was hast du die ganze Nacht gemacht?«

»Das Scheiß-Skript gelesen«, zischte Moni.

»Charmant.« Herbst schritt in Begleitung seines Assistenten an uns vorbei. »Dann habe ich mir nicht umsonst solche Mühe beim Verfassen gegeben. Warum gehen Sie nicht einfach hinein, meine Herrschaften?«

Die schlotternden Knie und die klappernden Zähne der Umherstehenden machten mich nervös. Die Wirkung der Präparate ließ schneller nach, als ich gehofft hatte. Ich reihte mich hinter Moni ein.

Es dauerte noch mindestens eine halbe Stunde, bis es endlich losging. Erst verteilten sich alle auf den Plätzen. Dann wurden wir durch den Assistenten über die Konsequenzen von Betrugsversuchen unterrichtet. Herbst stand daneben, als wäre ihm alles egal. Zwischen Moni und mir waren die vorgeschriebenen zwei Plätze Abstand. Sie würde keine Chance haben, mit ihren altersschwachen Augen irgendetwas bei mir abzulesen. Selbst wenn ich tatsächlich auf die abwegige Idee kommen sollte, ihretwegen Beihilfe zum Betrugsversuch zu riskieren.

Die Nervosität verdichtete sich wie eine Gewitterwolke. Die ersten Spickzettel, auf den Pulten ausgebreitet, flatterten zwischen den Reihen hindurch, wurden mit viel Krach wieder vom Boden gepflückt und mit Energydrinks, Schokoriegeln und Wasserflaschen beschwert. Ich achtete darauf, dass mein gespitzter Bleistift parallel zum Kugelschreiber lag, beides wiederum parallel zum Rand meiner vorbereiteten Blätter mit dem praktischen Dot-Muster. Die Ausrichtung gab mir Halt, wenn das Knistern der Tüten mit Gummibärchen und Studentenfutter ohrenbetäubend wurde. Der Assistent begann, die Klausur zu verteilen.

Moni saß wie versteinert da, die Finger gefaltet, die Augen geschlossen. Wahrscheinlich wurde sie gerade von furchtbaren Erinnerungen an Schulprüfungen überrollt, deren Ergebnisse ich mir nur zu gut vorstellen konnte.

»Sie dürfen jetzt die Klausur umdrehen«, sagte Herbst.

Moni rührte sich nicht.

Ich räusperte mich.

Moni schien zu schlafen.

Ich ließ den Stift fallen.

So etwas konnte eine Frau, die wahrscheinlich seit hundert Jahren keine ruhige Minute erlebt hatte, nicht wecken.

Ich warf meinen Ersatzstift. Er berührte Moni an der Wange, und endlich schreckte sie hoch. Dann senkte sie den Blick auf das Pult und drehte die Klausur um. Wir hatten bereits zwei Minuten wertvolle Zeit verloren, und ich hatte noch keine Zeile gelesen.

Als Erstes füllte ich das Deckblatt mit meinem Namen und meiner Matrikelnummer aus. Dann vertiefte ich mich in die Aufgaben. Die erste war einfach, sie fragte nach einer Definition, die jeder vernünftige Mensch sofort aus dem Kopf wusste und alle anderen auf ihren Spickzetteln notiert haben sollten. Es waren leicht verdiente Punkte.

Ich las die anderen Aufgaben durch. Einige waren nett, sie fragten nach Beweisen, die enge Verwandte der Beweise aus den Übungsblättern waren. Ich spürte so etwas wie Ärger: Herbst machte es uns zu leicht. Er wollte auch die ewig nöligen Mathematiklehrer im Studium halten, bevor sie auf Kunst umsattelten oder ganz in der Gosse landeten. Ich musste sofort nach der Klausur in seiner offiziellen Vita checken, wo sein Geburtsort lag. Vielleicht war er, Akzent hin oder her, doch kein Osteuropäer.

Ich nahm den Stift in die Hand. Er rutschte weg. Ich umklammerte ihn fester. Meine Finger waren unangenehm feucht. Mein laminierter Spickzettel glitt unter der Hand hinweg. Mit einem Mal fehlte mir die Definition, derer ich mir gerade noch so sicher gewesen war. Ich wünschte, ich hätte sie noch einmal nachlesen können. Die Kette der Beweisschritte, die ich bereits für die weiteren Aufgaben geknüpft hatte, riss ab. Ich hörte es in meinem Kopf rasseln.

Ich sah auf. Alle, wirklich alle schrieben. Selbst Tom, der das Foto meines Spickzettels ausgedruckt vor sich liegen hatte. Nur Moni schaute mich besorgt an.

»Alles klar?«, formten ihre Lippen lautlos.

Ich schüttelte den Kopf. Alles verschwamm vor meinen Augen. Sie holte übertrieben tief Luft und atmete mit offenem Mund aus. Es sah albern aus. Dann begriff ich: Sie machte es mir vor. Es war eine gute Idee, weil ich zwischendurch tatsächlich vergessen hatte, wie man atmet. Ich machte es ihr nach. Die Sicht klärte sich etwas.

Ich versuchte, im Kopf die abgerissenen Enden der Beweiskette wieder zusammenzufügen. Es konnte nicht so schwer sein, wenn man wusste, worauf man hinauswollte. Die einzelnen Glieder glitten dennoch weg, als wären sie eingeölt.

Was machte Moni da? Ganz langsam schob sich ein Blatt in meine Richtung. Es waren Lösungen, die sie bereits skizziert hatte. Das Ganze war schreiend auffällig und daher wahnwitzig. Als ob sie überhaupt so schnell gewesen wäre. Als ob sie vor mir die Antworten gewusst hätte. Als ob es bei der Korrektur nicht auffiele, wenn wir blöderweise den gleichen Fehler in unseren Lösungen hätten. Als ob sie für mich riskiert hätte, exmatrikuliert zu werden. Der Assistent spazierte durch die Reihen, ständig die Blickrichtung ändernd, bis Herbst ihn zu sich rief und ihn in ein Gespräch verwickelte, bei dem wir einen Ausblick auf den steifen, auffällig asymmetrischen Assistentenrücken hatten.

Ein schwungvoller Wurf, und Monis Blatt war bei mir. Es war meine eigene Beweiskette in ihrer Kleinmädchenschrift, leicht abgewandelt, in der Naivität sofort einleuchtend. Jedes Glied griff ineinander. Es war nahezu genau die Aufgabe aus den Übungsblättern. Immerhin hatte sie sich etwas aus unseren Übungsstunden gemerkt. Ich hatte Moni all das nicht umsonst vorgerechnet.

Ich wischte meine Hände am Hoodie ab, trank einen Schluck Wasser und begann zu schreiben. Ich hörte auf, als Herbst mir das Blatt unter der Hand wegzog. Alle anderen waren bereits dabei, ihre Sachen in die Rucksäcke zu packen. Ich hatte die Zeit komplett vergessen.

»Sie müssen auch Ihren Spickzettel abgeben.« Herbst ignorierte den Studierendenausweis, den ich ihm zur Identitätskontrolle hinhielt, und entfernte sich mit dem Stapel Blätter unterm Arm.

## MONIS MÄNGEL

Ich hätte Herbst diese Grausamkeit nicht zugetraut: Statt die Klausurnoten im elektronischen System zu veröffentlichen, hatte er alle Beteiligten per Rundmail persönlich zur Abholung der Ergebnisse einbestellt. In diesem Schreiben stand, dass die Resultate »ernüchternd« ausgefallen seien. Anschließend wollte Herbst die Lösungen im Hörsaal durchsprechen. Danach hatte er eine ganze Stunde für Beschwerden reserviert.

»Zitter nicht«, sagte Moni, während wir mit allen anderen vor Herbsts winzigem Büro warteten. »Du wirst schon bestanden haben.«

Natürlich hatte ich bestanden. Ich steckte die Hände in die Hosentaschen. »Vielleicht hast sogar du bestanden«, scherzte ich.

Sie hatte Apfelschorle und einen Schokoriegel dabei, ich riss ihr beides förmlich aus der Hand. Die Kommilitonen verschwanden hinter der Tür und kamen sehr schnell wieder heraus, warfen sich weinend in die Arme der wartenden Freunde, reichten die korrigierten Blätter herum.

»Und ich dachte, Herbst macht einfache Klausuren.« Moni nahm einem blassen Jüngling die Lösungen aus der Hand. »Eine Vier, ich gratuliere, du hast bestanden.«

»Ich kann es gar nicht fassen.« Der Glückliche taumelte die Treppe hinunter.

»Vielleicht ist das hier ein besonders blöder Jahrgang«, mutmaßte ich. »Das Niveau der Studienanfänger sinkt mit jedem Jahr.«

Tom rauschte an uns vorbei, Moni im Vorübergehen seine Klausur reichend. Eine Fünf, trotz meines Spickzettels.

»Womit hat er denn gerechnet?« Ich schaute ihm hinterher.

»Warum bist du nicht einfach still, Kleiner?« Moni nahm die Verpackung des Schokoriegels aus meiner Hand und warf sie in den Mülleimer. »Du bist dran. Soll ich mitkommen?«

Ich nickte, plötzlich unfähig zu reden. Sie hielt mir die Tür auf. Ich sank auf den Stuhl vor Herbsts Schreibtisch und hatte Mühe, meinen Namen herauszubringen. Ich war bei der vorletzten Silbe angekommen, als er bereits meine Klausur aus dem Stapel gefischt und mir hingelegt hatte. Ich beugte mich darüber. Das Deckblatt flimmerte und gab die benötigte Information nicht preis. Ich versuchte, die zusammengehefteten Blätter umzudrehen, aber meine zitternde Hand gehorchte mir nicht.

Moni blätterte für mich um. »Du hast eine Zwei minus. Toll gemacht!«

»Was?«, krächzte ich.

»Gratuliere«, sagte Herbst.

»Eine Zwei minus?« Ich wollte nachschauen, aber Moni hielt die Klausur immer noch in der Hand.

»Was ist das?« Sie zeigte mir den Stammbaum, den ich von ihrer Familie angefertigt hatte. Es handelte sich um die aktualisierte und kolorierte Fassung. Er war hinter dem Spickzettel an die Klausur geheftet. Wahrscheinlich hatte ich ihn vor der Klausur aus Versehen mit aus der Tasche genommen. Ein Glück, dass das überschüssige, nicht zugelassene Blatt auf meinem Pult nicht als Täuschungsversuch während der Klausur gewertet worden war.

»Das ist ein Forschungsprojekt.«

Vielleicht war es nicht die ideale Antwort gewesen. Die Klausur rutschte Moni aus der Hand, Herbst fing sie auf, blätterte sie durch und sah mich an.

»Sie haben mir einen halben Punkt abgezogen, weil ich vergessen habe, drei Buchstaben vor die geschweifte Klammer zu schreiben?«, fragte ich in der Hoffnung, dass der Ablenkungsversuch funktionierte.

»Korrekt«, sagte Herbst.

Moni drehte sich wortlos um und verließ den Raum.

Herbst räusperte sich. »Sie können sich bei der Wiederholungsklausur verbessern, wenn Sie mögen.«

»Gibt es Einsen?«, fragte ich.

»Ja«, antwortete Herbst.

»Jemand war besser als ich?«

»Korrekt.«

»Wer?!«, rief ich. »Wer hat eine Eins?«

Herbst schwieg. Sein Blick wanderte zur Tür, durch die Moni gerade hinausgestürmt war.

»Das kann nicht sein«, sagte ich.

»Junger Mann«, sagte Herbst. »Ist Ihnen auch nur annähernd bewusst, welchen Mist Sie gebaut haben?«

Es war mir nicht annähernd bewusst. Ich verstand es wirklich nicht. Trotzdem rannte ich los. Ich holte Moni auf dem Weg zur U-Bahn-Station ein und packte sie am Ärmel ihres Kunstpelzes, damit sie stehen blieb.

»Erklär es mir«, bat ich, als sie sich zu mir drehte. »Was habe ich Schlimmes getan?«

»Du hast mir nachspioniert«, sagte Moni.

»Aber das weißt du doch längst«, sagte ich.

»Ich bin kein Untersuchungsobjekt!«, schrie Moni.

Ich wollte antworten, dass sie das nicht entscheiden könne, ahnte aber, dass das Moni nicht beruhigen würde. »Ich beobachte dich gern. Außerdem sind Stammbäume nichts Ehrenrühriges. Du solltest mal den von Mamas Hengst Lord sehen.«

»Und ich dachte, wir sind Freunde«, flüsterte Moni.

Jetzt war ich ratlos. »In welcher Welt könnten Menschen wie du und ich Freunde sein?«

»Ich dachte, wir mögen uns.«

Ich verstummte.

Sie schluckte laut. »Und während ich das dachte, hast du ausgerechnet meine Familie seziert.«

»Du sagst das, als ob es was Schlechtes wäre«, murmelte ich.

Erst jetzt schaute ich direkt in Monis Gesicht, sah die verschmierte Wimperntusche, die zitternde Unterlippe. Etwas Schlimmeres hätte sie mir kaum antun können: Sie weinte.

Als Kind hatte ich es persönlich genommen, wenn Sachen kaputtgingen. Ein beschädigtes Spielzeug, ein abgerissener Knopf oder sogar ein Gerät, dessen Batterie leer war, konnten mich für eine Weile aus dem Gleichgewicht bringen. Dann hatte ich meist keine andere Wahl, als zu schreien. Mit der Zeit hatte ich gelernt, dass zumindest einige Dinge repariert werden konnten.

Der Anblick weinender Menschen versetzte mich nach wie vor in einen hoffnungslosen Zustand. Wenn diese Menschen für mich wichtig waren, erwartete ich von ihnen, dass sie darauf achteten, wohlbehalten zu bleiben. Ich hatte meine Mutter nur einmal weinen sehen, als ihr Lieblingspferd eingeschläfert werden musste. Diese Tränen hatte ich als eine Verletzung unseres unausgesprochenen Vertrages empfunden. Sie schuldete es mir, dass es ihr gut ging. Und dass, wenn es einmal nicht der Fall sein sollte, ich nichts davon mitbekam. Genauso wollte ich eine Moni, die Witze riss, Haferkekse verteilte und ab und zu etwas von meinen Ausführungen verstand.

Für den Umgang mit einer weinenden Moni hatte ich kein Protokoll.

»Bitte hör auf«, sagte ich. »So etwas geht nicht.«

Sie putzte sich die Nase. »Tut mir leid, aber ich habe eine Nachricht für dich: Ich bin auch nur ein Mensch.«

Ich seufzte. »Das habe ich befürchtet.«

Ich war jederzeit bereit gewesen, Moni einen Rettungsring zuzuwerfen, wenn sie im mathematischen Ozean zu ertrinken drohte. Dass es Moni in anderen Lebensbereichen schlecht ging, war nicht vorgesehen.

Ich hasste es, mich inkompetent zu fühlen.

»Hat *er* dir Gewalt angetan? Hast du *ihm* Geld geliehen? Ist *er* in Wirklichkeit schlimmer als Hitler? Hat *er* dir was gestohlen? Ist *er* der Vater deiner Tochter?« Ich hielt mir die Hand vor den Mund, bevor noch mehr Worte herausdrängten.

»Von wem redest du?« Monis tränennasse Augen waren so nah, dass ich das Gefühl hatte, sie würde meine Gedanken lesen. »Was in aller Welt hattest du überhaupt auf deinem komischen Blatt stehen? Ich hätte genauer draufschauen sollen.«

»*Er* steht nicht drauf«, sagte ich. »Weil ich ein Idiot bin. Ihr habt doch sogar das gleiche Alter. Ihr kennt euch von früher. Ihr trinkt zusammen Kaffee. Daniel Johannsen gehört in deinen Stammbaum, aber ich weiß nicht genau, an welcher Stelle.«

»Ich kann echt nicht mehr«, sagte Moni. »Du machst mich wahnsinnig.«

## 3,14 EURO

In der vorlesungsfreien Zeit wollte ich nicht nach Hause fahren, egal, wie sehr meine Mutter mich darum bat. Ich hatte zwar bereits den kompletten Stoff wiederholt, alle Klausuren geschrieben und das Vorlesungsverzeichnis des kommenden Sommersemesters studiert. Aber ich suchte weitere Aktivitäten, die mich an meinem Studienort hielten.

Der Campus war wie ausgestorben. Ich lief über die leeren Flure, wo hinter halboffenen Türen Doktoranden und Postdocs auf Bildschirme starrten oder auf dem Handy spielten. Niemand wartete vor dem großen Hörsaal. Ich öffnete die Tür, ging hinein und setzte mich in die zweite Reihe. Die Tafeln waren blank gewischt, nur in der oberen Ecke hatte jemand[25] mit einer kindlichen Schrift das Datum von vor zwei Wochen hingeschrieben und eine Blume dazu gemalt.

Ich ging wieder hinaus und schaute in einen benachbarten Seminarraum. Auch er war leer. Die Tafel war mit winziger, kaum lesbarer Schrift beschrieben. Ich setzte mich in die erste Reihe. Die Buchstaben standen dicht beieinander wie mickrige Halme mit abgeknickten Köpfen. Die Zacken und Kringel entpuppten sich auf den zweiten Blick als eckige Klammern, Indizes, mathematische Symbole.

Einige Stellen auf der Tafel begannen sich zu klären. Hier war die Beschreibung einer Menge M, der alle reellen Zahlen angehören sollten, die an der Stelle $10^{10000000000000000}$ eine Eins stehen hatten. Mein Herz klopfte schneller. M wie Moni: auf den ersten Blick trivial, auf den zweiten kaum fassbar. Die Menge M bestand aus unendlich vielen Elementen, sie hätte zugleich eine Teilmenge von unendlich vielen anderen Mengen sein können, umgekehrt beinhaltete sie unendlich viele Teilmengen, und doch standen hier nur ein Buchstabe, zwei geschweifte Klammern und eine Beschreibung, die nicht einmal eine Zeile beanspruchte.

Mister Brown hatte sich, lautlos wie immer, neben mich gesetzt. Ich hielt die Luft an. Ich hatte ihn so lange nicht gesehen, vermutlich war er beschäftigt gewesen.

25 vermutlich von den Lehrämtlern

Wir studierten gemeinsam die Tafel. Er schmunzelte.

»Wo ist hier der Witz?«, fragte ich.

»Warte noch ein, zwei Jahre«, sagte Mister Brown.

Das Atmen tat mir weh. Ich wollte an Justin denken, was schön war, aber der Gedanke sprang sofort weiter. Ich holte mein Handy hervor und klickte eines der Videos an, die Quentin mir gezeigt hatte. Ein Mädchen bekam einen Welpen geschenkt und weinte vor Glück. Meine Augen wurden sofort nass, die Tränen tropften auf den Kragen, und meine Atemwege entknoteten sich. Mister Brown guckte das Video mit mir zusammen, und auch die nächsten zwei.

»Wo waren Sie so lange?«, fragte ich.

»Ich war immer da«, sagte Mister Brown. »Wo warst du?«

»Hier«, sagte ich. »Ich dachte schon, Sie mögen diese Uni nicht.«

»Du hast recht«, sagte Mister Brown. »Ich mag diese Uni tatsächlich nicht.«

»Kennen Sie Moni Kosinsky?«

»Natürlich.«

»Glauben Sie, dass Sie wiederkommt?«, fragte ich.

»Entweder sie kommt, oder sie kommt nicht«, antwortete Mister Brown.

Ich wusste nicht, ob ich ihm glauben konnte. Ich war mir nicht sicher, ob er sich mit irrationalen Menschen genauso gut auskannte wie mit irrationalen Zahlen. Meine Mutter gab mir zum Beispiel auf dieselbe Frage keine derart klare Antwort. Sie erzählte stattdessen ausweichend, dass jede Person ihr Motiv habe, dass man manchmal einen Teil des Weges gemeinsam gehe und dann wieder getrennt und dass man niemanden zwingen könne, der oder die nichts mehr mit einem zu tun haben wolle.

Zweimal war ich bei Herbst in der Sprechstunde gewesen, die er dankenswerterweise auch in der vorlesungsfreien Zeit anbot. Ich diskutierte über Punktabzüge in der Klausur, machte ihn auf Tippfehler in seinem Skript aufmerksam, die ich beim fünften Lesen entdeckt hatte, und bat ihn, Moni an die Universität zurückzuholen. Herbst beharrte auf seiner Benotung, bedankte sich für die Korrekturen im Skript und guckte aus dem Fenster, wenn ich Monis Namen erwähnte.

»Ich glaube, Sie überschätzen meine Kompetenzen«, sagte er.

»Glauben Sie, dass Moni zurückkommt?«

»Tja«, antwortete er, die Magnolie im Hof studierend, die nach dem Verlust ihrer frühen Blüten einfach nur ein unspektakulärer Baum war.

»Warum tun Sie dann nichts?«

»Weil das Leben manchmal kompliziert ist«, sagte er.

»So kompliziert wie der Beweis der Riemannschen Vermutung?«

Er lächelte. »Vielleicht nicht ganz.«

»Was soll ich tun? Sie will keinen Spa-Gutschein und keine Blumen und keine Entschuldigung von mir. Sie antwortet nicht mehr auf meine Nachrichten. Jemand hat ihr endlich gezeigt, wie man die Lesebestätigung abschaltet.«

»Reden wir immer noch von Frau Kosinsky?«

»Von wem denn sonst«, sagte ich.

»Haben Sie gar keine Freunde in Ihrem Alter?«, fragte Herbst.

»Warum lenken Sie immer ab?«, fragte ich. »Wir könnten doch die Geheimwaffe aktivieren. Wo ist Daniel Johannsen?«

»In Kalifornien.«

»Meinen Sie, er kommt zurück, wenn ich ihn darum bitte? Vielleicht könnte ich sogar meinen Onkel beauftragen, ihn persönlich anzurufen.«

Herbst stand seufzend auf: »Ich habe jetzt ein Blockseminar.«

Ich hielt es für einen möglichen Irrtum: Viele Menschen hatten in Gesprächen mit mir plötzlich Dringendes zu tun, und fast immer stellte sich bei genauerem Hinschauen heraus, dass sie einfach nur ihren Terminkalender falsch gelesen hatten. Ich folgte Herbst durch den Fachbereich, wechselte von einem Gebäude ins nächste, setzte mich in einen halbvollen Seminarraum, kam sechs Stunden später wieder heraus. Mir war schwindlig, in meinem Kopf drehten sich hochdimensionale Polytope. Herbst winkte mich wieder in sein Büro und gab mir eine Tasse Tee und ein Käsebrot.

Ich hatte den Verdacht, dass er damit seinen eigenen Lunch verschenkte. Die Käsescheibe war schon ziemlich trocken an den Rändern. Ich nahm sie herunter und gab sie Herbst zurück.

»Ach so, Sie sind ja Veganer.« Er warf sie in den Papierkorb.

»Bei Moni habe ich manchmal Käse gegessen«, sagte ich. »Der sah allerdings besser aus als Ihrer.«

Wir seufzten synchron.

»Wissen Sie, worüber ich mich gerade ärgere?«, fragte Herbst.

Obwohl ich nicht gern herumriet, tat ich ihm den Gefallen: »Darüber, dass nicht Sie den großen Satz von Fermat bewiesen haben?«

Herbst lächelte. »Ganz knapp daneben. Ich hole etwas weiter aus. Vor zwei Jahren hatte ich eine ungute Zeit in meinem Leben. Ich versuchte, bei Verstand zu bleiben, indem ich die ganze Zeit an Mathematik dachte. Ich schaute nicht nach links und nicht nach rechts, ich nahm kein einziges menschliches Gesicht wahr.«

»Man kennt's«, sagte ich, stolz auf meine Smalltalk-Skills.

»Manchmal musste ich Lebensmittel einkaufen.«

Wieder nickte ich verständnisvoll, weil ich auch diese Herausforderung kannte.

»Ich hasste das Einkaufen und spielte daher währenddessen die ganze Zeit ein kleines Spiel mit mir selbst. Ich setzte meine Einkäufe so zusammen, dass ich ein Wechselgeld von 3,14 Euro zurückbekam. Ich hatte mit mir selbst vereinbart, dass alles gut würde, wenn ich es nur durchhielte.«

Ich nickte abermals, erschrocken darüber, wie sehr ihm sein Mittagskefir offenbar die Zunge gelöst hatte.

»Ich ging immer in den schmuddeligen Discounter bei uns an der Ecke«, fuhr Herbst fort. Er klang dabei wie diese Oma, die vom Untergang der Titanic erzählte, was mich um meine Zeitressourcen bangen ließ. »Ich schaute niemals hin, wer da an der Kasse saß. Bis ich eines Tages meinen Toast und die Buletten zu Hause auspackte und mir der Kassenzettel in die Hände fiel. Das Wechselgeld betrug 2,78 Euro. Ich hatte mich verrechnet. Und dennoch war ich sicher, dass die Kassiererin mir meine üblichen 3,14 Euro zurückgegeben hatte. Alles andere hätte mich auch massiv verstört. Ich holte das Wechselgeld aus der Hosentasche, und tatsächlich: zwei Zweieuromünzen, eine Eineuromünze, einmal zehn Cent, zwei Münzen zu jeweils zwei Cent.«

»Dumme Kassiererin«, sagte ich. »Hat einen Fehlbetrag von sechsunddreißig Cent in der Kasse.«

»Ich habe eine andere Schlussfolgerung gezogen.« Herbst faltete die Hände und stützte das Kinn darauf. »Sie hatte sich meinen kleinen Tick gemerkt und bekam Mitleid mit mir, einem Fremden, der sich kein einziges Mal die Mühe gegeben hatte, ihr ins Gesicht zu schauen. Sie wollte mich nicht aufregen, vielleicht erkannte sie auch meine Not. Sie nahm es offensichtlich in Kauf, sechsunddreißig Cent aus eigener Tasche dazuzulegen.«

»Tolle Geschichte.« Ich war erleichtert darüber, dass sie schneller geendet hatte als befürchtet.

»Vielen Dank. Ich war so verblüfft, dass ich in den Laden zurückging. Aber die Kassiererin hatte bereits Feierabend. Ich versuchte, mich an sie zu erinnern. Keine Chance. Ich kam am nächsten Tag wieder, aber Sie können es sich vielleicht denken …«

»Es war eine alte Freundin von Ihnen?«

»Kommen Sie, das ist doch offensichtlich. Sie war nicht da. Und am nächsten Tag auch nicht. Sie hatte gekündigt, oder ihr war gekündigt worden, niemand sagte es mir.«

»Wegen der sechsunddreißig Cent?«

»Ich hoffe nicht. Jedenfalls hatte sie sich in Luft aufgelöst.«

Er trank sein Kefirglas leer und stellte es schwungvoll zurück auf die Fensterbank. »Ende der Geschichte«, sagte er.

»Gott sei Dank«, murmelte ich.

Herbst nahm mir die Teetasse ab und ging nach nebenan, um sie in der Fachbereichsküche in den Geschirrspüler zu stellen. Während ich darauf wartete, dass er zurückkehrte, wurde ich das Bild nicht los, wie eine Frauenhand die exakte Summe in Herbsts Handfläche gab. Die Bewegung war schnell und präzise. Sie wollte keine Aufmerksamkeit, sie wollte bloß, dass der komische Kauz sich nicht aufregte, weil er einen Fehler gemacht hatte, weil er den herabgesetzten Preis von letzter Woche für eine Packung Waffeln einkalkuliert hatte und nicht den aktuellen, etwas höheren. Ihre Gestalt war wie hinter einer Glasscheibe, die mit Wasserdampf beschlagen war. Trotzdem waren die Umrisse vertraut, das unbändige, hochgesteckte Haar, die schnellen Bewegungen, die heisere Stimme, die »Schönen Tag noch« sagte, obwohl Herbst noch nie darauf geantwortet hatte.

Sie hatte ihn gesehen und er sie nicht.

Es traf mich wie ein Blitz. Herbst war immer noch nicht zurück. Ich schaute aus dem Fenster und sah seinen silbrigen Schopf im Durchgang zwischen den Häusern verschwinden.

Ich rannte los. Wenn er wollte, konnte er richtig schnell sein. Ich holte ihn an den Fliederbüschen ein.

»Es war Moni, oder? Die Kassiererin war Moni.«

»Haben Sie vorhin nicht zugehört? Ich weiß es nicht.«

»Aber Sie glauben es. Es wäre genau Monis Art.«

Herbst zuckte mit den Schultern. »Sie ist nicht die Einzige.«

»Doch. Sie ist die Einzige. Warum haben Sie Moni nicht direkt danach gefragt?«

»Warum denken Sie, dass ich nicht gefragt habe?«

»Und sie hat nur gelacht? Wie es ihre Art ist? Anstatt eindeutig und präzise zu antworten?«

»Sie hat Nein gesagt.« Herbst schob einen Zweig zur Seite und setzte seinen Weg fort. »Sie tat, als wüsste sie von nichts.«

»Aber Sie glauben nicht, dass sie die Wahrheit gesagt hat. Deswegen sind Sie so nett zu Moni«, sagte ich. »Sie unterstützen sie, wo Sie nur können. Sie sind, wie ich, ein wohltätiger Mann.«

»Ich verstehe, wie Sie darauf kommen.« Herbst war mir bereits einige Schritte voraus. »Leider liegen Sie komplett falsch. Der Grund ist ein anderer.«

Der dicke Zweig, den er im Vorbeigehen mit seiner Schulter beiseitegeschoben hatte, federte zurück und schlug mir mit voller Wucht ins Gesicht. Ich schrie auf und wischte mir mit der Hand übers Gesicht. Dann schaute ich auf die Bluttropfen auf meinen Fingern. Als mein Atem sich wieder beruhigt hatte, war Herbst bereits verschwunden.

Ich erinnerte mich daran, wie Mr. Brown mir einmal geholfen hatte, als ich mit einem Beweis nicht weiterkam.

»Wenn es nicht vorangeht, musst du zurückgehen«, hatte er gesagt. »Vielleicht einen Schritt, vielleicht mehrere. Vielleicht ganz an den Anfang. Guck dir noch einmal genau an, was an Voraussetzungen gegeben ist.«

In Mathefragen irrte Mister Brown nie.

# JAMES DEAN DER MATHEMATIK

Weil ich in der vorlesungsfreien Zeit ungeahnte Kapazitäten hatte, fuhr ich zum Kolmogorov-Gymnasium. Die berühmte Schule überraschte mich positiv: Es war kein verschnörkelter Altbau mit einem verschwenderischen Raumkonzept, sondern ein funktionales Gebäude ohne Ablenkungspotenzial, schlicht, kantig und grau. Ich überquerte den Schulhof. Als ich am Sportplatz vorbeiging, kündigte leichte Übelkeit die Assoziationswelle an, die dieser Anblick weckte. Es fiel mir nicht schwer, mir den Ort bevölkert und lärmend vorzustellen, dazu eine gekrümmte Gestalt, die an der Pausenaufsicht klebte, weil sie noch keine Sondererlaubnis hatte, zwischen den Stunden allein im Klassenraum zu bleiben.

Das Sekretariat befand sich im Erdgeschoss. Ich klopfte an die angelehnte Tür. Die Sekretärin hatte einen zerrupften grauen Haarschnitt, hielt einen Telefonhörer zwischen Ohr und Schulter geklemmt und hackte gleichzeitig auf die Tastatur ein.

»Guten Tag, Frau Finke«, sagte ich. »Mein Name ist Oscar. Ich habe gemailt.«

Sie nickte. »Warte mal, Babsi, ich meld mich gleich wieder. Muss hier erst jemanden verarzten«, sagte sie in den Hörer.

»Ich bin nicht verletzt«, sagte ich. »Ich komme wegen der Recherche.«

»War das für das Referat?«, fragte Frau Finke. »Fünfte Prüfungskomponente im Abitur?«

Ich schüttelte den Kopf. Ich hatte den Grund meines Besuches – verklausuliert und dennoch wahr – vorab ausführlich in der Mail erläutert. Vermutlich hatte sie meine Nachricht nicht einmal zu Ende gelesen.

»Ist die Haarfarbe neu? Wie war noch mal der Name? Hilf mir auf die Sprünge.«

»Ich brauche, wie angekündigt, einen Zugriff auf Ihr Archiv«, sagte ich. »Ich bin nicht von hier. Aber ich hätte es sein können.«

»Ich merk's.« Sie stand seufzend auf und fischte einen Schlüssel aus einem leeren Marmeladenglas. »Dann komm mal mit.«

Aufgerichtet war sie sehr groß, mindestens einen Kopf größer als Moni. Sie führte mich über einen Flur zur Treppe. Einmal kehrte ich um, um die gerahmten Porträts der berühmtesten Absolventen an der Wand genauer zu betrachten. Ich erkannte Daniel Johannsen sofort. Hier war er noch in seinen Dreißigern und seinen bekanntesten Pressefotos ziemlich ähnlich.

Die Bibliothek befand sich im obersten Stock. Im ersten Raum standen Monitore, Regale mit Lehrwerken erstreckten sich bis zur Decke. Wir gingen an ihnen vorbei, an dem Bereich mit Fachliteratur und Enzyklopädien, schließlich in einen Raum, in dem Staubflusen in der Luft schwebten. In den Regalen standen beschriftete Kisten.

»Wir kommen nicht dazu, uns um die Entsorgung zu kümmern«, sagte die Sekretärin.

»Danke«, sagte ich voller Ehrfurcht. »Darf ich hier alles anfassen?«

»Tob dich aus«, sagte die Sekretärin.

»Ich stell alles wieder zurück. Ich werde auch nichts fotografieren, nur abschreiben.«

»Das wäre aber dumm«, sagte die Sekretärin. »Ich lasse übrigens die Tür zufallen, du kannst sie von innen ohne Schlüssel öffnen.«

»Ich sag Bescheid, wenn ich hier fertig bin.«

»Nicht nötig.« Schon war sie weg.

Als Erstes schaltete ich alle Lichter an. Ich konnte mein Glück kaum fassen. Als ich noch im Zeitungsarchiv über Daniel Johannsen recherchiert hatte, kam alle fünfzehn Minuten die Aufsicht, um zu überprüfen, ob ich mich an die Regeln hielt: nichts außer den mir erlaubten Medien anfasste, keine Fotos machte und vor allem nicht auf den ausgebreiteten vergilbten Originalausgaben mein Pausenbrot auspackte.

Hier konnte ich tun und lassen, was ich wollte. Ich zog die Kartons einen nach dem anderen aus dem Regal. Sie waren voll mit Heften, deren Erscheinungsjahr mit etwas Glück den Angaben auf der Kiste entsprach. Die dünnen waren die Ausgaben der Schülerzeitung mit dem albernen Namen *Pi mal Daumen*, die deutlich dickeren die Abizeitungen.

Ich wusste natürlich, wann Daniel Johannsen Abitur gemacht hatte. Im Gegensatz zu mir war er zu diesem Zeitpunkt gerade volljährig geworden. Ich fand die gesuchte Abizeitung sofort. Die Absolventen waren nach ihren Leistungskursen sortiert und mit Fotos und persönlichen Fragebögen abgebildet. Daniel Johannsens Porträt war auf Seite fünf zu finden. Er hatte die langen

Haare schon damals zu einem Pferdeschwanz zusammengebunden, eine Sonnenbrille in die Stirn geschoben und die Arme über der geöffneten Lederjacke verschränkt. Dabei blickte er knapp am Bildrahmen vorbei, wo es anscheinend Spannenderes zu sehen gab als den Fotografen.

Im Fragebogen hatte er nur zwei Fragen beantwortet.

»Wo siehst du dich in zehn, zwanzig, dreißig Jahren?« *Das wüsstet ihr gern, was?*

»Was muss dringend geändert werden?« *Dass es keinen Nobelpreis für Mathematik gibt.*

Darunter war Platz für anonyme Kommentare der Mitschüler. Ich las vorsichtig den ersten:

*Genie.*

Dann den zweiten: *arrogant.*

Gefolgt von: *arrogantes Genie, geniales* XXX *(zensiert von der Redaktion)*.

*Schönling.*

*Deine Groupies werden weinen, insbesondere die im Lehrkörper.*

*Wer näht deine Hemden? Gib mir seine Nummer.*

*James Dean der Mathematik.*

Jetzt brauchte ich nur noch Moni.

Ich untersuchte jede Seite im Jahrbuch und fand sie nicht.

Ich durchblätterte die Abizeitung des nachfolgenden Jahrgangs: Fehlanzeige.

Noch ein Jahr später: nichts.

Moni und Daniel Johannsen waren gleich alt. Es war ausgeschlossen, dass sie noch viel später die Schule beendet hatte.

Ich ließ die Arme sinken. Ich war bereits in der Sackgasse. Vor einem Jahr noch wäre ich über solche intimen Einblicke in Daniel Johannsens Werdegang aus dem Häuschen gewesen. Doch inzwischen galt mein Forschungsinteresse einem anderen Gegenstand.

Weil mir nichts Besseres einfiel, nahm ich den Deckel von einer Kiste mit den Schülerzeitungen, zog auf gut Glück eine Ausgabe heraus und versank in der überraschend spannenden Lektüre. Neben irrelevanten Artikeln über Klassenreisen nach Rom und London waren dort auch aufregende Beiträge enthalten: Arbeitsberichte aus der Newton- und Euler-AG, von den Mitgliedern der Schulgemeinschaft gewonnene Schachpartien und besonders spektakuläre Ergebnisse des sogenannten Beweislabors. Ich spürte einen Anflug von Neid. Hier stand kein Wort über Französisch, Kunst oder Sport: Entweder die Fächer existierten an dieser Schule nicht, oder sie wurden so totgeschwiegen, wie sie es verdienten. Ich blätterte bis zu den letzten Seiten vor, wo Ranglisten und Fotos von Gewinnern von Mathe-Olympiaden abgedruckt waren. Ich las alle Namen durch. Keiner davon sagte mir etwas. Es war auch der falsche Jahrgang, Daniel Johannsen hatte die Schule bereits verlassen.

Ich zog weitere Hefte aus den Kisten, immer wieder bei den Reportagen verweilend, bevor ich die Namen der Preisträger abscannte. Die Ausgaben waren durcheinander. Ich begann, sie chronologisch zu ordnen. Ein halbes Jahrhundert Schülerzeitungen, Erscheinungsturnus alle zwei Monate, sollten keine große Herausforderung sein. Jedes Mal warf ich dabei einen Blick auf die letzten Seiten, bis mein Herz mich mit einer Extrasystole in Panik versetzte. In der vierzehnten Ausgabe, die ich in die Hand genommen hatte, stand Monis Name.

*1. Platz Johannsen/Kosinsky.*

Es war unmöglich.

Ich beugte mich über das grobkörnige Schwarzweißfoto, das die Bestplatzierten der Stadtmeisterschaft Mathematik in einer Reihe zeigte. Die Unterschrift nannte keine Namen, aber auf dem Bild waren nur Jungen zu erahnen.

Ich legte die Zeitung beiseite, atmete kurz durch, bis der Herzrhythmus sich wieder normalisierte. Dann suchte ich weiter. Jetzt, da ich den Stapel der Ausgaben entlang der Zeitachse ausgerichtet hatte, häuften sich die Treffer. Johannsen, noch mal Johannsen mit Kosinsky, auch mal Kosinsky allein.

Aber es war nicht Moni Kosinsky. Der Vorname der Kosinsky-Person, die mit Johannsen immer wieder ein Gewinnerpaar gebildet hatte, war beim dritten Fundstück mit J. abgekürzt worden, bis mir endlich eine weitere Ausgabe enthüllte, dass der Buchstabe für Jan stand.

Ich hatte nicht gemerkt, wie viel Zeit vergangen war. Ich ermüdete rasch, wenn ich mit Menschen arbeiten musste. Wenn ich mit Texten oder Zahlen allein war, spürte ich keine Erschöpfung und konnte endlos weitermachen. Draußen war es bereits dunkel, und ich stürmte aus der Bibliothek in der Hoffnung, dass Frau Finke noch da war. Die Bewegungsmelder kamen nicht hinterher, sodass das Flurlicht erst in meinem Rücken anging.

Die Tür des Sekretariats war bereits abgeschlossen. Im Eingangsbereich stand ein bulliger glatzköpfiger Mann und unterhielt sich mit der Putzfrau darüber, was die Schüler für Schweine waren.

»Was machst du noch hier?« Sein Habitus entlarvte ihn sofort als Hausmeister, sodass Vorstellungsrunden nicht nötig waren. Ich murmelte etwas über Bibliothek und Recherche, aber sein Gebrüll machte es schwer, zu ihm durchzudringen.

»Wieder bei den Robotern eingepennt? Hast du gar kein Zuhause?«

»Bei welchen Robotern?«, fragte ich interessiert.

»Willst du mich verarschen?«

»Nein«, sagte ich schnell.

»Zisch ab, bevor deine Eltern wieder eine Vermisstenanzeige bei der Polizei aufgeben! Die Kollegen haben Besseres zu tun!«

Ich eilte zur Eingangstür.

»Nichts als Fachidioten in der 10b, ich krieg noch einen Herzinfarkt.«

Draußen stellte ich fest, dass ich meine Bauchtasche mit den ganzen Wertsachen in der Bibliothek liegen gelassen hatte. Die Schultür ließ sich von außen nicht mehr öffnen. Ich traute mich nicht zu klopfen und lief zwei Stunden zu Fuß nach Hause, weil ich durch diese unglückliche Fügung weder meine Monatskarte noch Geld noch Ausweise dabeihatte. Die Kontrolleure, die mich beim Schwarzfahren erwischen würden, hätten nicht einmal meine Personalien aufnehmen können.

Ich hatte jedenfalls gedacht, dass ich unterwegs nach Hause war. Aber mein Orientierungssinn ließ mich im Stich, sodass ich plötzlich vor Monis Haus stand. Ich wusste nicht, wie es passiert war, eventuell hatte ich zwischendurch die euklidische Geometrie verlassen und war nicht darauf vorbereitet gewesen, dass sich zwei parallele Geraden durchaus auch einmal schneiden konnten.

Auf meiner Spielplatzbank vor Monis Haus saß jemand, und es war vermutlich nicht ich. Dennoch konnte ich mir nicht sicher sein. Ich kam näher und begriff sofort, dass ich in dieser Nacht nicht die erhoffte Ruhe finden würde.

Auf der Bank saß Moni, und Tränen rannen ihr über die Wangen und tropften auf ihre Hausschuhe. Aus der geballten Faust guckte der Zipfel eines Taschentuchs hervor. Die nächtliche Stille wurde von gelegentlichen Schluchzern unterbrochen.

Ich wühlte in meinen Hosentaschen, fand einen Traubenzucker und hielt ihn Moni hin.

Sie sah auf. Ich zuckte zusammen. Wir schrien gleichzeitig. Der Traubenzucker fiel in den tränenbesprenkelten Dreck.

»Was machst du hier?«, fragte Moni, als unsere Schreckensrufe verstummt waren.

»Bist du immer noch kaputt?«, fragte ich.

»Kann man wohl sagen.« Sie schniefte. »Pit zieht aus.«

»Gott sei Dank«, sagte ich. »Wie hast du das geschafft?«

Moni drückte das Taschentuch an ihr Gesicht und schüttelte den Kopf. Es war falsch gewesen, mich auf ihre Selbstheilungskräfte zu verlassen. Ohne mich ging es ihr offensichtlich noch schlechter als mit mir.

»Bist du jetzt traurig?«, fragte ich.

Sie nahm das Taschentuch weg und schaute mich mit einem Blick an, der mir Gänsehaut machte.

»Okay, sag es mir nicht«, murmelte ich. »Die Sache ist, ich habe ein Problem. Ich habe mich irgendwie verlaufen. Können wir zu dir hochgehen?«

»Hast du nicht zugehört? Das geht nicht. Wir hatten gerade einen schlimmen Streit. Pit packt seine Koffer.«

»Er hat aber auch echt viel Zeug«, sagte ich. »Und es ist spät, und die Abende sind immer noch kühl.«

»Vergiss es. Ich gehe da jetzt nicht hoch, Kleiner. Ich kann das nicht.«

Ich seufzte. »Wo gibt es hier einen Taxistand?«

Ich stellte keine Fragen. Ich hatte Angst, noch mehr Tränen zu riskieren. Ich konnte nicht absehen, wie Moni reagieren würde, wenn ich sie fragte, ob Pit jetzt zu einer seiner Mausis weiterzog. Oder ob sie einen Jan Kosinsky kannte. Oder was ich tun musste, damit sie mir verzieh, auch wenn ich immer noch nicht verstand, was genau. Ich hatte in der Zwischenzeit die Frage *Wie entschuldigt man sich bei einer Frau?* in unterschiedlichen Variationen gegoogelt und unter anderem dreihundertdreiunddreißig rote Rosen, einen Traumurlaub in der Karibik und ein selbst verfasstes Gedicht empfohlen bekommen.

In meiner Verzweiflung hatte ich sogar Tom angerufen, einen unserer wenigen gemeinsamen Bekannten. Ich hatte ihn schon eine Weile nicht mehr gesehen. Er klang beschäftigt und hatte Schwierigkeiten, mein Anliegen zu kapieren. Am Ende empfahl er, im Zweifelsfall einfach so wenig wie möglich zu sagen. »Moni ist sowieso nicht nachtragend. Sie war der einzige Lichtblick in diesen höllischen Wochen. Sag ihr liebe Grüße von mir und noch mal danke für alles.«

»Ich dachte, ich soll lieber nichts sagen …«, begann ich, aber Tom hatte bereits aufgelegt.

Während der Taxifahrt schwieg ich also vorsichtshalber, und auch Moni war ganz gegen ihre Gewohnheit still. Da ich kein Geld dabeihatte, musste ich sie allerdings am Ende darum bitten, die Fahrt zu bezahlen. Dann öffnete ich ihr die Autotür, weil sie von allein keine Anstalten machte auszusteigen.

»Wo sind wir?«, fragte Moni, nachdem sie endlich auf den Bürgersteig getreten war.

Ich seufzte schon wieder. »Für eine Mathematikerin bist du schwer von Begriff. Ich wohne hier. Ich habe ein Gästezimmer. Du musst nicht mit mir reden, wenn du dich immer noch über mich ärgerst.«

Der Bewegungsmelder ließ den Garten erleuchten, als wir zusammen zur Eingangstür gingen. Frau Horns Vorhang fuhr zur Seite.

»Ich habe Damenbesuch mit Übernachtung«, sagte ich laut zu Frau Horns verzerrtem Gesicht im Fenster. »Moni, kommst du endlich?«

Moni stand im Garten und schaute zum Himmel hoch.

»Was ist jetzt?«, fragte ich ungeduldig. »Es ist spät. Soll ich vor dir auf die Knie gehen?«

»Was?« Sie zuckte zusammen und sah mich an. »Wie hast du mich gerade genannt?«

»Bei deinem Vornamen. Moni.«

»Vorher.«

»Eine Dame? Entschuldigung.«

»Noch vorher.«

Ich spulte weiter zurück. »Eine Mathematikerin? Warum heulst du schon wieder?«

Ich wusste, dass es falsch war, sie in diesem Zustand überhaupt anzusprechen. Sie war unberechenbar emotional. Statt einer klaren Antwort fiel sie mir um den Hals.

»Du hast einen ganz schönen Schlamassel hinterlassen«, sagte die Schulsekretärin Frau Finke. Sie war schon vor sieben Uhr morgens da gewesen und ziemlich erschrocken, als sie mich vor der Eingangstür sitzend entdeckt hatte. Ich hatte, einem irrationalen Impuls folgend, einen Strauß Tulpen mitgebracht, den ich in einer Unterführung erworben hatte. Dieser Kauf beeinflusste die Gesprächsdynamik überraschend positiv, als handelte es sich nicht um ein Bündel todgeweihter Pflanzen, die in kürzester Zeit nichts als stinkendes Wasser und Pollen auf der Fensterbank hinterlassen würden.

Ich wartete auf dem Besucherstuhl, bis eine Vase gefunden und der Kaffee aufgesetzt worden war. Dann griff Frau Finke in die Schublade.

»Hier.« Sie schob mir meine Bauchtasche zu. Ich schnallte sie mir um und rührte mich nicht vom Fleck.

»Was denn jetzt noch?«, fragte sie.

»Wie alt sind Sie eigentlich?«, fragte ich.

Sie lächelte. »Willst du schätzen?«

»Lieber nicht«, sagte ich. »Die Leute sind dann sofort beleidigt.«

»Vierundsechzig.«

»Eine schöne Quadratzahl«, sagte ich. »Kennen Sie jemanden, der Daniel Johannsen als Schüler erlebt haben könnte?«

»Wen willst du haben?«

»Einen früheren Lehrer, Mitschüler ... Egal.«

»Nimmst du auch mich?«

»Oh«, sagte ich. »Sie kannten ihn?«

»Er saß ab und zu auf diesem Stuhl hier.«

Ich stand auf, betrachtete die zerkratzte Sitzfläche und setzte mich wieder hin.

»Ist vielleicht doch nicht derselbe Stuhl«, sagte Frau Finke. »Ich hab hier ganz jung angefangen. Hab länger gehalten als manche Möbel. Werde aber nächstes Jahr auch ausgetauscht.«

Ich konnte nicht aufhören zu lächeln, weil ich mein Glück kaum fassen konnte.

»Was willst du wissen?«

Ich öffnete den Mund und stellte fest, dass ich nichts über Daniel Johannsen wissen wollte. Ich wusste schon zu viel.

»Es geht um Kosinsky«, sagte ich.

»Kosinsky wer?«, fragte Frau Finke. »Jan oder Monika?«

»Sie kannten Moni?«

»Jeder kannte sie«, sagte Frau Finke. »Das arme Mädchen, dumm wie Brot.«

Ich saß in meinem Gästezimmer auf einem Stuhl und schaute auf Moni hinunter. Sie schlief, als würde sie an einer Schlafmeisterschaft teilnehmen. Ihre weißgelben, leicht gewellten Haare bildeten einen Kranz um den Kopf, die Wimpern zitterten im Schlaf. Sie schien zu träumen.

Ich hatte an diesem Morgen schon so viel geschafft, und sie schlief immer noch, als wäre sie zuvor eine Woche wach gewesen.

Ich lehnte mich zurück und schloss ebenfalls die Augen, rutschte auf der Zeitachse einige Stunden zurück.

Ich hatte die Bibliothek an diesem frühen Morgen noch einmal betreten dürfen. Manchmal hatte ich eben einen berauschenden Einfluss auf ältere Damen. Diesmal hatte ich die richtige Abizeitung sofort in der Hand, es war der Jahrgang drei Jahre nach Johannsen. Auf dem unter Monis Namen abgedruckten Foto war ein Mädchen mit hellen Augen zu sehen. Die damals noch schwarzen Haare waren zu Zöpfen geflochten. Obwohl sie sehr ernst dreinschaute, fiel gar nicht auf, dass sie deutlich älter als die anderen Schüler dieses Jahrgangs sein musste.

»Monika war immer an Jans Seite«, hatte Frau Finke erzählt. »Sonst hätte er gar nicht auf der Schule bleiben können. Sie begleitete ihn zu all seinen Wettbewerben. Der Vater hat die ganze Zeit gearbeitet, und damals wussten wir auch nichts von sogenannten besonderen Bedürfnissen. Entweder es passte irgendwie, oder die Verrückten mussten gehen. Bitte zitier mich nicht, ja? Aber niemand wollte, dass Jan abging, weil er einer der genialsten Schüler war, die jemals die Schule besucht hatten. Wenn die Lehrer nicht gerade seinetwegen verzweifelt waren, waren sie hingerissen. Einer hatte einmal gesagt, die Stunden mit Jan glichen einem religiösen Erlebnis. So ein tragisches Schicksal.«

»Jan war einer der genialsten?«, hatte ich erstaunt nachgefragt. »Aber was ist mit Johannsen?«

Frau Finke hatte gelacht. »Johannsen war nicht genial. Er war schlau.«

Monis Fragebogen, den ich endlich in der richtigen Abizeitung gefunden hatte, war als Foto in meinem Handy abgespeichert.

»Was ist dein größter Wunsch?« *Dass es meinem Bruder besser geht.*

»Was machst du in zehn, zwanzig, dreißig Jahren?« *Ich studiere Mathematik.*

Und die Kommentare darunter:

*Armes Kind.*

*Geborene Babysitterin.*

*Mach was aus deinem Leben, Mädchen. Kämpf dich frei und mach eine Ausbildung in einem Büro oder so was.*

*Wird vom Fleck weg geheiratet bei so viel Familiensinn.*

*Osteuropa-Mafia.*

Ich hatte die Abizeitung zugeschlagen. Ich hätte gern ein Foto von Jan gesehen, aber unter seinem Namen war nur ein leeres Rechteck gewesen. Wahrscheinlich hatte er, ähnlich wie ich, keine Lust gehabt, sich für die Abizeitung fotografieren zu lassen.

Monis Aufschrei erschreckte mich so, dass ich fast vom Stuhl fiel. Ich war wieder in meiner Villa, und die Sonne schien durchs Fenster. »Kleiner, du kannst dich nicht einfach an mich heranschleichen, wenn ich schlafe!«

»Die Schlafenszeit ist längst vorbei«, sagte ich.

Moni blinzelte.

»Ich habe dir Frühstück gemacht.« Ich sprang vom Stuhl und brachte ein Tablett mit einem Thermobecher Tee, zwei Stück Zwieback, einem Klecks Marmelade und einer Vitamintablette.

»Kleiner«, flüsterte Moni. »Bin ich im Himmel?«

»Gewöhn dir einen richtigen Rhythmus an. In zwei Tagen geht das Sommersemester los.«

## SCHNEE VON GESTERN

Das Sommersemester fühlte sich leichter an. Auch bei ständig geöffneten Fenstern fror ich nicht mehr so schnell. Ich trug bald zwei Drittel, später sogar nur die Hälfte meiner üblichen Schichten. Frühlingsluft und Vogelgezwitscher drangen in jeden Raum wie eine Horde Hooligans. Der Himmel war nicht mehr grau, sondern zeigte gelegentliche Blautöne, und angesichts der sprießenden Blätter spürte ich die einsetzende Fotosynthese fast auf der eigenen Haut.

»Da soll noch jemand sagen, dass ich nicht empathisch bin«, sagte ich zu Justin, der vorbeigekommen war, um zu fragen, warum ich Großmütter anderer Leute klaute. Ich begann mich zu verteidigen und darauf hinzuweisen, dass Monis Anwesenheit in meiner Villa absolut freiwillig war, hörte aber abrupt auf, weil Justin nicht gleichzeitig lachen und zuhören konnte.

»Entspann dich, Einstein«, sagte er. »Ich glaube, sie ist bei dir gut aufgehoben.«

»Dann bist du gar nicht mehr sauer auf mich?«

Justin schaute mich an. »Extrem sauer.«

»Das will ich ändern«, sagte ich.

»Dann mach mal«, sagte Justin.

In den Mathe-Vorlesungen saßen jetzt viel weniger Zuhörer, und auch diese waren wie verwandelt. Der Glanz der anfänglichen Begeisterung war aus ihren Augen verschwunden. Sie wirkten um Jahre gealtert.

Ein Kontrollblick in den Spiegel ergab, dass dieser Effekt sich bei mir nicht beobachten ließ. Ich sah gut aus wie immer.

Ich saß in der zweiten Reihe, Moni neben mir, leise und schüchtern, als könnte sie es selbst nicht fassen. Vereinzelte Teilnehmer grüßten sie übertrieben laut und gratulierten ihr zur Klausur.

Moni sah mich an. »Was war eigentlich mit meiner Klausur?«

»Schnee von gestern«, sagte ich.

Wir hatten gerade wichtigere Themen. Monis Verhalten erinnerte mich an das meiner Mutter, wenn eines ihrer Pferde eingeschläfert werden musste. Doch während meine Mutter sich in Krisenzeiten auf Medikation und ein funktionierendes Umfeld verlassen konnte, hatte Moni niemanden außer mir, der auf sie aufpasste.

Mir war klar, dass die Umstellung Zeit brauchte. Selbst Haustiere benötigten Eingewöhnungszeit. Moni war der gewohnten Umgebung entrissen worden, dem chaotischen Umfeld, Pits omnipräsentem Körperhaar-Exhibitionismus, der verwahrlosten Elendsarchitektur, der Schlager-Hitparade als Geräuschkulisse. Ich rechnete jede Nacht damit, von einer desorientierten, weinenden Moni geweckt zu werden, hielt zu diesem Zweck eine Box mit Taschentüchern bereit, eine Video-Playlist mit den süßesten Welpen, mehrere Links zu Websites mit Witzen und sogar die ernährungsphysiologisch umstrittene Geheimwaffe in Form von Trüffeln mit Alkoholfüllung.

»Kleiner, das ist furchtbar nett von dir.« Moni wehrte sich gegen die Domestizierung, indem sie immer wieder Ausbruchsabsichten demonstrierte. »Aber ich kann nicht einfach bei dir wohnen bleiben. Deine Eltern werden sich zu Recht sehr wundern.«

»Meine Eltern wundern sich über gar nichts mehr«, entgegnete ich. »Sie werden froh sein, Frau Horn loszuwerden, wenn du an ihrer Stelle einziehst.«

»Ich könnte mir diese Gegend nie im Leben leisten.«

»Das kommt darauf an«, erwiderte ich. Ich hatte meine Ideen dazu, wie man manche komplizierten zwischenmenschlichen Situationen löste. Ich war zwölf, als ich herausgefunden hatte, dass einige Personen, die ich für meine besten Freunde hielt, in Wirklichkeit von meinen Eltern bezahlt wurden. Damian zum Beispiel, der sich regelmäßig zu mir auf meinen Spielteppich gekniet hatte. Ich hatte bis dahin nie infrage gestellt, warum ein Oberstufenschüler sich in seiner Freizeit mit mir beschäftigte.

Ich wollte nichts überstürzen. Moni blieb ein paar Tage und dann noch ein paar, weil ich sie darum gebeten hatte und weil sie nicht Nein sagen konnte. Dabei war es für mich alles andere als einfach. Es kam schon mal vor, dass sie Pizza machte und erst überzeugt werden musste, den Käse wieder herunterzukratzen, die Pilze und Sardellen zu entfernen und die Tomatensauce gleichmäßiger zu verstreichen. Dann saßen wir nebeneinander auf der Couch und schauten Videos darüber, wie Menschen Hunde geschenkt bekamen, und es erzielte den Effekt, den ich keineswegs beabsichtigt hatte: Statt sich empathisch mit den Beschenkten zu freuen, flossen auch bei Moni Sturzbäche von Tränen.

Zum Glück hatte ich weitere Trost-Tools parat. Ich legte Moni Bücher und Aufgabenblätter hin und ließ sie damit allein, um meiner eigenen Arbeit nachzugehen. Wenn ich zurückkam und Moni immer noch an derselben Stelle saß, den Bleistift heruntergekaut, einen Stapel Papier bekritzelt, dann wusste ich, dass sie auf dem Weg der Besserung war. Sie konnte nicht gleichzeitig der Schönheit der Beweise nachspüren und an Pit denken.

Nach und nach schlichen sich weitere Gegenstände in meinen Lebensraum: rätselhafte Kochutensilien in die Küche, Tuben und Döschen ins Badezimmer. Mir graute es davor, dass Moni auch ihre Garderobe transferieren könnte, doch die gefürchtete Fülle an Leopardenmustern und Pink blieb aus, als hätte sich Moni wie eine Schlange gehäutet. Sie sah nicht mehr aus wie eine Frau, die Minderjährigen alkoholische Getränke und Zigaretten verkaufte. Sie sah aus wie jemand, bei dem man einen Pass beantragen konnte.

Ich musste den Tatsachen ins Auge sehen: Ich befand mich in einer studentischen Wohngemeinschaft, einer Lebensform, die ich bislang eher urbanen Legenden als der alltäglichen Realität zugeschrieben hatte. Auf dem Küchenschrank klebten Zeichnungen von Quentin und leider auch die von Keanu. Im Wohnzimmerregal standen Monis Bücher, die sie mit Justin zusammen aus der Wohnung geholt hatte. Es waren die Bände, die ich ihr geschenkt hatte, neben den zerfledderten Ausgaben, die sie gebraucht gekauft hatte. Dazwischen befand sich ein noch älteres antiquarisches Buch, *Regular Polytopes* von Coxeter, das nicht zu den anderen passte. Ich blätterte es durch.

»Das ist von Jan«, sagte Moni, als sie es in meinen Händen sah.

Ich merkte, wie ich zu zittern begann. Ich wusste nicht, was ich jetzt tun sollte. Ich hatte Angst, dass eine Zuckung in meinem Gesicht mich verraten und Moni wieder sauer werden würde. Nicht so, wie sie wegen meiner angeblichen Marotten mehrmals täglich sauer wurde, sondern auf eine Art, die wieder alles zerstören könnte, was ich mühsam aufgebaut hatte.

Ich stellte das Buch vorsichtig zurück ins Regal und sah Moni an. Ich spürte, wie ein Muskel in der Nähe meines Kiefergelenkes zu zucken begann.

Meinen Mund verließen undefinierbare Töne.

»Jan ist mein Bruder«, sagte Moni.

Ich versuchte, mich zu räuspern, um eine Frage zu stellen, die passend wirken würde. Zum Beispiel welche Marmeladensorte Jan bevorzugte.

»Jan ist tot«, sagte Moni, und ich verschluckte mich an meinen Überlegungen.

»Oder auch nicht«, ergänzte sie. »Er gilt seit vielen Jahren als vermisst.«

Ich fand meine Stimme wieder. »Könnte er nicht einfach weggegangen sein?«

Moni zuckte mit den Schultern. »Er hat als Kind gesagt, er würde am liebsten Schafe hüten. Natürlich ist das eine schönere Vorstellung als … Was ist mit dir los? Zu viel Information?«

»Nein.« Ich merkte, dass ich den Raum dringend verlassen musste, bevor die Wände auf mich zurasten und mich erdrückten. »Zu wenig.«

## HAPPY BIRTHDAY I

Moni und ich saßen gerade am Küchentisch über einer Partie *Seven Wonders*, als es draußen hupte und ich einen missmutigen Gedanken an verzogene Autofahrer verschwendete. Dann erkannte ich den Ton.

»Oh nein«, sagte ich.

»War doch kein so schlechter Zug«, sagte Moni.

»Ich kriege Besuch.«

»Ernsthaft? Muss ich mich jetzt im Schrank verstecken?« Moni sprang auf, griff nach einem Lappen und begann in einer absurden Übersprungshandlung, die sowieso glänzenden Oberflächen abzustauben.

»Setz dich wieder hin, es sind nur meine Eltern.« Dabei brauchte ich dringend Ruhe, um über den nächsten Zug nachzudenken.

»Warum singen sie jetzt?« Moni lauschte angestrengt. »Sag bloß …«

Ich musste gar nichts mehr sagen. Die Tür wurde aufgerissen. Mein Vater trug eine Torte herein, meine Mutter einen mit Helium gefüllten Luftballon.

Moni sah mich ratlos an. »Warum hast du nichts gesagt?«

»Weil ich es vergessen hatte!« Ich musste schreien, um den Gesang zu übertönen.

»Macht er jedes Jahr.« Meine Mutter lächelte Moni an. »Wie schön, Sie wiederzusehen.«

»Aber du vergisst doch nie etwas«, sagte Moni fassungslos.

»Außer Geburtstage«, sagte ich. »Und zwar alle, also mach dir keine Hoffnungen.«

»Dürfen wir dich umarmen?«, fragte mein Vater.

»Muss ich ausgerechnet an meinem Geburtstag leiden?«

»Klar«, sagte Moni. Sie fragte gar nicht erst. Sie schloss mich in ihre Arme, fest, aber so kurz, dass ich nicht genug Zeit hatte, um mich über Luftnot zu beklagen. »Hoch sollst du leben, Kleiner. Das Geschenk wird nachgereicht.«

Ich befürchtete, dass meine Eltern ihrem schlechten Beispiel folgen würden. Aber sie blieben auf Abstand und sahen zu, wie Moni trotz meines Protests unsere Spielkarten beiseitewischte und mich am Ärmel festhielt, als ich in mein Zimmer gehen wollte. »Deck den Tisch, Kleiner.«

»Aber es ist doch mein Geburtstag«, protestierte ich.

»Geburtstage sind immer schwer«, sagte meine Mutter zu Moni und überreichte mir einen riesigen Lego-Karton. »Ich hatte auch dieses Jahr keine bessere Idee.«

Ich nahm die Kiste und legte sie auf den Tisch neben den Kuchen. Die Worte meiner Mutter hatten von innen an mir gekratzt. Ich wollte nicht, dass sie mit ihrer Warnung, dass Geburtstage schwer seien, recht hatte. Ich mochte es nicht mehr, dass sie davon ausging, mein Verhalten voraussagen zu können. Dabei hatte ich bislang genau diese Kompetenz an ihr geschätzt.

Vielleicht war es der erste Geburtstag, an dem ich merkte, dass ich älter wurde.

»Geburtstage sind nicht schlimmer als andere Tage«, sagte ich. »Und Moni wohnt jetzt hier.«

»Ich weiß.« Meine Mutter nahm eine Kaffeetasse von Moni entgegen. »Frau Horn hat Bescheid gesagt.«

»Wie unangenehm, dass Sie es auf diesem Weg erfahren mussten.« Moni wurde rot wie eine Tomate. »Es ist natürlich keine Dauerlösung. Ich werde noch heute abreisen.«

»Du wohnst doch hier«, sagte ich.

»Oscar, du weißt, dass andere Menschen manchmal eigene Wünsche haben?«

Wieder versetzten mir die Worte meiner Mutter einen Stich.

»Ich halte sie doch nicht als Geisel«, sagte ich.

Monis Stimme klang mit einem Mal, als wäre sie erkältet. »Oscar war in einer schweren Zeit für mich da. Ich weiß nicht, wie ich mich jemals revanchieren soll.«

»Indem du hierbleibst«, sagte ich.

»Streiten Sie bitte nicht mit ihm, bevor er noch schlechte Laune kriegt.« Das war mein Vater vom anderen Ende des Tisches.

Moni und meine Mutter sahen ihn an. Mein Vater räusperte sich. »Wollen wir was spielen?«

Ich dachte nach.

Es war immer zäh, mit meinen Eltern Brettspiele zu spielen. Mein Vater behauptete jedes Mal, dass er die Regeln nicht verstand. Meine Mutter las immer wieder in der Anleitung und machte die dümmsten Züge.

»Danke, nein.« Ich zog mich mit dem Karton in eine

Ecke zurück, setzte die Kopfhörer auf und begann, meinen neuen Bausatz zu sortieren. Es war, im Grunde, das traditionelle Geburtstagsprogramm, wie in all den Jahren davor. Ab und zu erhaschte ich aus dem Augenwinkel, wie meine Mutter und Moni sich ansahen und wie ihre Münder sich bewegten. Ein Rätsel, was sie so lange zu bereden hatten.

Mir fiel auf, dass ich Monis Fliederduft schon eine Weile nicht mehr gerochen hatte. Ich fragte mich, ob sie vielleicht ohne Absprache das Parfum gewechselt hatte. Dann wurde mir klar: Der Duft war ein so fester Bestandteil meiner Welt geworden, dass ich ihn nicht mehr wahrnahm.

Wenige Tage später zog Frau Horn, ohne sich zu verabschieden, aus der Einliegerwohnung im Erdgeschoss aus.

»Jetzt hast du keine Wahl mehr«, sagte ich zu Moni. »Ich wäre sonst ganz auf mich allein gestellt, und du weißt, wie so etwas ausgehen kann.«

Moni fragte mich, ob mir bewusst sei, dass sie Familie habe.

Ich nickte bedauernd.

»Ich könnte manchmal Besuch bekommen, wenn das hier eine feste Sache werden sollte«, sagte Moni.

»Für wen hältst du mich?«, fragte ich zurück. »Das ist eine studentische Lern-Wohn-Einheit und kein Gefängnis. Selbstverständlich darfst du außerhalb der Ruhezeiten Besuch haben, nachdem du dein Lernpensum erledigt hast. Da du ein Familienmensch bist, wäre das zugleich eine zusätzliche Motivation für dich, in deinem Studium nicht weiter zu trödeln. Für die volle Punktzahl in den Übungsblättern würde ich mir sogar einen zusätzlichen Bonus überlegen. Vorschläge?«

Moni senkte den Kopf. Vielleicht wurde sie jetzt doch von Gefühlen überwältigt. Als sie mich ansah, hatte sie sich wieder im Griff.

»Ich werde mir nicht von dir vorschreiben lassen, wann und von wie vielen Menschen ich besucht werde«, sagte sie. »Und auch nicht, von wem genau.«

»Kommt Daniel Johannsen eigentlich auch vorbei?«, fragte ich.

Moni riss die Augen auf. »Wie kommst du auf so etwas?«

»Dann herzlich willkommen in der Probezeit«, sagte ich. »An kleine Kinder habe ich mich ja bereits erzwungenermaßen gewöhnt. Ich möchte nicht als unflexibel hingestellt werden. Neben deinem Teller liegen übrigens zwei Krümel.«

Moni bekam viel weniger Besuch, als ich befürchtet hatte. Püppi und Ronny machten sich rar. Sie tauchten gelegentlich auf, um ein Kind abzuholen oder abzugeben, standen dann am gusseisernen Tor und sahen sich um, als wären sie plötzlich auf einen fremden Planeten gebeamt worden. Angebotene Sitzgelegenheiten lehnten sie ab. Wenn ich sie ansprach, zuckten sie zusammen und sagten zu allem Ja. Weil diese Konversationen keiner der involvierten Seiten Freude machten, ließ ich sie bald sein.

Justin kam häufiger, manchmal direkt nach der Schule, um seine beiden Brüder abzuholen, die bis dahin in der Vorlesung zwischen Moni und mir gesessen hatten. Die Ikea-Tüte mit Ersatzklamotten und Sandspielzeug wanderte an seine Schulter. Manchmal gingen wir alle zusammen in die Mensa und manchmal auch zu uns, wo ich Justins Hausaufgaben erledigte. Auch wenn er lächelte, spürte ich seine Wut wie eine unsichtbare Flamme, an der ich mich zu verbrennen drohte.

»Soll ich dir die Lösungen erklären?«, fragte ich, wenn ich fertig war.

»Nein.« Justin tat so, als wären seine Hausaufgaben mein Problem. Was durchaus der Wahrheit entsprach, denn er selbst interessierte sich kein bisschen dafür.

»Warum nicht?«, insistierte ich, durch diesen Umstand notorisch gereizt.

»Bin zu doof dazu.« Er lachte mir ins Gesicht.

Ich lachte mit, in der Hoffnung, dass es ihn weniger wütend machte.

Keanu fing plötzlich an zu reden, und ich ließ es mir nicht nehmen, ihn bei seinem Satzbau-Training zu unterstützen. Davon abgesehen, war er erstaunlich unauffällig. Wenn er im Garten herumlief, unter die Hecken robbte oder sich hinter dem Geräteschuppen versteckte, konnte man ihn glatt vergessen. Was Moni auch immer wieder tat, versunken in eines der Bücher, die sie meinem Regal entnommen hatte. Regelmäßig musste ich sie an ihre Aufsichtspflicht gegenüber den Enkeln erinnern. Die neue Verantwortung nahm mich mit, und Monis Nachlässigkeit versetzte mich in einen Zustand permanenter Wachsamkeit.

»Passiert doch nichts«, sagte dagegen Moni, wenn sie hochschreckte und sich vergewisserte, dass Keanu immer noch bei bester Gesundheit war.

Es war tatsächlich einfacher, Kinder in einem Garten großzuziehen als im Haus. Vielleicht waren sie in einem bestimmten Alter einfach nicht für die Haltung in Innenräumen gedacht. Ich unterrichtete Moni über meine

Erkenntnisse und hatte zwischendurch das Gefühl, sie würde nicht richtig zuhören, lieber in ihr Buch starren oder über irgendetwas nachdenken.

Wenn sie Stunde für Stunde nur lernte, zupfte ich sie am Ärmel.

»Ist dir langweilig?«, fragte sie dann.

»Nur langweiligen Kindern ist langweilig«, sagte ich.

»Wollen wir was spielen?«

»Ja!«, rief ich. Meistens spielten wir komplizierte Ableitungen auf Zeit, mit trigonometrischen Funktionen in mehrstufigen Potenzen. Ich gewann immer und wollte mehr. Moni musste lernen, mich auch in diesen Phasen an meine Schlafenszeit zu erinnern, die wichtiger war als ihr persönlicher Spaß.

Ich rannte immer als Erster ins Bad. Wenn ich ein Haar auf dem Boden oder Puderspuren am Waschbecken entdeckte, machte ich ein Foto, bearbeitete es mit maximalem Kontrast und markierte es mit Pfeilen, schickte es an Moni und zog ihr in einer eigens dafür eingerichteten App ein paar Bonuspunkte ab.

## BESESSEN

Es stellte sich heraus, dass Moni die vorlesungsfreie Zeit zwischen dem ersten und dem zweiten Semester nicht nur für Dinge wie Haushalt oder Schönheitspflege verplempert hatte. Sie hatte es tatsächlich geschafft, zumindest einige ihrer Wissenslücken zu schließen. Dennoch blieb ihr Basiswissen löchrig, was sie weiterhin mit den meisten unserer Kommilitonen gemeinsam hatte. Es war, als würde sie im zweiten Stock die Tapete ankleben, während im Fundament eine tragende Wand fehlte. Doch im Gegensatz zu unseren Kommilitonen wollte Moni sich nicht damit abfinden.

Sie legte an Tempo zu. Selbst mir wurde schwindlig, wenn Moni gigantische Mathe-Portionen verschlang, ohne sich dabei auch nur einmal zu verschlucken.

Wie andere mit einer Jogging-Runde, begann Moni jeden Tag mit einem der schwierigeren Beweise aus ihrem Analysis-Repetitorium; wenn sie den Lösungsweg nicht auf Anhieb verstand, lernte sie die einzelnen Schritte auswendig und begriff manchmal erst Tage später, was sie sich da in die Synapsen gehämmert hatte. Den Moment der Erkenntnis erhaschte ich an dem plötzlich versonnenen Blick ihrer erweiterten Pupillen, während ich gerade über ungewöhnlich niedrige Frühlingstemperaturen oder die schlechte $CO_2$-Bilanz der Mensa referierte.

Wenn wir zusammen lernten, wollte Moni keine Pausen mehr. Erst wenn sie anfing, wirres Zeug zu reden, bestand ich darauf, dass sie sich einen Kaffee und ein paar Atemzüge frische Luft holte.

Mir wurde mit einem Mal klar, warum niemand Streber mochte. Unklar war mir, was mit Monis Gehirn passiert war. Irgendjemand hatte es neu formatiert und auf extremen Wissensdurst eingestellt. Moni benahm sich, als hätte sich hinter ihrer Stirn eine außerirdische Zivilisation eingerichtet, die sich alles einverleibte, was menschliche Logik zu bieten hatte. Als hätte Monis Verstand, benebelt durch Jahrzehnte schlechter Ernährung, Unterforderung und emotionalen Chaos, nur auf diesen Moment gewartet.

Sie hatte ein rasches Gespür für den Schwierigkeitsgrad der Aufgaben entwickelt und teilte sie auf den ersten Blick in »Pipifax«, »Routine« und »echte Handwerkskunst« ein. Die ersten beiden Kategorien löste sie meist bereits in der Pause zwischen den Vorlesungen, die vollgeschriebenen Blätter an der Tischkante ablegend, wo die Bedürftigen sie nach einer stillen Übereinkunft abholen, fotografieren und wieder zurücklegen durften.

In den Vorlesungen meldete sich Moni nicht mehr, wenn ein Professor eine Verständnisfrage stellte. Sie meldete sich nur, wenn sie selbst etwas nicht verstand, und es ging längst nicht mehr darum, wie man diesen oder jenen griechischen Buchstaben aussprach. Moni stellte Fragen, bei denen die Dozenten innehielten und eine Weile aus dem Fenster schauten, bevor sie antworteten.

Professor Herbst bat sie schließlich, seine Vorlesung nicht zu sprengen, die Lehrämtler würden sonst endgültig depressiv. Er sei bereit, die Themen später im kleineren, interessierten Kreis zu diskutieren. Moni machte sich eine Notiz.

An einem Morgen erschrak ich, weil ich sie nicht wiedererkannte. Vor mir stand eine alterslose Frau mit wirrer Frisur und einem leuchtenden Blick im vor Erschöpfung bläulich grauen Gesicht. Ich schrie und jagte meinerseits Moni einen Schreck ein. Sie holte ihren Taschenspiegel heraus. Ich ging im Kopf die Krankheitsbilder durch, die ein solches Aussehen zur Folge hatten.

»Ich habe vergessen, mich zu schminken«, flüsterte Moni,

ihr Gesicht aus allen Richtungen betrachtend. »Das ist mir seit fünfunddreißig Jahren nicht mehr passiert. Guck mich nicht an, Kleiner, das ist nichts für deine jungen Augen.«

Ich war ganz ihrer Meinung. Sie begab sich sofort in den nächsten Waschraum, um sich in Ordnung zu bringen. Sie trug jetzt Jeans und Pullover und vergaß manchmal, ihre Turnschuhe zu binden. Das Haar zeigte einen dunklen, von grauen Strähnen durchzogenen Ansatz und war zu einem Knoten zusammengebunden. Mehr als einmal war sie bereits vor das Fahrrad irgendeines jähzornigen Germanisten gelaufen oder hatte ihr Handy irgendwo liegen gelassen, das anschließend der ganze Hörsaal gemeinsam suchte.

Es war nicht zu leugnen: Moni war im Begriff, eine Mathematikerin zu werden.

Es gab aber noch etwas, das den ersten Hauch einer Wesensverwandtschaft zwischen Moni und mir zeigte. Zwar war Moni immer noch hilfsbereit, wenn jemand sie bat, etwas zu erklären. Doch das Zucken ihrer Fußspitze verriet es: Wenn jemand zu lange brauchte, um zu schalten, wurde sie tatsächlich ungeduldig.

Im Rückblick konnte ich kaum glauben, dass ich es irgendwann für seltsam gehalten hatte, dass Moni Mathematik studierte, oder dass ein rotznäsiges Kind im Hörsaal saß und ein Polyeder aus meinem Zometool[26] zusammensetzte oder dass ich am Morgen vom Duft des Käsekuchens aufwachte, den Moni nachts gebacken hatte, weil sie gerade in einer Lösung nicht weiterkam und sich ablenken wollte. Es wunderte mich nicht mehr, dass Moni ein Stück Käse-

26 immer noch unbezahlte Werbung

kuchen in Professor Herbsts Büro vorbeibrachte, weil es sonst einfach zu viel Kuchen war für uns zwei.

Es war der Sommer, in dem ich mich dabei ertappte, dass ich zum ersten Mal in meinem Leben spontan das Pronomen *wir* aussprach.

## GEBROCHENE EXISTENZ

Ich versuchte nachträglich den Zeitpunkt zu bestimmen, ab dem persönliche Schwächen zu interessanten Besonderheiten geworden waren. Warum es plötzlich nicht mehr gegen Moni sprach, dass sie alt und ungebildet war und ihre Lebenszeit mit Dingen verschwendet hatte, die einer akademischen Karriere im Weg standen.

Wenn ich in der Mensa mit Moni und Herbst bei meinem Kamillentee saß, wurde Moni von mehr Leuten gegrüßt als der Professor.

»Sie sind eine Berühmtheit«, bemerkte Herbst. Es war nicht klar, ob es eine Beschwerde oder ein Kompliment war.

»Die Didaktiker lassen sie nicht in Ruhe«, beschwerte ich mich. »Immer wollen sie Moni zu irgendwelchen Kerzen-Dienstagen und Müsli-Donnerstagen einladen.«

Herbst schmunzelte. »Daran sind Sie wohl selber schuld. Ich habe von dem Vorfall gehört.«

Von diesem Vorfall hatte vermutlich schon jeder gehört.

Die Didaktiker[27] waren am mathematischen Fachbereich

27 hauptsächlich Didaktikerinnen, wobei man sich bei ihnen nie sicher sein konnte

so etwas wie Clowns in einem Krankenhaus. Sie galten als sympathisch und störten dennoch massiv die Abläufe. Zu ihnen gingen die Lehrämtler, um sich über die Anforderungen des Studiums auszuweinen. Die Didaktiker kamen in unsere Vorlesungen, um Umfragen über mentale Gesundheit durchzuführen und Betreuer für ihre Schulprojekte zu finden. Sie blockierten Seminarräume für Experimente mit der bildungsfernen Bevölkerung, luden Schulklassen ein und ließen sie Pyramiden aus Holzorangen bauen.

Manchmal geriet dabei in Vergessenheit, wer wen eingeladen hatte und vor allem warum. Es kam immer wieder vor, dass minderjährige Horden über den Campus trampelten, nur notdürftig von einer überforderten Lehrkraft in Schach gehalten, während der komplette Fachbereich nach der verantwortlichen Person unter den Didaktikern suchte, die an diesem Tag aus Versehen allesamt im Homeoffice waren. An einem dieser Tage war Moni eingeschritten und hatte für Ruhe gesorgt. Der Volksmund verbreitete anschließend, sie habe den benachteiligten Gästen, wenn sie schon mal da waren, in aller Seelenruhe das Konzept der Spiegelungsgruppen erklärt. Ich hätte die Legende allerdings nicht bezeugen können, weil ich mich in dieser Zeit auf dem Klo versteckt hatte.

»Diese Kinder haben einfach getan, was ich wollte«, murmelte Moni, versunken in eine Erinnerung, in der ich nicht vorkam. »Ich bin immer noch fassungslos.«

»Macht das nicht sowieso jeder?«, fragte Herbst. »Ich habe diese Entwicklung übrigens schon befürchtet. Es tut immer ein bisschen weh, die Leute mit dem größten Potenzial an das Lehramt zu verlieren.«

Ich schüttelte den Kopf. »Vergessen Sie es. Diese Frau

hier ist inzwischen still und heimlich vierundfünfzig geworden. Selbst wenn sie in Regelstudienzeit studieren wollte, was sie auf keinen Fall schaffen wird, wäre sie beim Abschluss uralt. Mit Ende fünfzig sollte man anfangen, Alterssitze zu besichtigen und für individuelle Bedürfnisse geeignetes Pflegepersonal zu schulen.«

»Ich bin vierundsechzig«, sagte Herbst.

»Und im Gegensatz zu ihr haben Sie etwas vorzuweisen. Moni dagegen ist ein akademisches Nichts. Angenommen, Sie haben mit Ihrem unbegründeten Optimismus recht und machen eine graduierte Forscherin aus ihr. Was soll sie mit dieser Transformation anfangen? Mit siebzig promovieren? Und danach? In ihr altes Leben wird sie nicht mehr zurückkönnen. Ihre frühere Peergroup hat Angst vor Zahlen. In ihrem neuen Leben ist sie eine ewige Außenseiterin, weil außer uns beiden kein vernünftiger Mathematiker sie ernst nimmt. Sie schaffen eine gebrochene Existenz.«

Herbst streckte sich lächelnd. »Frau Dr. Kosinsky. Wäre doch nicht schlecht.«

## HAPPY BIRTHDAY II

Wer mir wirklich wehtun wollte, lud mich zu einer Geburtstagsfeier ein. Früher hatte meine Mutter für mich abgesagt. Aber jetzt war Moni an ihre Stelle getreten. Allerdings war es nun ausgerechnet sie, die mich eingeladen hatte.

»Warum soll ich zum Geburtstag deines Schwiegersohns mitkommen?«, fragte ich fassungslos.

»Weil ich es allein nicht aushalte«, sagte Moni.

»Werd endlich erwachsen«, sagte ich.

Doch dann kam Justin und lud mich ebenfalls ein. Ich wiederholte die Warum-Frage.

»Um Oma Becker zu ärgern«, sagte Justin.

»Warum würde sie sich ärgern?«

»Verstehst du es wirklich nicht?«

»Nein.« Ich wusste nur, dass Justins zweite Großmutter Heike Becker besorgt war, dass Justin sich durch den schlechten Einfluss seiner Mitschüler einem Drogenclan anschließen könnte. Da Justin mir keinen Bericht erstattete über die Zeit, die wir getrennt verbrachten, war ich mir unsicher, wie begründet Heike Beckers Sorgen waren.

»Tu es für mich«, sagte Justin. »Du würdest doch Dinge für mich tun?«

»Nicht alles«, sagte ich. »Nichts, was meine Gesundheit gefährdet oder gegen das geltende deutsche und europäische Recht verstößt.«

»Feigling«, sagte Justin.

Wir begaben uns gemeinsam zum Veranstaltungsort, der sich in einer Kleingartenanlage befand. Ich hatte es mir schlimmer vorgestellt. Mir imponierten die Gleichmäßigkeit der rechteckigen Parzellen, die ordentlichen Beete und die zurechtgestutzten Wiesen sowie die zahlreichen Schilder, die davor warnten, Müll liegen oder das Tor offen stehen zu lassen. Es war ein sonniger, freundlicher Tag, und der Wind wehte Geruchswellen heran, die von Bratwürsten und geröstetem Brot dominiert wurden. Widerwillig musste ich schlucken.

»Feiert ihr immer hier?«

»Diesen Geburtstag schon«, sagte Justin. »Oma Becker sagt, dass sie meinen Vater extra zu Beginn der Grillsaison zur Welt gebracht hat.«

Wir kamen an einer Hecke an, die mit Girlanden und leuchtenden Buchstaben geschmückt war. Opa Becker stand auf einer wackligen Leiter und versuchte, einen Luftballon an den Apfelbaum zu binden. Heike Becker und Püppi stritten sich auf der Veranda eines Gartenhäuschens.

»Mir fällt gerade ein, ich habe einen wichtigen Termin«, sagte ich zu Justin. Da stand Heike Becker bereits vor mir und nahm mir den Blumenstrauß ab.

»Ist der für mich?«, fragte sie mit ihrer Raucherstimme.

»Jede Mutter verdient Blumen«, murmelte ich den Satz, den ich einmal auf einer Postkarte gelesen hatte.

Heike Becker drückte den Strauß angenehm sprachlos an ihre ausladende Brust. Das Gesicht über den Blumen errötete; darunter leuchtete ihr übliches Outfit aus Jogginghose, T-Shirt und Crocs.

»An die Mutter denkt sonst niemand«, sagte sie heiser. »Der Junge hat damals fünf Kilo gewogen, musste aus mir herausgeschnitten werden. Alle Ärzte und Schwestern kamen vorbei, weil er aussah wie ein Zweimonatskind. Sogar ein Reporter war da, hat ein Foto für die Zeitung gemacht. *Das Riesenbaby von Reinickendorf*. Hängt bei uns im Wohnzimmer, in einem schönen Rahmen. Besuch mich zu Hause, ich zeige es dir. Becker, komm runter von dieser Leiter, du brichst dir noch was, und dann muss ich mich kümmern.«

Justin hob den Daumen und zwinkerte. Da ich nicht wusste, was er mir damit sagen wollte, spiegelte ich die

Geste. Becker stieg extrem langsam von der Leiter, wobei er sich mit einer Hand am Baumstamm festhielt.

»Warum machst du auch so 'n Quatsch?«, fragte Heike Becker.

»Du hast doch gesagt, ich soll es machen.«

»Er versteht immer alles falsch«, sagte Heike zu mir. »Becker, Oscar ist ein Freund von Jussi. Hier, du kennst ihn, der Blaue. Der was mit Moni am Laufen hat. Warum heult Püppi schon wieder?«

Vielleicht waren Geburtstage wirklich nicht so schlimm, seit niemand mehr von mir erwartete, Blinde Kuh zu spielen oder bei der Schatzsuche Fragen zu beantworten, die mich selbst als Fötus unterfordert hätten. Ich setzte mich auf einen Gartenstuhl, während Justin die Hängematte aufspannte. Jeder schimpfte über jeden, und niemand achtete auf mich.

Moni hatte sichtlich Mühe, sich auf das Geschehen zu konzentrieren. Mit den Gedanken war sie woanders, und außer mir wusste niemand, wo genau.

Heike regte sich über Justin auf, weil dieser sich weigerte, beim Dekorieren zu helfen. Püppi weinte, weil sie eine dreistöckige Torte gebacken hatte, aber Heike ebenfalls einen Kuchen mitgebracht hatte, den sie als Ronnys Lieblingskuchen bezeichnete. Es handelte sich um einen Fertigbiskuitboden, der mit zerdrückten Schokoküssen belegt und mit bunten Streuseln bestreut worden war.

Das Geburtstagskind erschien, zwei Kasten Bier im Bollerwagen. Heike setzte ihm eine Pappkrone auf und zwang ihn zu wählen, welcher sein Lieblingskuchen sei. Ronny hielt es für eine gute Lösung, die beiden Geburtstagskerzen in Form einer Drei und einer Vier aus Püppis Torte zu nehmen und in Heikes Missverständnis von Kuchen zu stecken. Püppi weinte erst recht.

Moni kam für einen Moment auf die Erde zurück und schaute Heike deutlich länger an, als es den Sozialnormen entsprach.

Heike zog sich zurück, um das Buffet auf dem Tapeziertisch durch eine Permutation der Schüsseln zu verschönern.

Ich saß neben Becker. Heike nahm die Grillzange in die Hand. Über dem Trainingsanzug spannte eine Schürze mit dem Torso einer geringfügig bekleideten Frau mit hypertrophierten sekundären Geschlechtsmerkmalen. In einem Plastiksack stapelten sich Verpackungen mit roten Sonderpreis-Aufklebern.

Justin fragte nach einer vegetarischen Wurst.

Heike verfluchte die ganzen Moslems an seiner Schule.

Moni zauberte eine Packung Sojawürstchen aus der Handtasche und wurde von Heikes Blicken erdolcht.

Monis Vater Herr Kosinsky, von Kopf bis Fuß in seinem üblichen Cord, schloss sein Fahrrad an den Zaun, salutierte der Grillmeisterin, schüttelte Ronny die Hand, setzte sich zu Becker und mir und packte sein Kreuzworträtselheft und ein altes Deutschwörterbuch auf.

Ich fühlte mich merkwürdig entspannt. Ich sah mich sogar in der Lage, *Viel Glück und viel Segen* für Ronny mitzusingen.

»Guck mal.« Justin teilte seine Wurst mit mir und wischte mir den Ketchup aus dem Mundwinkel. Mein Herz machte einen Sprung. »Guck nicht mich an, sondern die Oma.«

Ich drehte den Kopf.

Moni war gerade dabei, für ihren Vater ein Stück Torte abzuschneiden. Sie war mitten in der Bewegung am Tapeziertisch erstarrt, den Teller in der ausgestreckten Hand. Ich kannte diesen abwesenden Blick und machte mir Sorgen wegen des Messers. Menschen, die gerade ernsthaft über Mathematik nachdachten, sollten weder Auto fahren noch mit scharfen Gegenständen hantieren.

»Wie lange soll das so weitergehen?«, flüsterte Justin in mein Ohr.

Ich zuckte mit den Schultern. »Ich bin nicht sicher, ob es ein Zurück gibt.«

»Du machst mir Angst.«

»Ich habe alle rechtzeitig gewarnt«, sagte ich.

Becker beugte sich zu Herrn Kosinsky rüber, um einen Blick auf die Fortschritte beim Lösen des Kreuzworträtsels zu erhaschen und zu erfragen, was eigentlich mit Moni los sei. Peter Kosinsky sah nicht auf.

»Wir werden alle nicht jünger«, murmelte er.

Heikes Freudenschrei lenkte die Aufmerksamkeit um. Pit sprang über den Maschendrahtzaun. Unter dem Arm trug er einen Toilettensitz, um den eine rote Schleife gewickelt war. Sein Hemd war bis knapp unter dem Brustbeinfortsatz aufgeknöpft, die schwarze Haartolle leuchtete in der Sonne.

»Warum bejubelt ihn Heike so?«, flüsterte ich Justin zu.

»Weil sie eine Bitch ist.«

Pit breitete sich auf der Parzelle aus wie ein übelriechendes Gas. Er küsste Heike die Hand, überreichte Ronny das Geschenk, schrie nach Wurst, Kuchen und

Bier. Moni sah nicht einmal auf, und ich glaube, es kostete sie keinerlei Anstrengung.

»Meine Tochter hat in jeder Hinsicht einen sehr schlechten Geschmack«, sagte Herr Kosinsky, ohne aufzusehen.

Ich wollte Justin bitten, mich heimzubringen. Die Party war schön, aber ich wollte mich nicht anschließend eine Woche im Bett ausruhen müssen. Da entdeckte ich Quentin an einem Gartentisch, zusammen mit Ronny über ein Schachbrett aus Pappe gebeugt. Es war eines aus diesen Spielsammlungen, dreißig Spielideen für die ganze Familie.

Neugierig kam ich näher.

Natürlich spielten sie kein Schach. Auf dem untersten linken Kästchen lag ein Mini-Smartie, auf dem nächsten zwei, auf den beiden folgenden vier und acht. Da es dann langsam eng wurde, war Quentin dazu übergegangen, von einem Blatt Papier kleine Zettel abzureißen und eine Zahl daraufzuschreiben. Die zweite Reihe war bereits voll, und Ronny bebte vor Misstrauen. Quentin kicherte und legte weitere Zettel aus, bis sein Vater mit der Faust auf den Tisch schlug und die Smarties über das Brett rollten.

»Püppi!«, brüllte Ronny. »Guck dir das an!«

Püppi raste zum Brett, um zu bestaunen, wie Quentin mit einem uralten Rätsel seinen Vater verarschte.

»Was macht er da?« Heike drängte sich dazwischen und machte ein Gesicht, als hätte sie in Quentins Schulranzen unanständige Bilder gefunden.

»Das hat der indische König damals auch nicht verstanden«, hörte ich meine eigene Stimme.

Ich spürte Justins Hand an meinem Unterarm. »Ich bringe dich nach Hause«, flüsterte er.

»Ich kann Moni jetzt nicht allein lassen«, sagte ich.

»Du machst es nur schlimmer.« Justin ließ mich plötzlich los und trat zur Seite.

Monis Vater hatte seinen Platz verlassen und das Grundstück überraschend schnell durchquert. Er beugte sich über das Schachbrett, sortierte mit den Fingern die verbleibenden Zettel und Smarties.

»Wolltest du mehr Taschengeld?«, fragte er den zitternden Quentin.

Der Junge schüttelte den Kopf.

»Wo hast du das gelernt?«

Quentin schluchzte und zeigte auf mich.

Heike hielt sich die Hand vor den Mund.

»Lass das in Zukunft«, sagte Herr Kosinsky, seinen schweren Blick in meine Pupillen gerichtet. Ich hatte Angst, er könnte durch den Sehnerv mein Gehirn erreichen und es mit einem Blinzeln verdampfen lassen. »Er wird sowieso nichts verstehen.«

»Aber es ist voll einfach«, sagte Quentin.

»Monika?« Herr Kosinsky wandte sich um, während seine Hand den linken Rippenbogen entlangglitt und in der Herzgegend verharrte. »Kannst du das erklären, Monika?«

»Verzeih, Papa«, sagte Moni, kalkweiß unten den vielen Blicken. »Aber wir sind leider nicht so dumm, wie wir gern wären.«

# DAS HERZ DES HERRN KOSINSKY

»Das war eine schöne Party«, sagte ich, als Moni viel später als ich nach Hause kam. Ich saß im Garten neben einer Kerze, die Insekten vertreiben sollte, und wartete. Moni setzte sich mir gegenüber und verbarg ihr Gähnen hinter der flachen Hand.

»Ich weiß gar nicht mehr, warum ich so selten auf solche Veranstaltungen gehe«, redete ich weiter, nachdem ich ihr eine angemessene Gelegenheit zu einer Antwort gegeben und sie diese nicht genutzt hatte. »Vielleicht ändere ich das ab jetzt. Wer feiert bei euch als Nächstes?«

Moni sagte immer noch nichts.

»Ich bin mit diesem Gedanken fertig«, sagte ich. »Du darfst dich jetzt auch äußern. Wie geht es deinem Vater? Er hatte doch nicht wieder einen Herzinfarkt?«

Moni schwieg weiterhin, was mich erneut in die Pflicht nahm. »Und was ist das eigentlich mit ihm und der Mathematik? Es ist mir schon ein paar Mal aufgefallen. Ein osteuropäischer Aberglaube? Betet er Gottheiten an, die sich mit Algebra nicht vertragen?«

Ich hatte das Gefühl, dass Moni für eine Nanosekunde lächelte. »Was mache ich eigentlich hier?«, fragte sie.

Ich seufzte. »An deinen Namen und den Wochentag kannst du dich aber noch erinnern?«

»Ich meine es ernst, Kleiner«, sagte sie ohne eine Spur

des Lächelns, das sonst immer da war, selbst wenn sie weinte. »Ich stelle mir die Sinnfrage.«

»Jetzt? Nachdem du die ersten vierundfünfzig Jahre deines Lebens verplempert hast?«

Monis Gesicht versteinerte, ihr Blick wanderte nach innen.

Ich klopfte ihr auf die Schulter und zwang sie, mich anzusehen.

»Soll ich dir sagen, warum du hier bist?«, fragte ich. »Warum du wie besessen lernst? Was du damit erreichen willst? Du bist doch eigentlich schon am Ziel. Du warst sogar bereits mit Daniel Johannsen Kaffee trinken. Was kann ein Mensch noch wollen? Das ist mehr als alles, was ich bei ihm geschafft habe, obwohl ich die interessantere Person mit dem deutlich größeren Potenzial bin.«

Monis Blick öffnete sich wieder. Ich mochte es, wie sie mir zuhörte.

Natürlich wusste ich keine Antwort auf ihre Frage. Woher sollte ich auch wissen, warum sie irgendetwas tat. Ich hatte es noch nie begreifen können. Ich wusste aber, warum ich hier war und es trotz des ganzen Kummers keine Sekunde bereut hatte.

»Du kannst nicht anders«, sagte ich. »Mathematik hält dich im Leben. Nicht *am* Leben, sondern *in* ihm. Sie sorgt dafür, dass du nicht durch die Maschen der Realität fällst. Sie verbindet den Gedanken mit der Materie. Sie ist die Schnittstelle zwischen der Schönheit der Idee und dem Dreck deines elenden Alltags. Mit Mathematik wird dir nie wieder langweilig. Mathematische Aussagen sind unerreichbar in ihrer Perfektion, denn Mathematik findet immer unter idealen Bedingungen statt. Sie ist nicht so störanfällig wie die Chemie oder die Physik, wo ein Staubkorn oder selbst ein falscher Blick alles ruinieren können. Ganz abgesehen von der Informatik, die immer noch mit banalen Kühlungs- und Speicherproblemen kämpft und nie aufhören wird, ungenau zu sein. Mathematik hat viele Anfänge, aber kein Ende. Sie war vor uns da und wird uns überleben. Weil du das begriffen hast, bist du jetzt ein Junkie. Man kann dich in einem fensterlosen Raum einsperren, ohne Besuch und ohne Fernseher, und du wirst dort glücklich sein, weil du mit der Mathematik alles hast, was du brauchst. Du wirst dich sogar freuen, weil du endlich mit ihr allein sein darfst. Was gibt's da zu weinen? Habe ich schon wieder irgendwelche Gefühle verletzt?«

Moni schüttelte den Kopf, wischte sich die Tränen von den Wimpern und umarmte mich.

»Weißt du, warum es diesen furchtbaren letzten Streit mit Pit gegeben hat?«, fragte sie ohne jeden Zusammenhang.

»Weil du unordentlich bist?«, mutmaßte ich. »Weil du die falsche Musik gehört hast? Oder hast du ihn einmal zu oft im Schach besiegt?«

»Er hat Fotos von Daniel Johannsen auf der Festplatte meines Computers gefunden«, sagte Moni. »Dann hat er die Browserhistorie verfolgt und gesehen, dass ich Daniel seit vielen Jahren gegoogelt habe.« Sie hob trotzig das Kinn und sah mir in die Augen. »Natürlich habe ich ihn gegoogelt. Ich wollte wissen, was er macht. Ich habe doch meine ganze Kindheit und Jugend in seiner Nähe verbracht. Er war mein Fixstern und mein Orientierungspunkt.«

»Was ist daran besonders?«, fragte ich. »Ich googele Daniel Johannsen, seit ich die Tastatur bedienen kann. Ich kenne jede Website, die ihn erwähnt, und meine Festplatte ist voll mit seinen Bildern. Seinetwegen bin ich hierhergezogen und nicht in eine normale Stadt. Seinetwegen studiere ich an dieser Uni, obwohl es wirklich bessere gibt.«

»Genau das hat mir Pit auch unterstellt«, sagte Moni. »Er hat gesagt, dass das ganze Studium ein peinlicher Wahnsinn ist und dass ich nur wegen Daniel den Verstand verloren habe.«

»Wie unhöflich von ihm«, sagte ich.

Moni lächelte mich über die Kerze hinweg traurig an. »Ich war damals so verknallt in ihn, Kleiner. Dabei hat er mich kein einziges Mal angeschaut. Ich war für sie alle komplett unsichtbar, wie ein Geist.«

»Dafür kann man dich jetzt umso besser sehen«, sagte ich. Das Bild einer verknallten Moni wurde zur Schonung meines Nervensystems sofort gedanklich in den Papierkorb geschoben. »Willst du mir noch mehr von dir erzählen? Beachte bitte den Jugendschutz.«

Moni langte über den Tisch, nahm meine Hand und drückte sie. »Und jetzt sag mir bitte«, flüsterte sie. »Was ist, wenn Pit mit all seinen dummen Unterstellungen recht hat?«

Daniel Johannsen kehrte mitten im Semester aus Kalifornien zurück. Ich hielt ihn erst für eine Fata Morgana, wie er da braun gebrannt, in weißem Hemd und Leinenhose unter einer Platane stand und auf sein Handy schaute. Er zuckte zusammen, als ich auf ihn zugerannt kam.

»Wann beginnt eigentlich Ihr Seminar?«, fragte ich atemlos. »Im Vorlesungsverzeichnis stand, dass es ersatzlos ausfällt, wahrscheinlich wegen Ihrer Abwesenheit, aber jetzt sind Sie ja da.«

»Guten Tag Ihnen auch«, sagte Johannsen, sah mich an und runzelte die Stirn. Dann wurde sein Blick freundlicher. »*Sie* sind es! Was gibt's Neues? Sind Sie etwa ein bisschen gewachsen?«

»Moni hat sich von Pit getrennt«, sagte ich. Ich redete extra schnell, da ich ahnte, dass Johannsens Zeit wertvoll war. »Sie wohnt jetzt mit mir zusammen und nimmt Privatstunden bei Professor Herbst, weil ihre Fragen die Vorlesung sprengen. Nicht einmal ich nehme Privatstunden bei ihm. Der April war der kälteste seit Beginn der Wetteraufzeichnungen. Sie haben übrigens schon lange nichts mehr veröffentlicht, aber seien Sie sicher, sobald es passiert, werde ich es erfahren. Ich habe elf Alerts aktiviert.«

»Wovon reden Sie?« Johannsen steckte das Telefon in die Tasche und trat einen Schritt zurück. »Geht es Ihnen gut? Wo ist Ihre Begleitperson?«

»Ich bin aktuell unbegleitet«, sagte ich. »Meine Mutter muss sich dringend mehr um ihre Pferde kümmern, und Moni widmet sich gerade ihrer eigenen Ausbildung. Wollen Sie noch das Neuste über meinen Onkel wissen?«

Johannsen zögerte. »Ich habe die Schlagzeilen von den USA aus verfolgt«, sagte er schließlich. »Das mit dem Rücktritt tut mir wirklich leid. Man kann ja unterschiedliche Sichtweisen auf die Vorgänge haben. Wie hält er sich?«

»Keine Ahnung.« Ich ließ Johannsen stehen und humpelte in den Hörsaal zurück. Ich rannte höchstens alle halbe Jahre einmal. Jetzt hatte ich mir prompt das Sprunggelenk verrenkt. Ich schlich mich zurück auf meinen Platz neben Moni.

»Warum grinst du?«, flüsterte sie.

»Unser Polarstern ist wieder da«, flüsterte ich zurück. »Du kannst bald wieder mit ihm Kaffee trinken.«

»Wovon sprichst du?«

»Tu nicht so, als ob du ihn nicht vermisst hättest«, sagte ich genervt.

Moni schaute mich an und schüttelte den Kopf. »Ich war neulich betrunken und habe dir zu viel erzählt. Es ist längst vorbei, Kleiner.«

Ich hätte ihr geglaubt, wenn sie dabei nicht errötet wäre.

Es war nicht immer einfach, Geduld mit Moni zu haben, wenn sie zwischendurch geistesabwesend, fahrig und sogar unzuverlässig war, etwas, was ich meinen Bezugspersonen eigentlich nicht verzieh. Es kam sogar schon mal vor, dass ich kurz davor war, sie zu bitten, wieder auszuziehen: wenn sie die Margarine an die falsche Stelle in den Kühlschrank geräumt, das Fenster offen gelassen oder vergessen hatte, dass sie einen Enkel irgendwo hätte abholen sollen.

Dann stellte ich mir vor, dass Moni tatsächlich ihre Koffer packte, und mir wurde kalt vor Angst. Sie hatte nur noch zwei Jobs, die Nachtschichten in ihrem Hotel und Sitzwache bei einem halbtoten Alten, und behauptete, dank der großzügigen Wohnsituation alles zu haben, was sie brauchte.

»Immerhin führt es dazu, dass Püppi und Ronny lernen, sich selbst um ihre Kinder zu kümmern«, sagte ich zu Justin, als wir mal wieder zusammen in der Mensa saßen.

»Es führt vor allem dazu, dass ich von der Kita angerufen werde«, antwortete Justin. »Und du bist an allem schuld.«

Weil er leider recht hatte, holte ich schweigend eine weitere Portion Pommes für ihn. Er war offensichtlich der Verlierer der Situation.

Der Gewinner war ich.

Zum ersten Mal in meinem Leben hatte ich das Gefühl, mir selbst beim Aufwachsen zuzusehen. Wenn Monis Augen leuchteten, weil sie die Sternchenaufgabe gelöst hatte, an der sie schon seit Tagen arbeitete und weswegen sie zwischendurch furchtbare Laune gehabt hatte, dann war es, als würde ich in den Spiegel schauen. Ich kannte die Verzweiflung der Machtlosigkeit, wenn man einfach nicht vorankam, wenn man der dümmste Wurm des Universums war und die eigenen Gedanken das Papier nicht wert waren, auf das man sie kritzelte. Ich kannte auch das mit nichts zu vergleichende Glück, wenn der Knoten gelöst war und sich der Lösungsweg wie eine wunderschöne Perlenkette auffädeln ließ, ein Talisman für die nächsten Stunden, wenn alles auf der Welt plötzlich transparent und lösbar erschien.

Moni war gerade außer Haus, ohne sich bei mir abgemeldet zu haben, als ihr Handy *Mamma Mia* durch die Räume brüllte. Sie hatte es wieder liegen lassen. Ich fand das Device unter ihrem Bett, mit fast leerem Akku, eine Aussicht auf baldiges Verstummen. Tatsächlich ging es sofort aus, ich suchte das Kabel, stöpselte es ein, schaltete das Telefon wieder an. Monis Passwörter waren lächerlich.

Herr Kosinsky hatte dreimal angerufen. Da ich nicht gern telefonierte, öffnete ich seinen Chat, aus dem mir Einkaufslisten und Nachfragen nach Monis Verbleib entgegensprangen.

*Sind Sie okay?,* tippte ich.

Herr Kosinsky war und blieb offline.

In der Kartenansicht sah jede Gegend besser aus als in echt, diese allerdings ganz besonders. Zwischendurch fragte ich mich, ob ich noch in Deutschland war. Nach einer gefühlt endlosen Fahrt mit wechselnden Verkehrsmitteln befand ich mich vor einem mehrstöckigen Haus mit gräulichen Flecken. Im Vergleich dazu lag sogar Monis früheres Liebesnest mit Pit in einer schönen Gegend.

Ich fand den richtigen Eingang und die Klingel. Die Nummer des Schlüsselservices hatte ich bereits griffbereit, aber die Tür summte, und ich marschierte durch ein Treppenhaus, das garantiert eine Rolle in meinen nächsten Albträumen spielen würde.

Herr Kosinsky stand im Bademantel in der Tür und sah mir entgegen.

»Ich kann gern ein Paket für die Nachbarn annehmen«, sagte er.

»Das ist mein Lunch«, sagte ich, auf die mitgebrachten Tüten deutend. »Ich wusste nicht, wie lange ich mit Ihnen beschäftigt sein würde. Ich dachte, Sie wären tot. Warum beantworten Sie Ihre Nachrichten nicht?«

Sein Blick scannte mich von oben bis unten.

»Ich kenne Sie. Sie sind entweder Justins Freund oder Monis Junge.«

»Beides«, sagte ich nach einer kurzen Denkpause. »Ich

bin übrigens Optimist und habe gemäß Ihrer Einkaufsliste eine Bestellung aufgegeben, obwohl ich nicht sicher war, ob Sie noch in der Lage wären, davon zu profitieren. Sie müssten die Tür also später noch einmal für den Lieferservice öffnen.«

»Was ist jetzt mit meiner Tochter?«, fragte Herr Kosinsky.

Nun war es passiert. Er hatte mich direkt gefragt. Ich war aus reiner Hilfsbereitschaft und ohne Hintergedanken gekommen, aber nun hatte ich keine Wahl. Einem alten Mann das Gespräch zu verweigern wäre unhöflich gewesen.

»Wie viel Zeit haben Sie?«, fragte ich.

Er winkte mich herein.

Ich saß achtzehn Minuten in einer winzigen, glänzend sauberen Küche, während Herr Kosinsky sich besuchsfein[28] machte. In der neunzehnten Minute kam er herein, rasiert und nach Seife duftend, in einer braunen Cordhose und dem immer gleichen Jackett über einem gebügelten karierten Hemd. Er schaltete den Wasserkocher ein, riss eine Packung meiner Lieblingskekse auf und setzte sich mir gegenüber.

»Gefällt Ihnen das Bild?«, fragte er, weil ich die ganze Zeit das Foto betrachtete, das über dem Tisch hing: eine Reihe junger Männer, von denen ein einziger strahlend lächelte und so aussah, als hätte man ihn aus einem Filmbild herausgeschnitten und zwischen Normalsterbliche geklebt.

28 sein Ausdruck

»Weiß noch nicht«, sagte ich.

»Der junge Mann, erste Reihe Mitte, ist Daniel Johannsen«, sagte Herr Kosinsky. »Er ist übrigens inzwischen Träger der Fields-Medaille. Hier hat er den ersten Platz bei der Mathe-Olympiade belegt.«

»Ich weiß.« Ich zeigte auf die Person neben ihm. »Wer ist das? Er kommt mir bekannt vor.«

»Das ist Jan, mein Sohn«, sagte Herr Kosinsky. »Er war in einem Team mit Daniel. Und wissen Sie, wer das ist?« Er deutete auf einen verschwommenen Kringel am Bildrand, der am ehesten nach einem Ellbogen aussah. »Das ist Monika. Man sieht fast nichts von ihr. Sie war immer dabei, weil Jan ohne sie nicht zurechtgekommen wäre. In der Grundschule wollten sie ihn auf die Sonderschule schicken, weil er immer schrie, wenn eine Farbe nicht zur anderen passte oder wenn jemand schief sang oder sich verrechnete. Monika ist zwei Jahre und neun Monate älter, sie ist ein Jahr später eingeschult worden und dann noch zweimal sitzen geblieben. Auf dem Gymnasium war sie mit Jan in einer Klasse. Sie war immer sehr schwach. Schwach im Kopf, meine ich. Hat nie gelesen oder gelernt. Jan war achtzehn Monate, als er sie in Dame besiegt hatte. Sie war nicht ehrgeizig. Immer an Jans Seite und ihm alles hinterhergewischt. Einkaufen, kochen, waschen, von klein auf. Ich konnte ja nicht, hab gearbeitet in einem neuen Land. Sie hat nie Spielzeug gehabt, nicht einen einzigen Teddybär. Ich hab ihr gesagt, du hast den Bruder, muss reichen.«

Er hielt inne und atmete tief aus.

»Jetzt habe ich Ihnen mehr erzählt, als Sie wissen wollten.«

»Und Jan?«, fragte ich.

»Jan war eine Katastrophe«, sagte Herr Kosinsky. »Aber auch meine ganze Hoffnung.«

»Schon schade, wenn die Hoffnung für immer abhaut«, sagte ich empathisch.

»Habe nicht genug aufgepasst«, sagte Herr Kosinsky. »Monika hat auch nicht gut aufgepasst. Macht immer Fehler. Lässt Sie zum Beispiel ohne Aufsicht herumlaufen.«

»Ich darf das«, sagte ich. »Das haben mehrere Gutachten vor Jahren unabhängig voneinander bestätigt.«

»Jan hatte keine Gutachten«, sagte Herr Kosinsky. »Gab es damals nicht. Wollen Sie Jan sehen?«

Er stand mühsam auf und ging nach nebenan. Ich erschrak, weil ich befürchtete, dass er es wörtlich meinen könnte. Aber er brachte mir nur ein dickes Fotoalbum und irgendwelche Mappen.

»Muss das wirklich sein?«, fragte ich. »Wenn Sie jetzt wegen all der schlimmen Erinnerungen tot umfallen, ist Moni sauer auf mich.«

»Ich falle nicht«, sagte Herr Kosinsky. »Mein Herz schlägt. Ich hab damals bei der Party nur so getan, damit man mir zuhört.«

Er schlug die erste Seite auf.

Die verblassten Fotos hatten eine bessere Qualität als das vergrößerte Bild an der Wand. Ein Schauer zog sich über die ganze Rückseite meines Körpers. Jan kam mir jetzt noch bekannter vor. Er sah ganz anders aus als Moni und Herr Kosinsky. Er hatte helle Augen und Gesichtszüge, die aus kantigen, ausradiert wirkenden Linien bestanden. Er musste schnell gewachsen sein. Anfangs war er noch kleiner als das Mädchen, das auf fast allen Bildern dabei war, mit den schwarzen Zöpfen und dem runden Gesicht, die Augen die ganze Zeit auf den Bruder gerichtet. Er veränderte sich schneller als seine ältere Schwester: Bald war er genauso groß, dann überragte er sie. Sie schaute jetzt zu ihm auf. Die Zöpfe blieben aber unverändert, und auch der karierte Rock schien über Jahre der gleiche geblieben zu sein, erst zu groß, irgendwann zu kurz. Die langen Strümpfe und die schweren Schuhe. Zwei Schulranzen, einen auf dem Rücken, einen in der Hand. Ein seltenes Foto mit Herrn Kosinsky, der genauso aussah wie jetzt, leicht gebeugt, der Schnurrbart noch ohne graue Einsprengsel, seine beiden Kinder an den Händen festhaltend.

Das Album endete abrupt.

»Hier.« Herr Kosinsky schob mir das nächste hin. Es handelte sich um einen ledergebundenen Hefter mit Vermisstenanzeigen.

»Ist es okay, wenn ich hier nicht reinschaue?« Ich streckte die Hand nach dem dritten Ordner aus.

»Das können Sie mitnehmen«, sagte Herr Kosinsky. »Wenn Sie studieren. Jan hat ein paar Ideen aufgeschrieben. Ich verstehe nichts davon. Sieht für mich aus wie Runen. Vielleicht interessant für Sie. Oder für Monika.«

Ich sah ihn überrascht an.

»Ich bin nicht ganz dumm«, sagte Herr Kosinsky. »Ich weiß, was sie macht. Ich konnte damals das kluge Kind nicht beschützen und jetzt auch nicht das andere. Und nicht einmal Quentin.«

»Tja«, sagte ich. »Man kann das Wunderkind aus der Mathematik holen, aber nicht die Mathematik aus dem Wunderkind.«

## DIE BLAUE PYRAMIDE

Erst hatte ich vor, die Mappe mit Jans Aufzeichnungen in meinem Zimmer zu verstecken, weil ich Monis Reaktionen nicht abschätzen konnte. Schon grundsätzlich nicht und in dieser Frage noch weniger.

Doch dann dachte ich, dass es sich um geistigen Diebstahl handeln würde, wenn ich sie außen vor ließe. Ich war nicht Jans offizieller Erbe, falls er überhaupt richtig tot war.

Mathematik kennt keinen Besitz, hörte ich Mister Browns Stimme in meinem Ohr. Jeder kann etwas beitragen, niemand kann etwas wegnehmen.

Ich legte die speckige Mappe auf den Frühstückstisch zwischen den Toast und die Hagebuttenmarmelade.

Moni sah kurz zu mir auf, schluckte, schlug die Mappe auf und begann zu blättern.

Wenn einzelne Seiten herausfielen, nahm ich sie an mich, versuchte, die Gedankengänge in den durchgestrichenen Absätzen, Markierungen und Verknüpfungen nachzuvollziehen. In der Ecke entdeckte ich einen Buchstaben, der sich als ein etwas lang gezogenes C entziffern ließ.

»Jan mochte die *Peanuts*«, sagte Moni, als sie merkte, dass ich darauf starrte. »Wenn er glücklich war, nannte er sich Charlie und unterschrieb entsprechend.«

Demnach war er beim Beschreiben all dieser Seiten glücklich gewesen.

Irgendwann schloss Moni vorsichtig die Mappe. Unser Tee war kalt geworden.

»Ich verstehe überhaupt nicht, was er da gemacht hat«, sagte sie. »Was ist mit dir?«

Ich zuckte ganz vorsichtig mit den Schultern, weil ich Angst hatte, etwas von meinen Gedanken zu verschütten.

»Weiß nicht«, sagte ich, und es war eine meiner ersten gelungenen Lügen.

Das Jahr wurde das vorerst beste meines Lebens. Alles funktionierte: Der Wecker, die Mahlzeiten, sogar das Wetter bewegte sich im Durchschnitt der Vorjahreskurven, als wollte es mich in Sicherheit wiegen. Ich lernte viel, und zum ersten Mal seit Beginn des Studiums hatte ich es nicht eilig. Ich wollte verweilen. Ich war kein Kurzstreckenschwimmer mehr, sondern ein Taucher, der immer tiefer wollte, auf den unerreichbaren Meeresgrund, wo Schätze schimmerten, von denen Menschen an der Oberfläche nicht die geringste Ahnung hatten. Ich konnte endlich versinken, ohne Angst vor Unterzuckerung zu haben. In solchen Zeiten stellte Moni den Wecker, schreckte mit seinem Klingeln hoch, wankte in die Küche und versorgte mich anschließend.

Manchmal stellte ich meinen Wecker früher als ihren, tauchte vor ihr auf, tippte ihr auf die Schulter, reichte ihr eine Schüssel mit Reis und Gemüse. Moni griff danach, ohne hinzusehen. Auch sie war irgendwo unterwegs, von wo sie erst einmal zurückkommen musste.

Ich dokumentierte wie gewohnt das Wetter und ergänzte die Beobachtungen durch kleine unwissenschaftliche Notizen. Ich wollte einen Anker haben, um nach

Bedarf gedanklich in diese Zeit zurückkehren zu können. Die roten Johannisbeeren in meinem Müsli, die Moni in unserem gemeinsamen Garten geerntet hatte. Quentin, der sich wie ich früher dadurch entspannte, dass er sämtliche ihm ins Auge springenden Zahlen nach Mustern ordnete, und dem ich binäres Zählen mit den Fingern beibrachte. Ausflüge an den Badesee, die ich erst verweigert hatte, bis ich mich auf einer Decke im Sand liegend wiederfand, eingecremt und mit mundgerechten Stücken Wassermelone versorgt. An diesen Tagen lernte ich den Satz von Taylor besser kennen, eine Entdeckung, deren überraschende Schönheit asymptotisch an Justins herankam.

»Wie kann es sein, dass du kein Eis magst?« Justin lag zwischen Moni und mir auf der Decke und las einen Comic, und das Glück schäumte unter meiner Haut wie Frau Bergers selbst gemachte Limettenlimonade.

»Es ist einfach zu kalt.« Ich hielt die Augen geschlossen und ließ mir von Justin weiter die sinnlosen Dialoge aus seinem Buch vorlesen, die er immer wieder durch zusammenhanglose Fragen unterbrach.

»Warum das Blau?« Er hatte sich zu mir gedreht und fuhr mit den Fingern durch mein Haar. »Wegen dem komischen Typen in deiner komischen Serie?«

»Blau ist die schönste Farbe, und es gibt sie selten in der Natur«, murmelte ich. »Es ist kompliziert für Lebewesen, etwas herzustellen, was rotes Licht absorbiert.«

»He?«

»Jetzt lies deinen Quatsch weiter.«

»Das ist ein Klassiker«, sagte Justin gekränkt, aber ich konnte inzwischen heraushören, dass er manchmal nur so tat, als ob. »Selbst Uropa Kosinsky liebt die *Peanuts*.«

Meine Mutter tauchte unregelmäßig auf, noch unregelmäßiger in Begleitung meines Vaters. Weil ich sie vernachlässigte und Moni für nichts mehr Zeit hatte, bot sich meine Mutter an, Quentin zu Tests und Beratungen zu begleiten, die seine Klassenlehrerin Frau Perelman empfohlen hatte.

Das erste Ergebnis, das sie nach Hause brachten, war Quentins Kurzsichtigkeit. Ronny war erzürnt: Damit war Quentin in seinem bis in die Steinzeit hineinreichenden Stammbaum der erste Brillenträger überhaupt.

Wenig später trug Quentin einen neuen, erstaunten Ausdruck im Gesicht. »Die Bäume haben Blätter«, flüsterte er mir vertrauensvoll zu. »Die Straßen haben Ameisen.«

Seit Quentin eine Brille trug, fremdelte Ronny auffällig mit ihm. Es war, als wäre der Junge ein von Menschenhänden berührtes Rehkitz, das wegen Fremdgeruchs von seinen Eltern verstoßen wurde. Immer wieder fand ich ihn im Garten der Villa vor, mit Vollmachten und Formularen im Gepäck, die Püppi und Ronny für meine Mutter unterschrieben hatten.[29]

»Muss ich ins Heim?«, flüsterte Quentin, mich beim Nachdenken störend, während meine Mutter in der Ecke des Gartens telefonierte, wo sie den besten Empfang hatte.

Ich kämpfte gegen ein Déjà-vu an. »Hänge deine Hoffnungen nicht zu hoch. Und gewöhn dich dran, dass die meisten Lehrer jetzt Angst vor dir haben.«

29 Wider das gängige Vorurteil gilt das nicht für Jungvögel, die aus dem Nest gefallen sind. Diese werden von ihren Eltern nicht verstoßen, wenn sie von Menschen zurückgesetzt werden.

»Und Frau Perelmann?« Quentin schniefte leise.

»Die muss sich jetzt jemand anderen für ihre Ernährungstipps suchen.«

»Haben Sie ihn einfach weiter lieb«, sagte meine Mutter laut und deutlich in den Hörer, als würde sie buchstabieren. »Er ist immer noch Ihr Kind.«

Wenn sie wieder weg war, konnte ich mich schon am nächsten Tag nicht mehr daran erinnern, was sie getragen hatte. Ich konzentrierte mich auf andere Fixpunkte: Monis Experimente mit den Blautönen in meinem Haar, die Spielabende jeden Sonntag, die Spaziergänge jeden Samstagvormittag, deren von mir herbeigesehnte Enden mit einer Schüssel Grießbrei und einer Partie *Seven Wonders* gefeiert wurden. Den Glanz in Quentins Augen, wenn er bei uns übernachtete und ich mich auf seinen Bettrand setzen musste, um ihm die fantastischen Geschichten über unendliche Reihen zu erzählen, Summen nie endender Zahlen, die zusammen auf einen leuchtenden Grenzwert zustrebten, je mehr Summanden, desto näher das Ziel. Ich war in Quentins Alter gewesen, als ich zum ersten Mal Mister Brown getroffen und festgestellt hatte: Man konnte noch so viel lesen, an mündliche Überlieferung kam nichts heran.

»Wie geht das?«, flüsterte Quentin schläfrig mit einem ergriffenen Lächeln. Ich zögerte genüsslich den Moment hinaus, in dem ich ihm erklären würde, dass es Reihen gab, die allein schon durch die Umstellung der einzelnen Glieder jedes beliebige Ergebnis erreichen konnten.

Die kalte Jahreszeit machte mir keine Angst mehr, weil Moni den Kamin anfeuerte und der Morgen auch dann noch warm und duftend war, als die Blätter anfingen, sich zu verfärben.

Die Kulisse um mich herum veränderte sich gemäß den Jahreszeiten, die Natur drehte sich weiter im Kreis, und ich fühlte mich sicher wie ein Fixpunkt von Banach: Jede Funktion warf mich auf mich selbst zurück. Aus jeder Entwicklung ging ich als ich selbst heraus.

Meine Mutter fragte, ob ich keine Lust hätte, besuchsweise nach Hause zu kommen, ich hätte doch hin und wieder frei. Außerdem stünden hohe Feiertage an.

»Ein Mathematiker hat nie frei.« Für so einen Wortwechsel musste ich nicht einmal meine Lektüre unterbrechen. »Natürlich habe ich Lust, nach Hause zu kommen. Dieses und nächstes Jahr noch nicht, aber vielleicht irgendwann in den kommenden fünf, zehn Jahren.«

»Wie schade«, sagte meine Mutter.

»Du musst meinetwegen nicht mehr lügen«, sagte ich. »Du kannst dich ruhig darüber freuen, dass Moni mich jetzt an der Backe hat und die Dinge für dich einfacher werden.«

»Ich werde immer für dich lügen«, sagte meine Mutter. »Ich hab dich sehr lieb.«

»Das habe ich niemals angezweifelt«, antwortete ich.

Weihnachten war überflüssig, wenn man mit wichtigen Dingen beschäftigt war. Moni hatte Kerzen gekauft und Nüsse auf der Fensterbank verteilt, als machte sie ein Buffet für Eichhörnchen. Das Anzünden vergaß sie dankenswerterweise. Neben der Deko reihten sich Päckchen auf, die Moni per Post oder persönlich erreicht hatten.

»Von wem ist das alles?«, fragte ich.

Sie sah nicht einmal hin. »Alte Bekannte. Freunde. Frühere Kunden.«

»Woher kennst du sie alle?«

»In meinem Alter wirst du auch mehr Leute kennen als jetzt.«

»Ich hoffe nicht.« Ich deutete auf einen stinkenden, in Geschenkpapier eingeschlagenen Zylinder. »Von wem ist das?«

Moni sah auf. »Von Pit.«

»Schmeiß es weg«, sagte ich. »Öffne lieber mein Geschenk.«

»Jetzt schon?«

»Warum nicht?«

Sie gehorchte. Es war riesig und in buntes Papier eingeschlagen. Moni öffnete das Paket und schaute mich ratlos an.

»Dein erster Teddybär«, sagte ich. »Weil du nie einen hattest.«

Ich bekam vier Geschenke: ein Buch mit Witzen von Moni, einen Kräutergarten für die Fensterbank von Justin, eine Karte mit angeklebtem Mini-Lebkuchen von Daniel Johannsen (»Grüßen Sie Ihre Familie«) und einen Umschlag von Herrn Kosinsky. Ich hatte noch nie Geschenke außerhalb der Familie bekommen und wusste gar nicht, wie ich diesen Goldstatus erreicht hatte. Der Umschlag war streng genommen kein Weihnachtsgeschenk. Herr Kosinsky hatte ihn mir bereits vor einer Woche mit den Worten »Lesen Sie in einem ruhigen Moment, aber seien Sie dabei möglichst nicht allein« in die Hand gedrückt. Somit hatte ich eine gute Sache, die ich für die Feiertage vorhatte.

Am dreiundzwanzigsten Dezember hupten meine Eltern vor dem Tor, um mich abzuholen.

»Nur drei Tage«, sagte ich zu Moni. »Ist auszuhalten, oder? Wir bleiben in Verbindung.«

Meine Eltern unternahmen einen letzten Versuch, Moni einzuladen.

Moni machte ein bedauerndes Gesicht. »Ich würde so gern, aber das würde mir meine Familie nicht verzeihen.« Ich wusste, dass ihre Familie ihr schon ganz andere Dinge verziehen hatte. In Wirklichkeit wollte sich Moni bestimmt allein zu Hause verschanzen und lernen, während alle anderen sich um Weihnachtsgans und Plätzchen scharten.

»Nicht dass du, wenn wir uns wiedersehen, eine neue Programmiersprache erfunden hast«, sagte ich. Moni, die alle Probleme mit Stift und Papier löste und in vielen Bereichen weiterhin aussichtslos ungebildet war, versuchte gar nicht erst, meine mathematikhistorische Anspielung zu verstehen.

Ich öffnete Herrn Kosinskys Umschlag bereits während des Gottesdienstes, eingeschmuggelt in das Gesangbuch, das Papier auf das richtige Format zusammengeknickt. Es handelte sich um Ray Bradburys Kurzgeschichte *Tomorrow's Child.*[30] Obwohl ich Fiktion verabscheute, ließ ich mich auf die wenigen Seiten ein, die beschrieben, wie ein Kind aufgrund einer geburtshilflichen Panne in die vierte Dimension geboren und von seinen Eltern als blaue Pyramide wahrgenommen wurde.

30 der unverschnörkelte deutsche Titel: *Das vierdimensionale Kind*

»Oscar, was machst du?« Meine Mutter versuchte wie früher, mich mit ihrem Blick fernzusteuern. Neben ihr grimassierte meine Schwester Lou, die meine Mutter wahrscheinlich überhaupt erst darauf aufmerksam gemacht hatte, dass ich auch dieses Jahr nicht mitsang.

»Bitte tu diese Blätter weg.«

»Ich muss hier raus«, sagte ich.

»Ist dir nicht aufgefallen, dass wir mitten im Gottesdienst sind?«

»Du kannst den Leuten sagen, dass ich Durchfall habe.« Ich quetschte mich an Knien und Ellbogen vorbei und rannte in authentisch gebückter Haltung hinaus, bis ich auf der Straße stand und das Telefon ans Ohr drückte.

»Was ist passiert?« Bei Moni im Hintergrund dudelte etwas.

»Ist Herr Kosinsky da?«

»Was ist passiert?«

»Sag ihm, ich muss ihn sprechen.«

»Oscar, was ist passiert?«

»Gar nichts«, sagte ich. »Ich muss mit ihm über die Kurzgeschichte sprechen.«

»Jetzt?!«

»Passt es gerade nicht?«

Ich hörte eine vielstimmige Diskussion. Schließlich meldete sich eine Männerstimme. »Peter Kosinsky für Oscar.«

»Oscar für Herrn Kosinsky«, sagte ich. »Ich kann Sie beruhigen. Jan ist keine blaue Pyramide geworden. Das kann ich Ihnen quasi garantieren. Die Wahrscheinlichkeit für ein solches Ereignis liegt bei höchstens minus zehn.«

»Die Wahrscheinlichkeit kann nur Werte zwischen null und eins annehmen«, sagte Herr Kosinsky.

»Sehr gut. Ich wollte testen, ob Sie es wirklich sind. Sie dürfen keiner Fiktion glauben. Es würde Ihnen auch nicht helfen, wenn Sie selbst zu einer Pyramide werden und in Jans angebliche Dimension wechseln, wie es in der Geschichte beschrieben wird. Das ist wissenschaftlicher Humbug.«

»Ich weiß«, sagte Herr Kosinsky. »Das ist Literatur.«

»Warum geben Sie es mir dann zum Lesen?«

»Zum Nachdenken«, sagte Herr Kosinsky.

»Ich tue, seit ich geboren bin, nichts anderes.«

»Ich lese diese Geschichte mindestens einmal im Jahr«, sagte Herr Kosinsky. »Ich kann sie in drei Sprachen auswendig.«

»Sie ist doch ausgedacht«, sagte ich enttäuscht.

»Natürlich ist sie ausgedacht.« Ich hörte den erhobenen Zeigefinger in Herrn Kosinskys Stimme. »Aber wer sagt, dass sie dadurch weniger wahr ist?«

## DER GROSSE KLAU

Es kam der Tag, an dem ich wieder einmal ein Paper von Daniel Johannsen las, eine Tätigkeit, die ich regelmäßig ausübte.

Erst dachte ich, ich hätte eine falsche Veröffentlichung aufgeschlagen, etwas Niedrigschwelliges, Populärwissenschaftliches, wo nur noch die bunten Bilder und die flachen Witze fehlten. Ich überprüfte die Quelle: Der Artikel stammte von Daniel Johannsen aus der Zeit um die

Verleihung der Fields-Medaille. Er beschrieb, wie schon während meiner früheren Leseversuche, seine bahnbrechende Entdeckung zu mehrdimensionalen Körpern. Mit dem Unterschied, dass ich diesmal verstand, worum es ging. Ich verstand den Grundgedanken, ich verstand den Aufbau der Argumentation, ich blieb höchstens bei Details hängen, um später noch einmal zu ihnen zurückzukehren.

Dieser Fortschritt hatte zwei Gründe: Erstens hatte mein Verstand seit der letzten Lektüre offenbar die Fähigkeit weiterentwickelt, höchste Komplexität zu entziffern.

Und zweitens hatte ich wesentliche Teile der Begründung bereits anderswo und vor allem besser gelesen.

Es fiel mir nicht schwer, mich an die ursprüngliche Quelle zu erinnern. Wenn ich einmal etwas wahrgenommen hatte, ließ es sich nicht mehr aus dem Gedächtnis löschen. Manchmal wünschte ich, ich könnte Dinge vergessen, Menschen, Farben und Gerüche, aber alles, was ich jemals erlebt hatte, war noch da. Auch das vergilbte Papier, die verblassenden Buchstaben, der Staub in der Nase, das C in der Ecke.

»Moni!« Ich rannte aus dem leeren Seminarraum, in den ich mich in einer Pause zwischen Vorlesungen zum Lesen zurückgezogen hatte, an die sogenannte frische Luft, die Moni eigenen Angaben zufolge ab und zu atmen wollte. Ich lief auf die Straße und stieß mit einem Mann zusammen.

Fast hätte ich ihn nicht erkannt. Es war, als wären seit der letzten Begegnung nicht Wochen, sondern Jahre vergangen. Er war dicker und rotgesichtiger geworden, die lange Haartolle war nur notdürftig zusammengeklebt und schwankte mit jeder unsteten Bewegung seines Kopfes. Das Hemd stank nach Schweiß und war bis zum Bauchnabel aufgeknöpft. Eine Ethanolwolke wurde mit jedem Atemzug weiter in meine Richtung geweht. Ich fühlte mich wie in den britischen Sozialdramen, die meine Eltern gern zur Entspannung schauten.

Zu meiner Überraschung schien Pit erfreut, mich wiederzusehen. Er wandte sich mir zu und deutete mit dem Finger. »Du! Ja, du!«

Ich erschrak. Es war zu spät, um wortlos davonzurennen.

Der Finger zeigte weiter auf mich. »Du kennst dich hier aus. Wo ist der Arsch?«

»Wen meinen Sie?«, fragte ich bange. Für einen feigen Moment ging ich davon aus, dass Pit gekommen war, um sich an mir zu rächen – schließlich hatte ich Moni nach dem Streit beherbergt und damit eine mögliche Versöhnung verhindert. Ich trat einen Schritt zurück.

»Der Typ.« Pits Hände versuchten, etwas zu beschreiben, woraus ich nicht schlau wurde. »Dieser Daniel.«

»Ach so.« Ich atmete erleichtert aus. Bevor ich länger darüber nachdenken konnte, winkte ich Pit hinter mir her, führte ihn zum richtigen Eingang, zeigte auf die Treppe: »Erstes Büro links.«

Ich blieb stehen und zählte die Sekunden, bis ich den Aufschrei hörte. Daniel Johannsen stürmte aus seinem Büro und die Treppe hinunter. Zwischen den Fingern, die er gegen die Nase drückte, tropfte Blut. Ihm folgte Pit, der kaum die Richtung einhalten konnte und verwirrt seine eigene Faust anblickte.

Es war laut und dreckig.

Wie im Zeitraffer erschienen einige Informatiker mit ungeahnten Avenger-Qualitäten aus dem Nebengebäude, zerrten den wild um sich schlagenden Pit von Johannsen weg und hielten ihn fest, bis ein Polizeiwagen kam. Johannsen lehnte sich schwer atmend gegen eine Platane, rutschte an ihr hinunter und blieb so sitzen, die Hände am Gesicht, während das Blut zwischen den Fingern hindurchtropfte.

Pits verwaschene Flüche blieben in den Bäumen hängen wie Spuckefäden. Monis Name verteilte sich in der Luft wie angeleuchtete Staubpartikel. Ein Teil der von Pit benutzten Metaphern war mir unbekannt, ein anderer bediente sich des veralteten Vokabulars aus dem Bereich der Sexarbeit unter expliziter Benennung der beteiligten Körperregionen.

Pit jaulte in einiger Entfernung auf, als Moni aus einem Seiteneingang herausgelaufen kam. Sie sank vor Johannsen auf die Knie und holte ein Taschentuch hervor.

Sie war nicht mehr so gut auf alle Eventualitäten vorbereitet wie früher. In ihrer Handtasche fehlten die Windeln, die Feuchttücher, die mit Traubensaft gesüßten Kekse. Aber für Erste Hilfe am berühmtesten Mathematiker Deutschlands reichte es immer noch.

Johannsen schaute sie von schräg unten an. Sie schaute auf ihn hinunter und tupfte an seinem Gesicht herum. Ihre Miene war so schmerzverzerrt, als hätte Pits Faust sie persönlich getroffen.

Sie half Johannsen auf, der dabei schwach den herumstehenden Zuschauern zulächelte. Dann holte er sein Handy heraus und machte ein Selfie. Von Moni gestützt, wankte Johannsen zurück ins Gebäude, Hilfsangebote der Beobachter mit Kopf- und Handbewegungen ablehnend.

»Wie konnte das nur passieren«, hörte ich neben mir.

Ich drehte den Kopf und sah Professor Herbst.

»Es ist alles meine Schuld«, sagte ich. »Außerdem habe ich gerade etwas Bahnbrechendes herausgefunden. Ich weiß nicht, wem ich das sagen soll. Eigentlich müsste ich zur Polizei gehen. Hören Sie mir trotzdem zu. Johannsens bedeutendste Erkenntnisse haben sehr viel mit den Arbeiten von Jan Kosinsky zu tun. Johannsen hat von einem jüngeren Mitschüler geklaut und sich nirgendwo auf ihn berufen. Kein Wunder, dass seine Forschung stagniert. Als Wissenschaftler ist Johannsen, um Mister Browns Worte zu benutzen, nur ein Epsilon: etwas ganz Winziges, gerade mal größer als null. Ich weiß nicht, wofür ich jetzt noch leben soll.«

Je mehr ich sprach, desto tiefer furchte sich Herbsts Stirn.

»Wer ist Mister Brown?«, fragte er schließlich.

»Ein alter Freund«, sagte ich. »Der einzige, den ich hatte, bevor ich Moni kennenlernte. Mit alt meine ich immer noch jünger als Sie. Bin nicht gut im Schätzen. Sie sollten eher fragen, wer Jan Kosinsky ist.«

Herbst seufzte. »Das muss ich nicht fragen. Das weiß ich.«

Es war beeindruckend zu erleben, wie schnell sich die Nachricht verbreitete, dass sich vor dem Hauptgebäude der mathematischen Fakultät eine Schlägerei ereignet hatte. Die Beschreibungen divergierten: In den Gruppenchats war mal von einem geistig verwirrten Obdachlosen, dann von einem betrunkenen Ehemaligen und schließlich sogar von einem erbosten, extra aus Nordkorea angereisten Konkurrenten die Rede. Zwar war immerhin das Opfer eindeutig, jedoch konnte sich niemand auf ein Motiv einigen. Es gab eine Mehrheit für die Mutmaßung, dass sich ein ehemaliger Prüfling an Daniel Johannsen rächen wollte, weil dieser ihn in einer Abschlussarbeit hatte durchfallen lassen. Gegner der Hypothese wiesen darauf hin, dass der mutmaßliche Täter niemandem am Fachbereich bekannt war. Gegner der Gegner erwiderten, dass es sich um einen betroffenen Angehörigen des unglücklichen Prüflings handelte, da Letzterer sich nach der damaligen Schande vor vielen Jahren mit einem Samurai-Messer entleibt hatte.

Die Spannweite der angeblich zugefügten Verletzungen reichte von einem Kratzer bis zum klinischen Tod.

Mein Bedürfnis, Fehlvorstellungen anderer Menschen zu korrigieren, war unter null gesunken. Monis Name tauchte manchmal auf, wurde aber von anderen Namen überdeckt und verschwand irgendwann darunter wie ein Herbstblatt des Vorjahres.

Obwohl ich bildhafte Sprache verabscheute, ließ es sich nicht anders sagen: Dass Daniel Johannsen kurz nach dem Faust-Vorfall Moni anbot, ihre Bachelorarbeit bei ihm zu schreiben, schlug wie eine Bombe ein. Im Fachbereich, in der Universität und noch mehr in meinem Herzen.

Ich erfuhr es von Moni und sagte es niemandem weiter. Woher es alle anderen Menschen in Windeseile erfuhren, konnte ich nicht rekonstruieren. Vielleicht verständigten sich Angehörige akademischer Einrichtungen über ein unsichtbares Wurzelwerk, sendeten chemische Signale aus oder übermittelten relevante Nachrichten über einen Schwänzeltanz, der externen Beobachtern verborgen blieb. Ein derart heiß diskutiertes Thema hatte es nicht mehr gegeben, seit die Mensa Schnitzel aus Quorn serviert hatte. Anstatt sich auf Inhalte ihrer Studien und ihrer Forschung zu konzentrierten, stellten Studierende wie Dozenten Hypothesen über das Zustandekommen der Johannsen-Kosinsky-Konstellation auf. Ein kleinerer Teil mutmaßte, dass es sich bei Moni um ein mathematisches Genie handelte, das Johannsen ganz allein entdeckt hatte und weiter fördern wollte. Der größere Teil unterstellte Johannsen unlautere PR-Absichten, da Monis überraschend erfolgreiches Studium angeblich bereits das Interesse der wissenschaftlichen und regionalen Medien geweckt hatte.

Niemand kam der Wahrheit auch nur annährend nah.

»Sie hat zu viel Kaffee mit ihm getrunken«, sagte ich zu Herbst in seinem winzigen Büro. Ich war nicht einfach so hereingeplatzt, sondern hatte mich vorschriftsmäßig in das vergilbte Blatt eingetragen, das an seine Tür gepinnt war, um dann ebenso regelkonform zur ausgeschriebenen Sprechstundenzeit zu erscheinen. »Glauben Sie, er hat ihr etwas in das Heißgetränk gemischt?«

»Unwahrscheinlich.« Herbst rotierte auf seinem Stuhl wie ein hyperaktiver Achtklässler und hypnotisierte die Magnolie vor seinem Fenster.

»Dann ist das alles meine Schuld«, sagte ich. »Ich habe ihn in den Himmel gelobt. Sie vertraut mir in allem, ich bin ihr Mentor und ihre absolute Autorität. Sie hat beschlossen, meinen Kindheitstraum zu leben.«

»Ich werde aus Ihrem Problem nicht schlau.« Herbst machte eine halbe Drehung. »Sind Sie neidisch?«

»Ich bin desorientiert«, sagte ich. »Daniel Johannsen ist nicht der, für den ich ihn immer gehalten habe. Er ist, zumindest eventuell, ein Betrüger. Aber Sie halten mich davon ab, diesen Verdacht öffentlich zu machen.«

Herbst versenkte die Finger in seinem ergrauten Haar und beugte sich erneut über das Blatt aus Jan Kosinskys Mappe, das ich ihm kopiert und bereits vor zwei Wochen mitgebracht hatte.

»Sie hatten viele Tage Zeit, diese brillante Argumentation anzustarren«, sagte ich. »Sie sehen doch, dass ich recht habe.«

Herbst schüttelte, wie schon in der Woche zuvor, leicht den Kopf. »Ich verstehe lange nicht alles«, sagte er. »Aber dafür kenne ich mich mit Daniels Forschung gut aus. Ich sehe Parallelen in der Argumentation, aber auch einen komplett anderen Zugang.«

»Es kann nicht sein, dass Sie da nicht noch mehr sehen«, sagte ich. »Die Aussagen haben die gleiche Farbe und die gleiche Melodie wie Johannsens wichtigste Veröffentlichungen. Es ist geistiger Diebstahl. Ich sollte ihn zur Anklage bringen.«

»Wissen Sie eigentlich, dass die L'Hospital-Regel gar nicht von de L'Hospital selbst formuliert wurde?«, fragte Herbst.

»Sondern?«, fragte ich misstrauisch.

»Angeblich hat de L'Hospital sie Johann Bernouilli abgekauft.« Herbst schmunzelte.

»Das ist skandalös«, sagte ich entsetzt. »Wollen Sie damit sagen, dass auch Johannsen für Ideen bezahlt hat? Dann hat er die Medaille erst recht nicht verdient.«

»Nicht einmal annähernd will ich so etwas sagen.«

Herbst sah mich mit einem so müden Blick an, dass mir ungemütlich wurde. »Ich will sagen: Wir wissen zu wenig, um uns voreilig mit solchen Behauptungen lächerlich zu machen. Und wenn ich *wir* sage, meine ich *Sie*. Es scheint bei Ihnen irgendetwas Persönliches dahinterzustecken, aber meine große Empfehlung: Lassen Sie los. Bedenken Sie, dass ich in diesem Fall Zeuge der Verteidigung bin. Ich kenne Daniel, seit er sechzehn ist. Ich habe ihn unterrichtet. Er war eine große Begabung.«

»Was ist mit Jan Kosinsky? Können Sie sich an ihn überhaupt erinnern?«

Herbst rieb sich die Augen. »Ich mache mir Vorwürfe, dass ich damals so wenig mitgekriegt habe. Ich war in meinen Zwanzigern, als ich abgeordnet wurde, einen kleinen Kreis der Hochbegabten am Kolmogorov-Gymnasium zusätzlich zu unterrichten. Ich war frisch promoviert, neu in einem fremden Land, zu sehr mit mir selbst beschäftigt. Johannsen hat es mir leicht gemacht.«

»Können Sie sich wenigstens an Moni erinnern?«, fragte ich. »Dunkle Zöpfe und ein karierter Rock?«

Herbst lächelte traurig. »Das Einzige, woran ich mich erinnere, ist, dass ich mich wunderte: Was macht ein Mädchen in dieser Gruppe? Dann wurde mir erklärt, dass sie nur ihren Bruder begleitet.«

»Sonst nichts?«

»Sie werden sich in vierzig Jahren nicht mehr an mich erinnern«, sagte Herbst.

»Da irren Sie sich«, sagte ich. »Außerdem finden Sie es doch auch nicht gut, dass Moni bei Johannsen schreibt.«

»Das habe ich nicht gesagt.« Eine Drehung, und Herbst war nur noch von schräg hinten zu sehen.

»Das riecht man doch kilometerweit«, sagte ich. »Sie hassen es. Sie ärgern sich schwarz, sprechen es aber nicht aus. Wollten Sie, dass Moni bei Ihnen schreibt? Sind *Sie* vielleicht neidisch? Gönnen *Sie* es ihr vielleicht nicht?«

»Ja, ja und doch«, sagte Herbst. »Aber vor allem weiß ich, wie diese Sache leider enden wird.«

## DER ABSCHLUSS

Moni und ich hörten auf, miteinander zu reden.

Das heißt, natürlich tauschten wir weiterhin verbale Äußerungen aus. Sie fragte mich, ob ich zum Frühstück Toast oder Zwieback wollte, und ich fragte sie, ob sie mit Absicht den schmutzigen Teller auf der Gartenbank vergessen hatte. Wir erkundigten uns sogar danach, wie der jeweils andere geschlafen habe, und fanden Zeit für einen kurzen Austausch über die aktuellen Wetterverhältnisse im historischen Kontext.

Der Rest war ohrenbetäubendes Schweigen.

Obwohl ich erwartet hatte, dass Moni ab jetzt ständig mit Johannsen Kaffee trinken würde, um sich über die Inhalte der Abschlussarbeit zu verständigen, verließ sie ihr Zimmer selten. Und wenn, dann nur, um in die Bib zu gehen. Wenn ich dann die Tür zu ihrem Zimmer öffnete und einen Blick hineinwarf, fand ich aufgeschlagene vergilbte Werke vor, ein deutsch-englisches Wörterbuch, irgendwelche Blätter mit Notizen.

Moni wirkte nicht einmal annähernd so glücklich, wie sie in dieser Phase meiner Meinung nach hätte sein sollen.

Ich kannte sie bereits schlaflos und überarbeitet, mit benebeltem Blick aus blutunterlaufenen Augen und verworrenem Haar, das ihr in die Stirn fiel. Aber so kannte ich sie noch nicht. Ihr Gesicht hatte einen neuen Grauton angenommen und wirkte, als wäre es plötzlich einer erhöhten Schwerkraft ausgesetzt, die alles herunterzog.

»Was ist los?«, fragte ich bei der nächsten Begegnung in der Küche. »Bist du krank?«

Moni drehte sich zu mir, ihre Unterlippe zitterte.

»Ich habe mich hoffnungslos überschätzt, Kleiner. Ich schaffe es nicht. Ich verstehe nicht einmal annährend, was ich machen soll. Was soll ich nur tun?«

»Selber schuld«, wollte ich antworten, aber schon waren ihre Arme um mich geschlungen, ihr Kopf lag auf meiner Schulter, meine Hand klopfte auf ihren Rücken.

Es stellte sich heraus, dass Monis Schwierigkeiten nicht nur durch ihre unausgereiften Fähigkeiten im wissenschaftlichen Arbeiten begründet waren. Statt einer Aufgabenstellung und einer Literaturliste hatte Johannsen ihr die Titel von drei alten Büchern genannt, die es nur noch antiquarisch in englischer Sprache gab.

»Warum gehst du nicht mit ihm Kaffee trinken und all das besprechen?«, fragte ich. »Er ist dein Betreuer.«

Moni blinzelte. »Er ist wieder in Kalifornien.«

Irgendetwas verschob sich in meiner visuellen Wahrnehmung. Ich hatte keine Frau in den Wechseljahren mehr vor mir, sondern ein Mädchen mit Zöpfen, das zwei

Schulranzen gleichzeitig zu schultern versuchte, während ein jugendlicher Johannsen mit Jan Kosinskys Aufzeichnungen, begleitet von einer triumphalen Melodie, der untergehenden Sonne entgegenritt. Ich blinzelte das Bild weg.

»Professor Herbst soll dir helfen.«

Moni wurde rot. »Er ist sauer.«

Ich war wieder im Kindergarten, und das dumme Mädchen mit den dunklen Zöpfen war zu trotzig und stolz, um Hilfe anzunehmen.

Ich hob die drei empfohlenen Lektüren vom Boden auf und schlug sie gleichzeitig auf.

»Ich lese sie und erkläre dir auf Deutsch, was drinsteht«, sagte ich.

»Das musst du nicht«, sagte Moni.

»Natürlich muss ich das. Du hast nur noch eine sehr begrenzte Lebenserwartung, wogegen ich mit hoher Wahrscheinlichkeit unsterblich bin.«

Es stellte sich heraus, dass Moni doch zu wenig bei mir gelernt hatte. Auch wenn es mir gelungen war, mathematische Inhalte in ihren Kopf zu transferieren, waren ihr die einfachsten Dinge des akademischen Umgangs nach wie vor fremd. Sie hatte immer noch nicht gelernt, unzählige E-Mails zu schreiben und Sekretärinnen zu terrorisieren, Professoren zu belauern und ihnen juristische Schritte wegen mangelhafter Betreuung und ungerechter Benotung anzudrohen. Sie wollte Johannsen nicht einmal mit Nachfragen belästigen, weil er angeblich ein viel beschäftigter Mann war.

Bei der einzigen Besprechung, die wegen der Zeitverschiebung in der Nacht online stattgefunden hatte, hatten Moni und Johannsen offensichtlich nur über Johannsens gerade überstandene Magenverstimmung geredet. Ich hatte alles verschlafen und dabei geträumt, dass ich mit Daniel Johannsen angeln war, wobei mein Angelhaken immer wieder leer auftauchte und an Johannsens Haken ein quietschendes purpurfarbenes Schwein baumelte.

»Hast du ihm wenigstens deine Fragen gestellt?«

Moni sah beschämt auf ihren Teller. Sie hatte zu wenig von der Lektüre verstanden, um überhaupt Fragen formulieren zu können.

»Habt ihr wenigstens eine Gliederung besprochen?«

»Ich fühle mich wie in der Schule«, sagte Moni.

»Ich dachte, damals hast du nur dumm getan, um sitzen zu bleiben und damit bei deinem Bruder sein zu dürfen, und hast in Wirklichkeit alles verstanden?«

»Du denkst zu gut von mir«, sagte Moni.

»Soll ich jetzt deine Abschlussarbeit ganz allein schreiben?«

»Hast du nichts Besseres zu tun?«

Ich hatte tatsächlich gerade nichts Besseres, vor allem nichts Spannenderes zu tun. Ich hätte mich auch längst für meine eigene Abschlussarbeit anmelden können. Stattdessen versuchte ich, die Melodie von Jan Kosinskys Beweisführung nachzusingen. In der Zwischenzeit saß ich mit einem halben Dutzend Menschen in Nischenvorlesungen, in denen ich besonders gut nachdenken konnte, und pfiff leise vor mich hin. Die erworbenen Leistungspunkte häuften sich in meinem elektronischen Notenverzeichnis wie Bonusmeilen, nur dass sie nicht verfielen, wenn ich auf die Idee kommen sollte, sie gegen eine Prämie in Form eines Abschlusses einzutauschen.

»Wenn du irgendwann zum Promovieren nach Australien ziehst, kann ich mein Studium immer noch abschließen«, sagte ich zu Moni. Ich wollte sie mit diesem Scherz aufbauen, weil mir ihre Verzweiflung nicht gefiel. Ich wollte nicht, dass sie wieder kaputtging, nachdem ich sie so mühsam wieder zusammengesetzt hatte.

Mir war klar, dass ich bei dieser Aufgabe Unterstützung benötigte. Ich ging erneut in Herbsts Sprechstunde und bat ihn, auf seinen früheren Schüler einzuwirken, der trotz seiner inländischen akademischen Verpflichtungen so gern verreiste. Herbst drehte sich in seinem Stuhl und sah aus dem Fenster.

»Sind Sie immer noch beleidigt?«, fragte ich. »Weil Moni sich für einen jüngeren Betreuer entschieden hat?«

»Und wenn schon?« Mir war nicht entgangen, dass Herbst nach wie vor die Kopie von Jans Argumentation auf seinem Schreibtisch liegen hatte. »Ich bin ein Mensch und habe Gefühle.«

»Ich dachte, ich hätte keine«, sagte ich. »Aber dann musste ich gestern mit meinem Freund Pfannkuchen für seine kleinen Brüder backen und ihm dann auch noch beim Windelwechsel helfen, weil ich mich dafür verantwortlich fühle, dass seine Großmutter nicht mehr als solche funktioniert. Ich bin kaputt. Darf ich zum Ausgleich wenigstens zur Polizei oder zum Hochschulpräsidenten gehen und Johannsen wegen geistigen Diebstahls anzeigen?«

»Versuchen Sie es doch«, erwiderte Herbst. »Das wird für alle ein großer Spaß.«

Wenn er so gallig war, hatte ich keine Freude an seinen Ratschlägen. Ich schrieb Johannsen von Monis Uni-Mail-Adresse,[31] nachdem ich gesehen hatte, dass er sechs ihrer Nachrichten unbeantwortet gelassen hatte. Ich legte einen Termin für eine Online-Besprechung fest und unterschrieb mit meinem Namen. Trotzdem erschrak Johannsen sichtlich, als er mich zur vereinbarten Zeit auf seinem Bildschirm sah. Ich musste ihn erst beruhigen, dass er nicht aus Versehen im falschen Videocall gelandet war.

»Ich habe Sie für ein Deepfake gehalten«, stammelte er.

»Sie brauchen mir nicht zu schmeicheln«, sagte ich. »Mein Onkel lässt Sie herzlich grüßen.« Ich hatte mich extra bei ihm versichert, dass ich das zu jedermann sagen durfte, ob er die Person kannte oder nicht. Onkel Magnus war nicht geizig mit seinen Grüßen.

Dann ging ich zur Tagesordnung über: »Warum betreuen Sie Moni nicht anständig? Es ist Ihre Pflicht. Sie haben sich dazu bereit erklärt, Sie sind ihr Hauptprüfer.«

»Diese Situation ist etwas absurd«, sagte Johannsen. »Passt denn gar niemand auf Sie auf?«

»Sie werden lachen, aber ich bin inzwischen volljährig und habe nicht einmal einen Vormund«, sagte ich.

Daniel Johannsen schlug sich die Hände vors Gesicht. Es war eine Geste, die Menschen gern in meiner Anwesenheit gebrauchten. Die hohe Auflösung meines Bildschirms vermittelte einen guten Eindruck von seinen sonnengeblichenen langen Haaren, der gleichmäßi-

31 Sie hatte überall dasselbe Passwort.

gen Bräune, die vom schneeweißen Hemd betont wurde. Vielleicht war er die ganze Zeit am Surfen.

»Sie machen mich fertig«, sagte Johannsen.

»Wenn Sie nur wüssten«, erwiderte ich.

Am nächsten Morgen legte mir Moni die stichwortartige Gliederung vor, die Johannsen ihr per Mail geschickt hatte.

»Geht doch«, sagte ich. Inzwischen verstand ich auch die Aufgabenstellung. Es ging darum, die bereits bekannten sechs vierdimensionalen hochsymmetrischen Polytope nach einem historischen Schema zu klassifizieren und mit einem aktuellen zu vergleichen. Plötzlich wusste ich genau, wie es gehen sollte. Mehr noch, Moni wusste es auch. Jans Melodie spielte ohrenbetäubend in meinen Ohren, als ich Stunde für Stunde, Tag für Tag Moni beim Eintippen des Textes zusah und kluge Kommentare beisteuerte.

Justin kam vorbei, um uns beim Zeichnen der Graphen zu helfen. Ich war sicher, dass Moni sein Hilfsangebot nur um des Familienfriedens willen akzeptiert hatte – etwa so, wie sie Keanu überschwänglich lobte, wenn er eine Gabel benutzte. Es hatte irgendetwas mit Pädagogik zu tun. Als sich herausstellte, dass Justin nicht nur spielend mit dynamischer Geometrie-Software umgehen konnte, sondern auch die Basics von Python beherrschte, wurde ich sauer.

»Du hast mir gesagt, du kannst nichts und willst sowieso nur Rapper werden.« Ich fühlte mich auf den Arm genommen.

»Das war ein Zitat, Einstein.« Justin saß an meinem

Computer und ließ schwindelerregend rasch Pfeile und Muster entstehen, verschob sie und färbte sie um.

»Wer hat dir das beigebracht?«

»Ein indischer Dude auf Youtube.«

»Du hast mich die ganze Zeit angelogen«, sagte ich fassungslos. »Du handelst in Wirklichkeit gar nicht mit Drogen und bist auch kein Ladendieb?«

»Das hast du doch nicht wirklich geglaubt.« Justin löschte sein Bild und begann von vorn.

»Doch.«

»Warum willst du unbedingt, dass ich dumm bin?«

»Ich will das nicht«, sagte ich. »Ich meine nur, es wäre mir irgendwie egal.«

Justin prustete. Für einen Moment kam es mir vor, als hätten sich seine ganzen Graphen auf meinem Bildschirm zu einem pochenden Herzen zusammengefügt. Dann löschte er auch dieses Bild.

Eine Woche vor Abgabe hatten wir die erste Fassung der Abschlussarbeit fertig. Moni schickte sie an Daniel Johannsen, damit er sie, wie allgemein üblich, vor der eigentlichen Abgabe durchsehen und Verbesserungen einbringen konnte.

Als sie auf »senden« geklickt hatte, schlief ich augenblicklich auf der Couch ein.

Daniel Johannsen meldete sich zwei Tage vor Ablauf der Abgabefrist mit der Antwort: »Ok.«

»Was meint er damit?« Moni hatte immer noch rote Augen von den vergangenen Nachtschichten.

»Keine Ahnung.« Ich öffnete den Dateianhang mit der Arbeit, den Johannsen mitgesandt hatte, und suchte sie nach Korrekturhinweisen ab. Ich fand nichts. Es war genau die ursprüngliche, unkommentierte Version, die Moni in meinem Beisein verschickt hatte.

»Muss ich gar nichts mehr verbessern? Kann es sein, dass wir jetzt fertig sind?«, fragte Moni ratlos.

»Kann eigentlich nicht sein«, sagte ich. »Ist aber so.«

Wir gingen zusammen zum Copyshop, um die Arbeit vorschriftsgemäß in drei Exemplaren auszudrucken und binden zu lassen. Moni suchte lange nach der geeigneten Farbe, entschied sich nach längerer Rücksprache mit allen Beteiligten für ein leuchtendes Rosarot und nahm die gebundene Arbeit ehrfürchtig entgegen.

»Das stammt von mir«, sagte sie mit feuchten Augen.

»Und ein bisschen von mir«, sagte ich. »Wenigstens bei diesem Werk warst du nicht alleinerziehend.«

Justin und ich warteten auf der Straße, während Moni die Abschlussarbeit im Prüfungsbüro abgab.

»Endlich ist es vorbei«, sagte Justin. »Dann kriege ich vielleicht meine Großmutter zurück.«

Ich wusste nicht, wie ich es ihm sagen sollte.

Moni kam mit leuchtenden Augen heraus.

»Ich bin fertig«, sagte sie. »Was mache ich jetzt? Soll ich mit euch zwei Hübschen einen Kakao trinken gehen?«

Ich begriff, dass sie dem gleichen Fehler wie Justin aufsaß.

»Du Arme«, sagte ich. »Hat dir niemand gesagt, dass du die Arbeit noch verteidigen musst?«

Daniel Johannsen kehrte gerade rechtzeitig an die Universität zurück, um die Verteidigung am letzten Tag der erlaubten Frist abzunehmen. Der Fachbereich verschickte per Rundmail eine Einladung, da es sich bei jeder Verteidigung um eine öffentliche Veranstaltung handelte. Ich übte mit Moni ihre Präsentation.

»Ich habe Angst«, wiederholte sie immer wieder. »Was ist, wenn viele Leute kommen und ich einen Blackout habe?«

»Niemand kommt«, sagte ich. »Verteidigungen von Abschlussarbeiten sind das Langweiligste der Welt.«

Es stellte sich heraus, dass ich mich getäuscht hatte. Der ausgesuchte Seminarraum erwies sich bereits eine halbe Stunde vor Beginn als zu klein. Der nächstgrößere reichte immer noch nicht aus. Statt pünktlich zu beginnen, zogen wir schließlich in einen der Hörsäle um.

Daniel Johannsen kam herein, als die Zuschauer sich bereits in den Reihen verteilt hatten. Moni stand wie erstarrt an der Tafel. Sie hatte sich schick gemacht und trug einen kurzen roten Rock und eine gepunktete, tief ausgeschnittene Bluse, die aus der Zeit vor unserem Kennenlernen stammen musste. Vor ihr saßen Professoren, Postdocs, studentische Mitarbeiter, Kommilitonen diverser Semester. Manche Gesichter kannte ich gar nicht: Vermutlich hatten sich schon wieder Physiker und Informatiker unters gelehrte Volk gemischt. Herr Kosinsky setzte sich vorsichtig, als drohte der Sitz zu explodieren, in die vorletzte Reihe. Die Tür quietschte, und Püppi drängte sich herein, gefolgt von Quentin, der exzessiv an den Nägeln kaute, und Becker, der sich erschrocken umsah.

»Heike ist beim Arzt. Ronny wartet mit dem Kleinen draußen«, sagte Püppi zu mir, als ich ihr half, einen freien Platz zu finden. »Das hier ist nix für ihn.«

»Ja, Keanu ist noch ein bisschen klein.« Ich nickte und rannte nach vorn zu meinem Platz.

Moni räusperte sich. Die Zuschauer verstummten sofort. Ich kniff die Augen zusammen und stopfte mir die Finger in die Ohren.

Als ich die Hände später herunternahm, war es immer noch still. Es war eine geladene, aufmerksame, dichte Ruhe, durch die sich Monis Stimme bewegte wie eine kraftvolle, hinreißende Welle. Der Vortrag dauerte nur eine Viertelstunde, von der ich die ersten Minuten verpasst hatte. Trotzdem war ich so gebannt, als hörte ich ihn zum ersten Mal.

Es gab Körper mit besonderer, magischer Symmetrie, die schon die Menschen in der Antike beschrieben hatten. Die damaligen Gelehrten hatten sich auf drei Dimensionen konzentriert, die Körper existierten jedoch auch in höheren.

Es gab Wege, diese Objekte zu finden und zu beschreiben.

In der vierten Dimension waren sechs dieser Körper bekannt – mehr als in jeder anderen.[32] Niemand von uns würde sich jemals vorstellen können, wie sie sich anfühlten. Es gab aber mehrere Methoden, diese Anzahl exakt nachzuweisen. Trotzdem war es wie Zauberei. Jedenfalls wenn man Mathematiker war und sich für Symmetrien und Dimensionen interessierte.

Moni senkte den Kopf.

»Danke für Ihre Aufmerksamkeit«, sagte sie.

32 wenn wir, wie üblich, bei dieser Betrachtung die zweidimensionalen Figuren außer Acht lassen

Der Applaus fegte mich fast vom Stuhl. Wir sind doch nicht auf einem Rockkonzert, dachte ich. Dezentes Klopfen hätte auch gereicht.

Ich hätte es vorgezogen, die Geschichte an dieser Stelle zu beenden. Es wäre ein Happy End gewesen. Aber dann trat Daniel Johannsen nach vorn. Er hob die Hand, um den Applaus zu beenden. Als Prüfer war er jetzt für die halbstündige Befragung zuständig.

»Was genau ist ein Polyeder, Frau Kosinsky?«, fragte er freundlich.

Moni stockte. Das weißt du doch, dachte ich, das steht in deiner Arbeit und bildet die Basis deiner Argumentation. Das haben wir geübt.

Moni zitierte die von uns verwendete Definition, die den Begriff Ecken, Kanten und Seitenflächen aufgriff.

»Was genau ist eine Ecke?«, fragte Daniel Johannsen.

Moni sah hilflos zu mir rüber.

»Ist das nicht offensichtlich?«, fragte sie.

»Für mich nicht«, sagte Johannsen liebenswürdig. »Bei der Gelegenheit könnten Sie für mich bitte auch einen Punkt definieren.«

Wahrscheinlich war ich der Einzige, der bereits in diesem Moment die Katastrophe erkannte. Jene Katastrophe, die ich unfreiwillig mitverschuldet hatte.

Johannsen bezog sich auf eine wissenschaftliche Notation, mit der, wie mir siedend heiß klar wurde, weder Moni noch ich uns in den Wochen und Monaten der Bachelorarbeit beschäftigt hatten. Wir hatten uns auf die von ihm empfohlenen Lektüren beschränkt, dort die veralteten historischen Definitionen entnommen, darauf die Argumentation aufgebaut und die von Johannsen gerade abgefragten modernen Begriffe als gottgegeben betrachtet.

Es war, wie ich plötzlich genau wusste, eine Todsünde der Mathematik. Eine Todsünde, auf die Johannsen Moni bei einem der Gespräche sofort hätte hinweisen müssen, anstatt ihre Arbeit durchzuwinken und sie jetzt bloßzustellen.

Die Stille im Saal wirkte erdrückend.

»Ich weiß es nicht«, sagte Moni ruhig.

»Wirklich nicht?«, fragte Johannsen mitfühlend.

Ich wünschte, dass es endlich vorbei wäre. Johannsen bohrte weiter. In den Reihen wurde geraunt.

»Es reicht«, sagte Moni. Ihre Stimme klang ein bisschen tot.

»Wie Sie wünschen. Die Prüfungskommission zieht sich zur Beratung zurück.« Johannsen winkte die Protokollantin Dr. Siemens-Abraham hinter sich her.

Die Zuschauer verließen tuschelnd den Saal. Viele von ihnen drehten sich immer wieder um, ihre Gesichter wirkten ratlos. Moni saß mit dem Rücken zu ihnen in der ersten Reihe, auf das Urteil wartend. Ich wäre an ihrer Stelle schreiend weggerannt. Die ermutigenden Kommentare einzelner Zuhörer erreichten sie nicht. Püppi kam näher, setzte sich hinter ihre Mutter und legte ihr die Hand auf die Schulter. Quentin weinte.

Ich nahm den Platz links neben Moni ein.

»Es ist meine Schuld«, sagte ich.

Sie schüttelte den Kopf. Erleichtert sah ich, dass ihre Augen trocken und klar waren.

»Dieses Studium ist einfach nichts für mich«, sagte sie.

»Unsinn.«

Wir fuhren gleichzeitig herum. Professor Herbst hatte sich rechts von Moni hingesetzt.

»Wir sind schreckliche Menschen«, sagte er. »Aber ich habe euch gewarnt.«

Moni lächelte. »Hast du dir das alles angehört?«

»Vom Anfang bis zum Ende. Vorletzte Reihe links.«

»War es sehr schlimm?«

Herbst nahm ihre Hand. »Ja.«

Johannsen öffnete die Seitentür. »Frau Kosinsky, bitte kommen Sie.«

Ich stand auf. »Darf ich dabei sein?«

»Wenn die Geprüfte nichts dagegen hat.«

Ich wünschte, Moni hätte aufgehört zu lächeln. Zwischendurch wurde ihr Lächeln kleiner, aber es war immer noch da, als Johannsen ihr sagte, sie habe wesentliche Konzepte nicht verstanden und Pseudowissenschaft betrieben. Ihre ganze Argumentation sei voller falscher Prämissen und Zirkelschlüsse. Sie sei höchstens auf einem populärwissenschaftlichen Niveau interessant. Man könne gar nicht auf Anhieb sagen, an welcher Stelle die größten Logiklücken klafften, weil es so viele seien.

»Warum haben Sie es ihr nicht früher gesagt?«, rief ich von meinem Platz neben der Tür aus. »Es wäre Ihre Aufgabe als Betreuer gewesen!«

»Kleiner!«, sagte Moni in meine Richtung, immer noch lächelnd. Frau Siemens-Abraham machte mit ausdruckslosem Gesicht Notizen im Protokoll.

Johannsen beendete seine Rede, faltete die Hände und machte ein bekümmertes Gesicht. »Frau Kosinsky. Oder, da wir uns kennen: Monika. Ich würde dich mit den größten Bauchschmerzen und einer Vier bestehen lassen, aus Respekt vor deiner Lebenssituation und deiner Familiengeschichte. Da ich allerdings zugleich verpflichtet bin, die akademischen Standards zu achten, wäre mir die Alternative lieber.«

Ich merkte selber nicht, wie ich aufsprang. Ich konnte es keine Sekunde länger für mich behalten. Der Mann, dessen Porträt immer noch eingerahmt in meinem Kinderzimmer hing, war gerade dabei, mein bislang schönstes und liebstes Werk zu vernichten. Vor Wut konnte ich nicht klar sehen. Ich war mir auch nicht sicher, was ich genau brüllte, weil Jans Melodie laut in meinen Ohren spielte.

»Sie sind ein Dieb und Lügner!«, schrie ich.[33] »Sie interessieren sich nur für Ihre Haare und Ihre Hemden! Sie betrügen die Mathematik mit Nebensächlichkeiten! Sie haben Ihre besten Ideen von einem anderen, den Sie totschweigen, als hätte es ihn nie gegeben! Wenn Sie Jan Kosinsky alles verdanken – geben Sie wenigstens seiner Schwester, die Sie Ihr Leben lang ignoriert haben, etwas zurück!«

Moni stürzte zu mir, legte mir den Arm um die Schultern, zog mich von Johannsen weg.

»Alles gut«, flüsterte sie in mein Ohr, obwohl alles denkbar schlecht war. Sie hielt mich weiter fest und führte mich hinaus. Ich drehte mich um und sah Daniel Johannsen, der bleich und leicht wankend im Raum stand, als hätte ihm Pit erneut ins Gesicht geschlagen.

»Monika?«, fragte er leise. »Was soll ich jetzt mit deiner Note tun?«

»Daniel, du kannst mich mal«, antwortete Moni.

33 wie Moni mir später schilderte

Püppi weinte so sehr, dass ich fürchtete, ihr bereits durch das Übergewicht strapaziertes Herz würde in der Brust zerspringen. Quentin weinte ebenfalls, und selbst Ronny wischte verstohlen ein paar Tränen weg. Becker guckte auf den Boden. Keanu stimmte in das allgemeine Geheul mit ein. Herr Kosinsky schniefte.

Irgendjemand drückte mir einen Blumenstrauß in die Hand, ich sollte ihn Moni geben. »Aber sie hat es doch gar nicht geschafft«, antwortete ich automatisch.

Endlich entdeckte ich Justin etwas abseits, mit wutverzerrtem Gesicht. Ich versuchte, ihn anzulächeln, aber er sah mich nicht, drehte sich um und stürzte aus dem Raum.

Bevor ich ihm nachrennen konnte, musste ich den pieksigen Rosenstrauß bei meiner besten Freundin abliefern.

Professor Herbst gab mir ein Taschentuch.

»Ich weine doch gar nicht«, sagte ich.

»Sie täuschen sich«, sagte er. »Schöne Blumen übrigens.«

»Sie sind nicht von mir«, sagte ich. »Und ich bin wie Moni. Ich weine nur, wenn Menschen Hunde geschenkt bekommen.«

Moni lächelte immer noch. Es war kein verkrampftes, sondern ein freies Lächeln, als hätte sie trotz der verheerenden Niederlage etwas gewonnen.

»Fast hätte es geklappt«, sagte sie. »Wer hätte das gedacht. Die alte, dumme Moni hätte fast einen Abschluss in Mathematik gehabt.«

»Natürlich hätte es geklappt.« Selbst ich sah, wie wütend Professor Herbst bei diesen Worten war. »Du warst zur falschen Zeit am falschen Ort und vor allem bei der falschen Person. Am Montag kommst du in meine Sprechstunde, und wir suchen eine geeignete Fragestellung für den zweiten Versuch.«

»Ich weiß nicht«, sagte Moni. »Was soll das bringen?«

»Jetzt helfen Sie mir doch mal argumentativ.« Herbst drehte sich zu mir.

»Du musst es machen, Moni«, sagte ich. Ich hielt immer noch ihre Blumen, und niemand wunderte sich darüber. »Ich hätte Lust drauf. Außerdem würde es uns noch etwas gemeinsame Zeit schenken, bevor du ausziehst und deinen eigenen Weg gehst.«

»Welchen Weg?«, fragte Moni.

»Woher soll ich das wissen?«, sagte ich. »Ihr alten Leute seid unberechenbar. Kann ich deine Blumen Justin geben? Ich glaube, er braucht jetzt etwas Trost.«

## EPILOG

»Daniel Johannsen hat mit einer einstweiligen Verfügung gedroht, wenn ich mich ihm noch mal nähere«, erzählte ich Mister Brown, als wir uns in einer ruhigen Minute auf einer Parkbank trafen. »Mein Onkel Magnus musste deswegen persönlich bei ihm anrufen. Sie sind jetzt sogar verabredet, zum Golfspielen in drei Monaten.«

Mister Brown pfiff leise vor sich hin. Ich bekam eine Gänsehaut.

»Können Sie das wiederholen?«, fragte ich.

Er nickte und spitzte die Lippen, und ich lauschte der Melodie.

»Bin ich der Einzige, der das hört?«, fragte ich. »Dass Daniel Johannsens ganze Karriere auf Ihren Ideen aufbaut?«

Mister Brown zuckte mit den Schultern. »Ich habe nie mitgezählt, wer was beigetragen hat. Daniel hat damals auch schön gepfiffen. Wir waren für eine kurze Zeit durchaus ein eingestimmtes Duo. Er war ein Spätzünder, aber ich bin früher ausgestiegen.«

»Warum sagen alle, dass Sie so schwierig waren?«, fragte ich. »Zu mir sind Sie total nett.«

»Wahrscheinlich das Alter«, sagte Mister Brown. »Früher war ich ein bisschen ungeduldig.«

»Ich frage mich immer noch, ob er von Anfang an geplant hat, Moni durchfallen zu lassen«, sagte ich. »Herbst meint, dass Johannsen kein Bösewicht ist, nur faul und eitel. Dass er einfach im Moment der Prüfung nicht widerstehen konnte, sich vor so einem Publikum zu profilieren, auch wenn er sich damit schadete. Denn er hat sich selbst mehr demontiert als Moni.«

»Fragen Sie ihn doch«, schlug Mister Brown vor.

»Geht nicht«, sagte ich. »Siehe oben. Einstweilige Verfügung.«

Mister Brown nickte und pfiff erneut.

»Warum habe ich so lange gebraucht, um eins und eins zusammenzuzählen?«, fragte ich. »Ich hätte längst die *Peanuts* lesen sollen, um zu erfahren, wie Charlie mit Nachnamen heißt.«

»Definitiv«, sagte Mister Brown. »Wobei ich inzwischen nur noch die *Lustigen Taschenbücher* lese.«

»Vielleicht sollten Sie Ihren Vater besuchen«, sagte ich. »Er denkt, Sie seien eine blaue Pyramide.«

Mister Brown lächelte. »Das denkt er nicht wirklich. Es ist eine Metapher.«

Ich erinnerte mich daran, wie aufgeregt Herr Kosinsky Monis Vortrag zur Verteidigung ihrer Arbeit gelauscht hatte. Wie er anschließend geweint hatte. Wie er zum zweiten Mal gescheitert war, ein Kind vor der Mathematik zu schützen.

»Macht Moni jetzt eigentlich einen zweiten Versuch, das Studium abzuschließen?«, fragte Mister Brown.

Ich kniff die Augen zusammen. »Sagen Sie es mir.«

»Woher soll ich das wissen, Kleiner?« Mister Brown war, wenn man genau hinschaute, seiner Schwester ähnlicher, als es am Anfang schien. Er hatte andere Gesichtszüge, eine andere Augenfarbe, asymmetrische Augenbrauen, ein schlecht rasiertes Kinn. Er war anders gealtert als Moni. Aber seine Mimik war, wenn man darauf achtete, der ihren verblüffend ähnlich. Wenn er lächelte, bildete sich das gleiche Fältchenmuster um seine Augen, kräuselte sich genau wie bei Moni der Nasenrücken.

»Entweder sie macht es, oder sie macht es nicht«, sagte ich.

Wenn ich bewusst schielte und dabei auf der Zeitachse herumrutschte, konnte ich einige Varianten nebeneinander sehen. Moni an der Discounterkasse. Moni vor einer Schulklasse. Moni mit Schürze in einer Küche, in zwei riesigen Töpfen gleichzeitig rührend. Moni vor Zuhörern in einem Hörsaal. Moni in einer Pressekonferenz. Moni in den Flitterwochen, Moni als kleines, dummes Mädchen, das den noch kleineren Bruder umsorgte, weil ich aus Versehen den Richtungsvektor verwechselt hatte und in die Vergangenheit gerutscht war. Dann verhaspelte ich mich komplett und sah mich mit Mister Brown inmitten einer Schafherde, die wir mithilfe zweier zotteliger Hunde über die Straße brachten.

Ich blinzelte so lange, bis ich wieder die hölzerne Sitzfläche der Bank unter mir spürte.

»Was mich noch beschäftigt, Mister Brown«, sagte ich. »Ich weiß, das sind eigentlich unanständige Fragen. Aber warum kann ich Sie sehen und andere nicht? Bin ich jetzt auch in einer anderen Dimension? Und vor allem, komme ich auch diesmal wieder zurück? Ich möchte nicht, dass meine Leute mich eines Tages suchen und dann so traurig sind wie Ihre damals bei Ihnen.«

»Das ist wie Fahrradfahren«, sagte Mister Brown. »Das verlernt man nicht.«

»Wie wirke ich in diesem Moment auf normale, dreidimensionale Menschen?«

Mister Brown zuckte lächelnd mit den Schultern. Und ich musste plötzlich lachen. Ich war noch nie in der Lage gewesen, mich mit den Augen anderer Menschen zu sehen. Trotzdem stellte ich mir für einen Augenblick vor, dass Herr Kosinsky genau jetzt an unserer Bank vorbeiging und sich über zwei blaue Pyramiden wunderte, die angeregt miteinander plauderten.

MIX
Papier | Fördert
gute Waldnutzung
FSC® C083411
FSC
www.fsc.org

4. Auflage 2024


*Covergestaltung* Barbara Thoben, Köln
*Covermotiv* © Rüdiger Trebels
*Illustration des Stammbaums* Nadja Tilke | Guter Punkt, München
Gesetzt aus der Cochin und der Franchise
*Satz* Buch-Werkstatt GmbH, Bad Aibling
*Druck und Bindung* CPI books GmbH, Leck
ISBN 978-3-462-00425-0

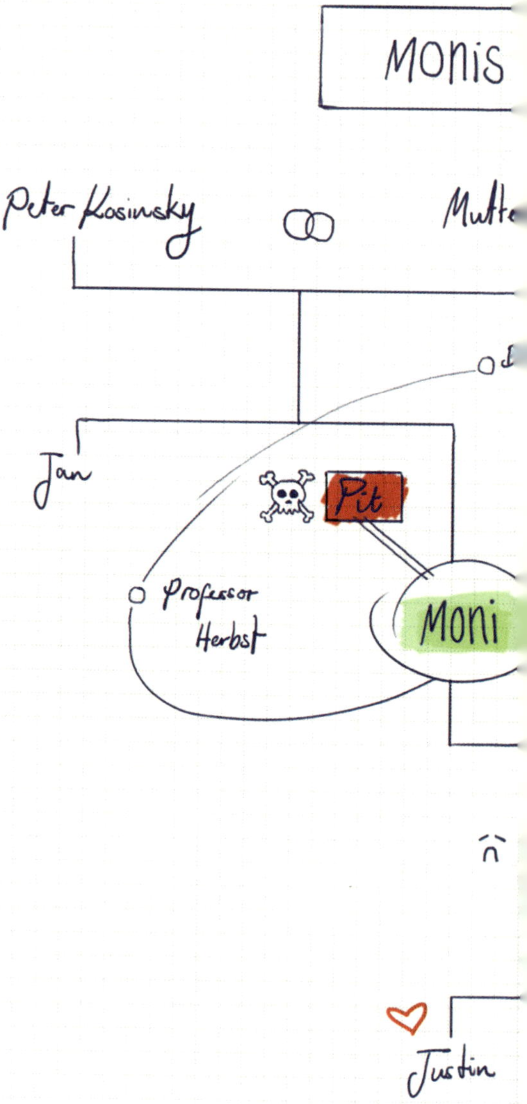
Monis
Peter Kosinsky
Jan
Pit
Professor Herbst
Moni
Justin